DER RHEIN TRÄGT TRAUER

Andreas Wagner ist Winzer, Historiker und Autor. Nach dem Studium der Geschichte, Politikwissenschaft und Bohemistik in Leipzig und an der Karls-Universität in Prag hat er 2003 zusammen mit seinen beiden Brüdern das Familienweingut seiner Vorfahren in der Nähe von Mainz übernommen. Er ist verheiratet und hat vier Kinder.
www.wagner-wein.de/Krimi

Was wir wissen, ist ein Tropfen –
was wir nicht wissen, ein Ozean.

Isaac Newton

1

Mittwoch, 30. Oktober

Wo war der Rhein? Er versuchte, sich in der Dunkelheit zu orientieren. Die Augen konnten ihm dabei nicht helfen. Nutzlos waren sie, auch wenn sie noch so sehr blinzelten und sich mühten. Gerne hätte er sich aufgesetzt oder zumindest ein wenig zur Seite gedreht. Den Versuch unternahm er erst gar nicht, weil er spürte, dass ihm der Rest seines Körpers nicht gehorchen würde. Die Augen, die das Ende der Finsternis nicht fanden, und sein müder Verstand waren das Einzige, was ihm im Moment zur Verfügung stand. Zu wenig, um sich zurechtzufinden und herauszubekommen, in welcher Richtung der Fluss lag, an dem er doch vorhin noch unterwegs gewesen war. Die Erinnerung stieg dunstig in ihm auf, sie roch nach fauligem Wasser, und sie schmerzte.

Sein Atem ging hektisch. Er arbeitete gegen den Druck auf seiner Brust an, der jeden Zug erschwerte und seinen Puls rasen ließ. Kalter Schweiß stand in seinem Nacken und auf seiner Stirn. Das Rauschen in seinen Ohren beruhigte ihn nicht. Der Klang war eine Lüge, die sein zerstörter Körper schuf. Der Rhein rauschte nicht, jedenfalls nicht hier. Nirgendwo um den Rheinkilometer 497 gab es Stromschnellen, die das Geräusch von Wasser erzeugten, das über mächtige Felsbrocken hinweg in die Tiefe stürzte. Der Fluss gurgelte. Mehr nicht. Die Wellen, die die schweren Lastkähne hinter sich herzogen, platschten rhythmisch gegen die Uferbefestigung. Dazwischen hörte man die tippelnden Schritte zahlloser Ratten, die auf den nassen Steinen nach Fressbarem suchten. Spitzes Fiepen ertönte, wenn eine fündig geworden war und ihre Beute gegen das halbe Dutzend verteidigen musste, das sofort bereitstand, um gierig seinen Anteil einzufordern.

Er glaubte, Geräusche zu hören, Töne, denen er in den unzähligen Nächten am Ufer des Flusses immer gerne gelauscht hatte und die ihm seit Kindheitstagen vertraut waren. Der Rest Verstand, der in seinem Schädel das Regiment zu führen suchte, wollte die beruhigende Wirkung der unablässig strömenden Wasserader auferstehen lassen, um ihn in einer Sicherheit zu wiegen, die nicht mehr existierte. Er lag hilflos da und focht einen aussichtslosen Kampf um jeden weiteren Moment seines kläglichen Daseins.

Mühsam rang er weiter nach Luft. Er zwang sich in einen Rhythmus und zählte in Gedanken mit: Eins, zwei, drei – Atmen! Es war wie das letzte gierige Aufbäumen eines Erstickenden. Ein röchelndes Stöhnen, das so gar nicht wie er selbst klang. Er kannte die eigene Stimme. Sie tönte in seinen Ohren, auch wenn er nicht in der Lage war, auch nur ein einziges Wort über die Lippen zu bekommen. Der Gedanke ließ ihn zittern. Eisige Kälte kroch seinen Nacken hinunter und über seinen Rücken. Eins, zwei, drei – Atmen! Seine Brust vibrierte unter den schnellen und von panischer Angst getriebenen Schlägen seines Herzens.

Der nächste so dringend benötigte Atemzug verfing sich in einem Hindernis, das seine Luftröhre blockierte. Heiser bellend kämpfte er gegen den Widerstand an. Zuerst erfolglos, drückte er dann doch das heraus, was ihm die Luft nahm. Sein Oberkörper krümmte sich unter dem Schmerz zusammen. Brennend heiß schoss die Fontäne aus seinem Mund und den Nasenlöchern. Ein weiterer Krampf ließ sogleich eine zweite, noch heftigere folgen.

Gurgelnd atmete er wieder ein, japste nach Luft und schluckte gierig. Vor seinen Augen blitzten helle Punkte auf. Kleine leuchtende Lichter und Funkenregen, die dem Feuerwerk an Johannis ähnelten, das er über Jahrzehnte nicht versäumt hatte. Seinen Widerschein auf dem dahinfließenden Wasser des Rheins suchte er vergebens. Die nächste Lüge, die sein unterversorgtes Hirn ihm vorgaukelte, obgleich sie wohltat. Die Erinnerungen beruhigten ihn und drängten die Angst für einen winzigen Moment in den Hintergrund.

Er fand in seinen ins Stottern geratenen Rhythmus zurück. Eins, zwei, drei – Atmen! Vielleicht war der Stein, der auf seine Brust drückte, sogar ein wenig leichter geworden. Sein Magen krampfte sich aber bereits wieder zusammen. Es konnte doch kaum noch etwas in ihm sein.

Er wusste ohne jeden Zweifel, dass der Rhein sehr weit weg lag, aber er hatte keine Erklärung dafür, was das bedeutete und ob er ihn jemals wieder zu Gesicht bekommen würde. Heiße Tränen rannen über seine Wangen.

2

Vier Tage zuvor

Ganz vorsichtig, ohne eine weitere Bewegung ihres Körpers, schob Magda Oberländer zwei Finger zwischen die silbergrauen Alulamellen ihrer Jalousie und spähte hinaus über die gelb verfärbten Blätter der beiden Birnbäume. Sie hatte alles vorbereitet, schon vor Stunden, weil sie wusste, dass die Zeit drängte.

Den größten Teil des Laubs hatten die Bäume schon abgeworfen, obwohl es draußen noch warm war. Viel zu warm eigentlich für die Jahreszeit, aber dafür mussten sie noch nicht heizen. Wie es aussah, würde ihnen der milde Oktober auch noch nächste Woche erhalten bleiben.

Ihr Blick wanderte bang durch das lichte Geäst und die menschenleere Straße hinauf. Sie versuchte sich zu beruhigen, indem sie sich seine Worte wieder ins Bewusstsein rief. Sehr entschlossen hatten sie geklungen, aber auch so besorgt, dass dieses Gefühl sie nun fast gänzlich beherrschte. Die Furcht hatte sie durchdrungen und ließ sie auf Zehenspitzen unruhig vom Fenster zur Couch und durch das Wohnzimmer schleichen. Durch ihre dünnen Perlonstrümpfe spürte sie die weiche Wolle des großen roten Perserteppichs, der einen Teil des Wohnzimmerbodens bedeckte. Vor Weihnachten musste er noch mal in die Reinigung, zusammen mit dem Läufer im Flur. Wenn die Kinder kamen, was nur selten geschah, sollte alles blitzsauber sein. Sie sollten sehen, dass sie alles im Griff hatte und trotz der Last auch die kleinen Details nicht aus den Augen verlor.

Sie drückte die Flügeltür des Buffets zu und schloss ab. Kurz hielt sie in der Bewegung inne und überlegte, ob sie den Schlüssel abziehen sollte, um ihn in die kleine Tasche ihres dunklen, dezent karierten Rocks zu stecken. Sie entschied sich dagegen, weil sie das in ihrer Anspannung wahrscheinlich umgehend vergaß und dann hektisch nach dem Schlüssel suchen würde, wenn sie ihn später brauchte.

Gerne hätte sie sich jetzt noch mal ein Gläschen des guten roten Portweins eingeschenkt, den sie in der kleinen Weinhandlung hinter dem Dom einkaufte. Die fast noch volle, aber letzte Flasche stand neben den Spirituosen ihres Mannes und dem benutzten Gläschen in dem beleuchteten und mit Spiegelglas ausgekleideten, großzügigen oberen Fach des Buffets. Sie müsste jetzt nur die Tür aufklappen. Der Jahrgangs-Portwein war unverschämt teuer, aber den geschmacklichen Unterschied zu dem pappsüßen, billigen Zeug aus dem Supermarkt wusste sie zu schätzen. Wenn ihr hier alles zu viel wurde mit Erwin, goss sie sich eines der winzigen verzierten Gläschen randvoll und genoss mit geschlossenen Augen die Fülle der Beerenaromen, die zarte Vanillenote des Holzes und die Süße, die an Rosinen erinnerte. Die Wärme des Alkohols, die sich dann langsam in ihr ausbreitete, ließ vieles, was sie vorher niedergedrückt hatte, leichter erscheinen. Wenn es ganz schlimm war, legte sie zusätzlich eine von Beethovens Klaviersonaten auf. Nicht die abgedroschene Mondscheinsonate, sondern am liebsten die Appassionata, die ihr zusammen mit einem zweiten und zur Not auch dritten Gläschen des guten Ports die innere Ruhe wiedergab, die sie zur Bewältigung ihrer alltäglichen Bürden benötigte.

Sie ließ die Klappe geschlossen. Vielleicht würde sie sich später einen weiteren Schluck gönnen, wenn alles überstanden war. Sie spürte, dass ihre Handinnenflächen sehr feucht waren und sich ihr Puls beschleunigte. Dem Drang, erneut zum großen Wohnzimmerfenster zu gehen und durch die Lamellen zu spähen, widerstand sie. Sie wusste, dass man sie leicht von draußen sehen konnte. Die Sicherheit, die die Jalousie versprach, war trügerisch. Magda Oberländer schnaufte zitternd aus. Warum dauerte das bloß so lange? Mit einer schnellen

Bewegung strich sie sich die glatten weißen Haare hinter die Ohren. Sollte sie nicht doch noch einmal nachschauen, ob sie auch wirklich alles beisammenhatte? Ihre Finger berührten schon den Schlüssel, um die Sachen wieder aus dem Buffet herauszuholen. Sie ließ ihn aber sogleich wieder los und schüttelte den Kopf. Sie kam nur wieder ins Grübeln, wenn sie erneut alles auf dem Wohnzimmertisch ausbreitete. Kontrolliert hatte sie die Sachen doch schon unzählige Male. Es barg unkalkulierbare Gefahren, wenn sie jetzt schon wieder damit anfing. Sie musste sich zusammenreißen, um nicht wahnsinnig zu werden. Hastig strich sie sich mit den Handflächen über den knielangen Rock. Sie blieben trotzdem feucht. Das mochte sie nicht.

Magda seufzte, als sie Erwins unverständlichen Aufschrei hörte. Für einen Moment hatte sie ihn komplett vergessen. Das passierte ihr sonst nie und verdeutlichte ihr noch einmal, wie angespannt sie war. Ihr Mann bekam von alldem zum Glück nichts mit. Es war Samstag, kurz vor vier, er lag im Zimmer gegenüber in seinem Pflegebett und starrte gebannt auf den Fernseher, der an der Wand hing. Seine Haut war wächsern und die Gesichtszüge reglos, wie bei einer Puppe. Die Demenz hatte außer der Hülle nicht mehr viel von ihm übrig gelassen. Ein Organismus, der von ihr versorgt wurde und weiterlief, auch wenn ihm der Sinn längst abhandengekommen war.

Zur Beruhigung strich sie über die raue Oberfläche der Bronzebüste, die auf einem weiß glänzenden Sockel neben der Tür zum Flur stand. Sie hatte den Carl Zuckmayer des Bildhauers Eberhard Linke zuerst gar nicht gemocht. Er war ihrem Mann vor sechs Jahren von der Firmenleitung mit vielen warmen Worten für den »Unersetzbaren« zur Verabschiedung in den Ruhestand überreicht worden. Als promovierter Chemiker hatte Erwin die Entwicklungsabteilung eines großen Mainzer Chemieunternehmens verantwortet, das mit seinen Reinigungsprodukten in jedem deutschen Supermarkt vertreten war. Sie hatte sich damals maßlos geärgert und ihr Missfallen nur schwer verbergen können, als der Vorstandsvorsitzende beim anschließenden Empfang ihre Meinung zum wertvollen Abschiedsgeschenk für ihren Mann hatte hören wollen. Die Bronze sah aus, als ob sie zu lange im Freien gestanden und der Rost die Oberhand gewonnen hätte. Zwar liebte ihr Mann die Bücher und Theaterstücke Zuckmayers, der nicht weit von hier in Nackenheim geboren war, wo sein Vater eine Fabrikation für die Herstellung von Kapseln für Weinflaschen betrieben hatte. Aber musste man ihn und dadurch ja auch sie deswegen mit einer schweren Büste belasten, wenn andere verdiente Mitarbeiter der Leitungsebene beim Eintritt in den Ruhestand mit einer luxuriösen mehrwöchigen Schiffsreise in die Südsee verabschiedet wurden?

Sie strich dem Zuckmayer noch einmal über den Kopf und spürte, dass sie sich dadurch ein wenig beruhigte. Er hatte drei Gesichter. Das hatte sie am meisten verstört an jenem festlichen Nachmittag im Hochsommer mit Blick auf den Rhein. Die Erklärung hatte sie nicht hören wollen und hastig gleich zwei Gläser Rieslingsekt hinuntergespült, um die Fassung nicht gänzlich zu verlieren. Erwin hatte das verstanden und nicht protestiert, als sie zwei Tage später die beiden jungen Männer anwies, das »Ding« in die hinterste Ecke seines Büros zu verfrachten, damit es sie nicht ständig gehässig an die entgangene Südsee-Kreuzfahrt erinnerte.

Erst als sich Erwin immer mehr auflöste, hatte sie den Zuckmayer zu sich ins Wohnzimmer geholt, weil ihr klar geworden war, dass mehr in ihm zu sehen war als der Ärger über eine entgangene Fernreise. Die drei Gesichter der Büste standen für das langsame Verschwinden ihres Mannes. Das erste Gesicht war vollständig ausmodelliert, das zweite daneben deutlich schmaler gearbeitet. Und nur wenn man genau hinsah, konnte man zwischen den beiden, verdeckt, das dritte erkennen. Es ähnelte ihrem Erwin, der jetzt gegenüber im Zimmer lag und auf den Fernseher an der Wand starrte. Sein altes Ich war verschwunden zwischen den beiden Köpfen, die ihn zerdrückten.

Irgendetwas musste soeben passiert sein. Er brachte einen gurgelnden Laut heraus, den sie als Torjubel einordnete. Für welchen Verein das Tor gefallen war, spielte schon längst keine Rolle mehr. Sie wusste nicht, wer da spielte, und glaubte auch nicht, dass er das noch unterscheiden konnte, wo er selbst ihre Kinder und sie nur noch in seltener werdenden, lichten Momenten erkannte. Lediglich die Begeisterung für den Fußball war ihm geblieben. Stundenlang konnte sie ihn damit zufrieden- und ruhigstellen. Wenn es nicht so absurd klänge, ginge sie jede Wette ein, dass eine weitsichtige Frau das Fußballspiel erfunden hatte, um sich selbst und ihresgleichen allwöchentlich ein paar entspannte Stunden zu verschaffen.

Gerne hätte sie jetzt über diesen absonderlichen Gedanken gelacht oder zumindest das Gesicht zu einem Schmunzeln verzogen, hätten ihr pochendes Herz und die schweißnassen Handflächen sie nicht wieder daran erinnert, dass sie in höchster Gefahr schwebte.

Hastig löste sie sich von ihrem Zuckmayer und machte den ersten Schritt in Richtung der Jalousie. Der schrille Ton der Klingel fuhr ihr tief ins Mark und ließ sie erschrocken zusammenzucken. Sie zitterte nun heftiger. Die feinen Härchen auf ihren Unterarmen richteten sich auf. Ihre Angst wuchs mit jedem Schritt, den sie über den verzierten roten Läufer im Flur bis zur Wohnungstür setzte. Als sie sich vorsichtig dem Spion näherte, hielt sie die Luft an. Sie glaubte, dass man das Hämmern ihres Herzens trotzdem durch die Tür hindurch bis in den Hausflur würde hören können, denn ihr ganzer schmächtiger Körper vibrierte unter den Schlägen in ihrem Brustkorb. Sie musste die Augenlider mehrmals auf- und zudrücken, weil sie durch das kleine Loch des Spions nur verschwommen sehen konnte. Mit der linken Hand fing sie sich an der Tür ab, weil sich das Zittern auch auf ihre Knie übertrug. Alles um sie herum schien sich gleichzeitig in Bewegung zu setzen. Sie drohte das Gleichgewicht zu verlieren. Erwin brüllte im Hintergrund.

Sie riss die Tür auf, weil es nicht anders sein konnte – und weil sie wollte, dass es jetzt ein Ende hatte, bevor sie es nicht mehr aushielt und hinter der verschlossenen Wohnungstür das Bewusstsein verlor.

»Endlich!«, wisperte sie erleichtert.

Jetzt würde alles gut werden.

3

Natcha hetzte schnaufend in ihren quietschenden violetten Gummisandalen die Treppenstufen hinauf. Sie war jetzt schon zu spät dran, obwohl es erst ihre dritte Station an diesem Morgen war. Aber nicht ganz so spät wie sonst. Es spielte keine Rolle, weil ihr das niemand vorwarf. Die Kolleginnen wussten, dass sie ihre Arbeit ordentlich machte, und da keine von ihnen für die eine oder manchmal sogar zwei Stunden, die sie länger für die Aufgaben des Tages benötigte, aufkommen musste, scherten sie sich auch nicht darum. Sie grinsten höchstens, weil sie nicht verstehen konnten, wie man auch nur eine Minute länger arbeiten konnte, als man musste und bezahlt wurde.

So schnell wie die Chefin würde sie sowieso nie werden. Egal, wie sehr sie sich bemühte. In den ersten Tagen Anfang des Jahres, als sie noch zur Probe mitgelaufen war, hatte sie oft rennen müssen, um überhaupt hinterherzukommen. Manchmal hatte sie die bereits zufallende Haustür nur noch im letzten Moment erreicht und danach japsend zwei Stufen auf einmal nehmen müssen. Die Chefin rannte nicht. Es war ihr normales Tempo, das sie den ganzen Tag beibehielt. Wie der gleichmäßige Rhythmus einer Nähmaschine, die im genau festgelegten Abstand aufsetzte und sich dabei in einer unglaublichen Geschwindigkeit vorwärtsbewegte. Die Wege schien sie mit geschlossenen Augen zurücklegen zu können, während sie gleichzeitig entweder die Gummihandschuhe wechselte oder eine Notiz für die spätere Abrechnung in ihr Tablet tippte. Nur bei Hindernissen wie einer verschlossenen Haus- oder Wohnungstür musste sie ganz kurz innehalten, bis der passende Schlüssel, den sie im Laufen bereits gezückt hatte, im Schloss und herumgedreht war. Danach ging es in der gleichen Geschwindigkeit weiter.

Auch die anderen Mitarbeiterinnen des privaten Pflegedienstes kamen an die Chefin nicht heran. Elena, die große, hagere Ukrainerin, die seit dem Krieg in ihrer Heimat hier bei ihnen arbeitete, lief fast so schnell. Sie hielt dabei, wie die Chefin auch, den Oberkörper annähernd reglos und gerade. Beide trugen sie aber auch nicht so viel Ballast mit sich herum. Natcha lächelte zufrieden. Ihr konnte man ansehen, dass sie fleißig war und genug verdiente, um ihren Sohn und sich selbst ordentlich zu ernähren. Und wenn am Ende des Monats noch genug Geld übrig blieb, um ihre Familie daheim auf der Khorat-Hochebene, dem ärmsten Teil Thailands, zu unterstützen, dann war doch alles in Ordnung.

Für ein paar Schritte verlangsamte sie intuitiv ihr Tempo, weil sie besonders leise sein wollte. Sie duckte sich sogar ein wenig und rollte ihre Füße über die Seiten ab, weil die neuen Sandalen dann kaum Geräusche von sich gaben. Erst als sie um die Kurve und damit aus dem Blickwinkel des Spions von Isolde Guntermann verschwunden war, beschleunigte sie wieder. Das war eine böse Frau. Sie wollte ihr nicht begegnen. Letzte Woche war sie genau in dem Moment aus der Wohnung gekommen, als sie ihre Tür passiert hatte. Vor Schreck war Natcha wie angewurzelt stehen geblieben und hatte sie entgeistert angestarrt. Die Guntermann hatte sie nicht erkannt. Das zeigte ihr Blick. Aber beschimpft hatte sie sie trotzdem. »Was gaffen Sie mich so blöde an? Man wird doch noch den Müll runterbringen dürfen. Lassen Sie mich in Frieden.«

Bei der Guntermann hatte sie Ende letzten Jahres zwei Monate fast rund um die Uhr gearbeitet und sich den Arm und zwei Rippen gebrochen, weil sie mit der Leiter samt den schweren, nassen Vorhängen umgefallen war. Es war ihr zweiter Arbeitsplatz gewesen, nachdem ihr Mann sie und den Jungen verlassen hatte. Ihre erste Arbeit als Spülhilfe in einem Ausflugslokal am Lennebergwald, das früher mal ein Bordell gewesen und erst kürzlich als Gaststätte wiedereröffnet worden war, hatte sie schon nach zwei Wochen fluchtartig verlassen, weil der verschwitzte Chefkoch sie zum Ende ihrer Schicht in der verwaisten Küche in eine Ecke gedrängt und begrapscht hatte. Sie war froh gewesen, anschließend durch die Vermittlung einer Nachbarin bei Frau Guntermann untergekommen zu sein, die gerade aus der Klinik entlassen worden war und dringend Hilfe benötigte, um von ihren Kindern nicht in ein Pflegeheim abgeschoben zu werden. Sie hätte aber auch nie für möglich gehalten, dass ein alter Mensch so böse sein konnte.

Zuerst schrieb Natcha ihre Launen den Schmerzen zu. Bald merkte sie aber, dass die Guntermann regelrecht nach Kleinigkeiten suchte, um sie anzuschreien und wüst zu beschimpfen. Sie hatte das Telefonat, in dem sie ihrem Sohn in München detailreich erzählte, auf welche Weise »diese Asiatin« sie von morgens bis abends bestehlen würde, selbst mit angehört. Sie hatte noch nie irgendwo etwas mitgenommen. Obwohl sie genau wusste, wo bei der Guntermann der Schmuck lag und das Haushaltsgeld, das sie immer am ersten Montag für den gesamten Monat holte. Schließlich hatte sie einmal die Woche alle Hängeschränke in der Küche ausräumen und sauber wischen müssen. Zuvor hatte sie der Alten aber auf den Hocker zu helfen, damit sie die beiden Suppenterrinen aus weißem Porzellan mit Goldrand ins Wohnzimmer schaffen konnte, bis die Reinigungsprozedur beendet war. »Damit das teure Porzellan meiner Urgroßmutter nicht kaputtgeht!«

Frau Oberländer dagegen, zu der sie jetzt musste, war eine gute Frau. Sie betete jeden Abend für sie, damit sie noch lange lebte und sie weiter zu ihr und ihrem kranken Mann kommen konnte. Frau Oberländer steckte ihr mindestens einmal die Woche fünf oder sogar zehn Euro zu. Meistens am Freitag, mit Nachdruck und einem freundlichen Lächeln, als Dankeschön für die Woche. Am Samstag und Sonntag versorgte sie ihren Mann allein. Das wollte sie so.

Natcha klingelte und schob fast zeitgleich den Schlüssel ins Schloss. Sie wusste, dass Frau Oberländer das so wünschte. Hier war alles immer schon vorbereitet. Der alten Dame war es lieb, wenn sie nicht noch extra zur Tür musste. Sie stand am Bett ihres Mannes bereit und hatte das handwarme Wasser schon eingelassen, damit Natcha die Windeln wechseln und ihn waschen konnte.

»Natcha ist da!« Sie drückte die Tür auf und eilte schnell weiter. »Alles gut?« Der weiche rote Teppich, der sich von der Wohnungstür durch den gesamten Flur zog, verschluckte ihre Schritte.

Der Fernseher lief. Das fiel ihr sofort auf. Eine Stimme, die sich fast überschlug und dann im Jubel und Tosen einer großen Menge unterging. Erschrocken hielt sie in der gewohnten Bewegung inne. Weit aufgerissene Augen starrten sie an. Der Jubel ebbte ab. Die Stimme drang wieder durch. »Hat es so etwas schon einmal gegeben? Sagenhaft! Die Deutsche Mannschaft ist zurück in diesem Halbfinale. Und es bleiben ihr noch ein paar Minuten, um das Spiel zu drehen!«

Sie lag keinen Meter von ihr entfernt. Ihr Oberkörper ragte aus dem Wohnzimmer in den Flur. Der rote Läufer warf kleine, gleichmäßige Wellen, die zur Seite hin gegen die Wand ausliefen. Ihr Kopf ruhte wie auf ein großes, rundes Kissen gebettet in einer braunen, eingetrockneten Blutlache. Ein Schwarm Fliegen stob erschrocken in die Höhe. Natcha wollte schreien. Sie öffnete den Mund, doch kein Ton fand aus ihrem Hals heraus.

Ganz vorsichtig setzte sie einen Fuß vor den anderen. Etwas trieb sie weiter, obwohl sie vor dem erschauderte, was sie erwarten würde.

Erwin Oberländer lag in seinem Bett. Als sie ihn sah, konnte sie endlich schreien. Ein spitzer Ton, in dem der Schrecken vibrierte. Sie wollte nie wieder damit aufhören. Es musste heraus, auch wenn sie bald keine Luft mehr hatte und zitternd vor ihm zusammenbrach. Seine geöffneten Augen waren trüb und glanzlos, sein Gesicht seltsam verzerrt. Daraus sprach das Grauen, das er erlebt, sich bis zu seinem letzten Atemzug aber nicht mehr hatte erklären können.

4

»Denn ich hab heute Nacht einen Engel gesehen. Mona Lisa …«

Ravi Bingenheimer verfolgte aus den Augenwinkeln, wie sein Chef mit den Fingern der rechten Hand den Takt auf seinem Oberschenkel mittrommelte, während seine Linke den Lautstärkeregler des Autoradios suchte. Harro schien entweder über das Wochenende taub geworden oder aber der Ansicht zu sein, dass die Flippers für ihr unvergleichliches künstlerisches Schaffen die ungeteilte Aufmerksamkeit von gleich drei Mainzer Kriminalbeamten verdienten.

»Und ich sah ihre Augen, sie war wunderschön. Mona Lisa. So wunderschön …«

Die Körperhaltung von Harro deutete an, dass er jeden unautorisierten Eingriff in die Musikgestaltung entschlossen abwehren würde. Schützend beließ er die linke Hand ganz nahe am Gerät. Es fehlte nur noch, dass er versuchte, sich bei Tobias, der auf dem Mittelsitz der Rückbank saß, unterzuhaken. Das K11 des Mainzer Polizeipräsidiums, zuständig für Tötungsdelikte, auf munterer Ausfahrt zum Einsatzort: Gute Stimmung ist garantiert. Der Polizeipräsident ist in der Ranzengarde, hier herrschen Ausgelassenheit und Teamgeist das ganze Jahr, nicht nur an Fassenacht. Wir schunkeln sogar im Auto.

Ravi fühlte sich wohl nach einem erholsamen Wochenende, das er mit Sandra verbracht hatte. Eine typische Dienstbeziehung: die Streifenpolizistin und der Kriminalkommissar. Sie hatten sich im vergangenen Herbst an einem Tatort kennengelernt. Ein Hobbywinzer war beim Laubschnitt im Weinberg durch herumfliegende Metallsplitter schwer verletzt worden. Erst später stellte sich heraus, dass alles mit dem Knochenfund auf einem Gartengrundstück, dem »Herrgottsacker«, zusammenhing. Diesen Namen trug auch der Prozess, der in den kommenden Wochen beginnen sollte. Ein für sie alle sehr belastender Fall, ohne den er und Sandra sich aber möglicherweise bis heute nicht gefunden hätten. Die erste Frau, die es geschafft hatte, die Vier-Wochen-Beziehungsschallmauer zu durchbrechen. Bald ein Jahr waren sie jetzt zusammen. Er grinste, was Harro sofort auffiel. An den Gesichtszügen des Chefs ließ sich ablesen, dass er diese positive Grundstimmung seinem Wirken als DJ für Schlagermusik zuschrieb. Hoffentlich setzte er jetzt nicht zu einem Monolog über die gesundheitsfördernden Wirkungen deutscher Unterhaltungsmusik an. Den hatten sie sich erst letzten Montag anhören dürfen. Völlig absurde Theorien, die Harro spontan, aber so amüsant entworfen hatte, dass sie sich alle kaum eingekriegt hatten vor Lachen.

Eigentlich hätten Sandra und er am gestrigen Sonntag den Antrittsbesuch bei seiner Mutter absolvieren sollen. Seit er ihr von Sandra erzählt hatte, drängte sie darauf, während er immer neue Ausreden erfand, um das Zusammentreffen zu vermeiden. Seine Mutter, die seit dem Tod des Vaters vor drei Jahren allein in einem viel zu großen Haus in der Nähe von Kaiserslautern lebte, war nicht ganz einfach.

Gestern hatte er einen dienstlichen Notfall vorgeschoben, den es nicht gegeben hatte. Heute würden sie um den Besuch in Otterbach nicht erneut herumkommen. Da er ihr schon klargemacht hatte, dass sie nicht übernachten würden, waren die Aufenthaltsdauer vor Ort und somit das damit verbundene Risiko für Konflikte immerhin zeitlich begrenzt. Einfach würde es trotzdem nicht werden. Das war es noch nie gewesen, auch nicht, als sein Vater noch gelebt hatte. Gisela und Norbert hatten ihn als Säugling direkt nach seiner Geburt im Juni 1988 in Sri Lanka adoptiert. Mit dem sich entwickelnden Bewusstsein für die offensichtlichen Unterschiede zwischen ihm und seinen Eltern, seine dunklere Haut, die schwarzen Haare, war der Graben aufgebrochen. Die Fragen nach seiner Herkunft, die er unbeholfen formulierte und die sie unbeantwortet ließen, hatten ihn noch vergrößert. »Junge, sei doch dankbar, dass wir dich dort rausgeholt und dir ein gutes Leben ermöglicht haben.« Je mehr er wissen wollte, desto unterkühlter wurden sie.

Ravi schaltete zurück. Der Motor heulte auf und bremste den Wagen.

»Ich tippe auf achtzig plus.« Harro drehte den Kopf zur Seite, um sich beim Überholvorgang die Bestätigung für seine Vermutung abzuholen.

Der betagte Verkehrsteilnehmer in seinem dunkelgrünen Stufenheck schien jetzt endlich das Blaulicht auf dem Kombi erkannt zu haben. Er näherte sich der Leitplanke so weit an, dass Ravi an ihm vorbeikam. Dicht am Lenkrad, kerzengerade aufgerichtet, um gerade so darüber hinwegspähen zu können, hatte er seinen Hut tief in die Stirn geschoben und trug zu allem Überfluss noch eine weiße FFP2-Maske, obwohl er allein in seinem Wagen saß. Er wirkte wie aus einer anderen Zeit.

»Bingo!« Harro nickte, erfreut, richtiggelegen zu haben.

»Müssen wir da einschreiten?« Ravi konnte trotz des Lärms das Kichern von Tobias auf der Rückbank vernehmen. »Vermummungsverbot im Straßenverkehr. Dem Tempo nach wirkt es aber nicht so, als ob er sich für den nächsten Blitzer getarnt hätte.«

»Volksbank Guntersblum. Der überfällt sie, während wir nur wenige Kilometer entfernt nach Fingerabdrücken auf Fensterprofilen suchen.« Ravi beschleunigte und blieb auf der Bundesstraße 9, die sie in einem ausladenden Bogen nach links in Sichtweite des Rheins brachte, um dann dem Fluss nach Süden in Richtung Nierstein und Oppenheim zu folgen. So weit mussten sie aber nicht.

Ravi setzte den Blinker für die Ausfahrt genau in dem Moment, als auch SWR4 endlich ein Einsehen mit ihnen hatte. Der eingeschobene Werbeblock war eine Wohltat für seine malträtierten Gehörgänge. Sie mussten nach Laubenheim und kurz vor dem Bahnhof des Mainzer Stadtteils nach links abbiegen. Je nach Verkehrslage brauchten sie noch gut fünf Minuten, bis sie am Ziel waren.

»Du könntest doch nach Dienstschluss am Freitagnachmittag anfangen und bis Montagmorgen sieben Uhr durchgängig diese Musik hören.« Tobias blickte prüfend in Harros Richtung. »Mit dieser Sättigung würdest du die ersten Tage der neuen Woche überstehen, und wir könnten hier drinnen darauf verzichten, uns die Ohrmuscheln mit diesem süßen Schmalz zuzukleistern.«

Ob Tobias wirklich eine Antwort von Harro erwartete, wusste Ravi nicht mit letzter Sicherheit zu sagen. Die Kontrolle über Auswahl und Lautstärke der Musik auf der Fahrt zum Einsatzort beanspruchte der Chef von jeher für sich. Das war ein ungeschriebenes Gesetz, so wie auch jeder von ihnen immer auf derselben Position saß, wenn sie zusammen losfuhren.

Tobias, der mal wieder einen seiner gefürchteten, von seiner Frau Sara selbst gestrickten, heute cremefarbenen Pullunder über dem himmelblauen Hemd trug, richtete den Blick erneut nach vorne. Ravi erkannte im Rückspiegel, dass um den V-Ausschnitt herum zwei unregelmäßige, wulstige Zöpfe verliefen, die den Eindruck vermittelten, mehrere Wiener Würstchen befänden sich im ungelenken Liebesspiel. Tobias' luftiger Mittelscheitel wippte bei jeder Bodenwelle mit. Er lächelte und wirkte im Gegensatz zum Chef ausgeruht. Er hatte schon ausgiebig von seinem Wochenende berichtet und die Entwicklung seiner beiden kleinen Kinder in aller Ausführlichkeit dargestellt. Lena und Ben waren ihren Altersgenossen in allem immer mindestens einen Schritt voraus und brauchten daher ganz besondere Herausforderungen, die die Schmahl'schen Familienwochenenden wie zwei Wochen komprimiertes Kinder-Ferienkarten-Programm erscheinen ließen. Ravi hatte schon wieder vergessen, wo sie nach der

Sonderausstellung im Frankfurter Senckenberg Naturkundemuseum, der ehemaligen Landesgartenschau in Bingen und einem Workshop zum Thema Dunkelheit auf Schloss Freudenberg in Wiesbaden noch überall gewesen waren, um die Entwicklung der beiden sieben- und vierjährigen Sprösslinge optimal zu unterstützen. Und wenn es nicht um die frühkindliche Förderung schlummernder Talente ging, dann trieben Tobias die Sorgen und Ängste um, was den armen Kleinen alles zustoßen könnte. Zwar wurden sie von ihm und seiner Frau Sara so umfassend umsorgt, dass sie außerhalb des Hauses keinen unbeobachteten Schritt mehr tun konnten. Trotzdem wusste er immer wieder davon zu berichten, welchen alltäglichen Gefahren sie ausgesetzt waren. Einmal war es der rücksichtslose Autofahrer, der den Zebrastreifen übersehen hatte, dann die offen gelassene Zisterne auf einem verwilderten Grundstück, die sein Sohn beim Sonntagsspaziergang entdeckt, in die er aber zum Glück nicht hineingestürzt war. Wie sehr ihn diese Sorgen verfolgten, merkte Ravi daran, dass Tobias manche Erlebnisse sogar kopfschüttelnd mehrmals erzählte und dabei völlig vergaß, dass sie das alles schon kannten.

Er fuhr sich durch seine schwarzen, flusigen Locken. Manchmal hatte er das Gefühl, dass Tobias an den zwei Tagen des Wochenendes so mit aller Gewalt das schlechte Gewissen bekämpfte, das ihn die ganze Woche über umtrieb, wenn er meinte, nicht genug Zeit für seine Frau und die beiden Kinder zu haben. Mit dem Bau des eigenen Einfamilienhauses im rheinhessischen Hinterland und den damit verbundenen Wegstrecken, die er jeden Tag im dichten Berufsverkehr auf gewundenen, einspurigen Landstraßen über die Dörfer zurücklegen musste, schien sich dieser Zwang noch verstärkt zu haben. »Jeden Tag verschenke ich fast anderthalb Stunden Zeit, sieben Stunden in der Woche, die ich mit meinen Kindern und meiner Frau verbringen müsste.« Die Verzweiflung war aus diesen Worten deutlich herauszuhören und ebenso sein

Vorwurf an sich selbst, die Nähe zur Arbeit für vierhundertfünfzig Quadratmeter in einer Neubausiedlung eingetauscht zu haben, die Saras wiederkehrende Depressionsschübe eher noch verstärkte.

Ravi nutzte die Verkehrsmeldungen im Radio, um über die Steuerung am Lenkrad die Lautstärke zumindest so weit nach unten zu regeln, dass der nächste sinnentleerte Schlagersong sich nicht auch noch in seine Gehörgänge fräste und ihn als Endlosschleife durch den gesamten Vormittag begleitete. Gegen eine wohldosierte Ablenkung als präventive Psychohygiene auf dem Weg zum Einsatz gab es nichts einzuwenden, solange sie keinen nachhaltigen Schaden anrichtete. Auf Harros bevorzugten Sender traf dies jedoch nur bedingt zu.

Der Chef reagierte nicht darauf, er schien anderen Gedanken nachzuhängen. Mit seinen dreiundfünfzig war er fast zwanzig Jahre älter als Ravi. Doch Harros trockener Humor, dem er oft eine gehörige Brise Spott beimischte, tat ihnen allen gut. Jetzt rieb er sich müde mit der Rechten über den kahlen Schädel und die stoppeligen Wangen. Wie an jedem Montag vermittelte er nicht den Eindruck, dass er das Wochenende zur Erholung genutzt hatte. Seine speckige und abgegriffene dunkelbraune Lederjacke verströmte den abgestandenen Geruch der Kneipen, in denen sich das Rauchverbot bis heute nicht hatte durchsetzen wollen. Sein ausgeblichenes schwarzes Poloshirt spannte über dem Bauch. Harro schnaufte und schloss die Augen.

Ravi atmete konzentriert durch die Nase ein und versuchte, aus dem Gewirr der Gerüche diejenigen zu identifizieren, die eine Aussage darüber zuließen, ob sein Chef heute Morgen schon auf Hochprozentiges zurückgegriffen hatte. Zu einem abschließenden Ergebnis kam er jedoch nicht. Mit einer kurzen Handbewegung bedeutete Harro ihm, dass er an der nächsten Ampel links abbiegen musste. Es konnte nicht mehr weit sein. Harro drückte das Radio endgültig aus.

Sie schwiegen. Das tat gut. Eine kurze innere Einkehr, bevor die vielen Eindrücke eines Tatorts über sie hereinbrachen. Die meisten ihrer Einsatzorte wurden von Stille beherrscht. Von konzentrierter Ruhe mit gedämpften Gesprächen und knappen Anweisungen. Dort, wo sie hinkamen, war der Lärm längst vorüber, die Hektik vorbei. Manchmal erinnerten verstreut herumliegende Utensilien des Notarztes und der Rettungssanitäter, hastig aufgerissene Plastikverpackungen, die Kappe einer Spritze, an das Ringen und den erfolglosen Kampf um jede Sekunde Leben. Die vergeblichen Bemühungen standen auch den Rettern ins Gesicht geschrieben, die sie bei der Abfahrt oder einer Zigarette davor am Rettungswagen antrafen.

Was sie vor Ort erwartete, gab keinen Laut mehr von sich, aber es hallte trotzdem in ihnen nach. Die Spuren von Blut an Wand und Böden, ein Projektil, das eine massive Schranktür durchschlagen hatte, oder ein beim Kampf herausgerissenes Stück Stoff, all diese Dinge lösten winzige Geräusche in Ravis Kopf aus. Selbst von dem, was er roch, gingen kleine Laute aus. Es hatte mit dem ersten Tatort angefangen und nie aufgehört. Zuerst hatte er dagegen angekämpft, weil es ihm sonderbar vorgekommen war. Harro hatte ihn auf seine typische Art beruhigt. »Erst wenn die Toten nach dir rufen, sobald du die Augen schließt, solltest du dir Gedanken machen. Alles andere zeigt nur, wie gespitzt deine Sinne in dieser Situation sind. Versuch, sie nicht zu unterdrücken. Solange du da oben«, er hatte mit dem Zeigefinger an Ravis Stirn getippt, »alles wieder ausgeräumt bekommst, brauchst du dir keine Sorgen zu machen.«

Ravi bog auf Harros erneuten Fingerzeig nach rechts ab. Einfamilienhäuser und kleinere Mehrfamilienhäuser wechselten sich ab. Große Laubbäume und bunte Hecken rahmten sie ein oder verbargen sie fast vollständig. Obwohl gut gepflegt, war einigen dennoch anzusehen, dass sie aus den frühen Achtzigern stammten. Von den Fensterrahmen blätterte die Farbe.

Am Ende der Straße, die auf offenes Feld mündete, erkannte er den Rettungswagen.

»Magda und Dr. Erwin Oberländer, beide Anfang siebzig. Die Frau vom Pflegedienst hat sie gefunden und die Polizei alarmiert. Sie ist Thailänderin und spricht schwer verständliches Deutsch. Sie steht noch unter Schock, mal sehen, was wir später überhaupt aus ihr herausbekommen. Sie war wohl zuletzt am Freitag da. Und am Wochenende war es fast spätsommerlich warm.« Harro schnaufte vielsagend. In Ravis Ohren klang es wie ein ahnungsvolles Aufstöhnen. »Ich denke, wir kümmern uns zuerst um die Wohnung«, schlug Harro vor. »Dann haben wir es bis zum Mittagessen hinter uns. Zwei Streifenpolizisten sind noch vor Ort, und die Kriminaltechnik müsste auch in ein paar Minuten da sein.«

Ravi spürte die Anspannung, die ihn erfasste. Es bestand Routine in ihren Arbeitsabläufen. Das gab einen gewissen Halt, ein Tau, das ihn sicherte, wenn er abzurutschen drohte. Doch die Situation vor Ort war jedes Mal anders. Unvorhersehbar und nicht kalkulierbar.

Er rollte langsam in die freie Lücke neben dem Krankenwagen. Ein Stoppelfeld, auf dem es wieder grünte, lag vor ihnen. Sie stiegen aus. Er holte seinen Rucksack aus dem Kofferraum. Im Vorbeilaufen sah er an der Seitentür des Rettungswagens eine gedrungene Frau in violetten Gummisandalen. Ihr mintfarbener Pflegekittel spannte um den Bauch. Schwarze Haare umrahmten ein rundes Gesicht, ihr Blick aus verweinten Augen folgte ihnen. Die Frau griff nach einem Becher, den ihr eine Sanitäterin reichte.

Harro eilte voran. Ein kleines Mehrfamilienhaus, drei Etagen mit ausgebautem Dach, erwartete sie. Die Birnbäume links und rechts des Gehwegs trugen nur noch wenige gelbe Blätter. Die dichte Rasenfläche war frisch gemäht, die Kanten sauber nachgearbeitet. Warum achtete er auf solche Dinge? Belanglose Details machten das große Grauen ein wenig erträglicher. Hellbraune Marmorstufen ließen ihre

Schritte von den Wänden widerhallen. Der Geruch des sonntäglichen Schmorbratens hing noch im Treppenhaus fest und wurde intensiver. Einheitlich gerahmte, leicht vergilbte Stiche aus den Hochzeiten der Rheinromantik begleiteten sie. Der Mäuseturm, dann verschiedene Burgen, Reichenstein, Rheinstein, die Pfalzgrafenstein bei Kaub, die wie ein steinernes Schiff auf einer Insel im Wasser thronte. Links und rechts zweigte je eine Wohnung ab. An jeder Tür hing ein kleines Gesteck, der saubere Fußabtreter lag akkurat darunter. Keine Schuhe vor der Wohnungstür, kein Tretroller, kein Skateboard, es wirkte nicht so, als ob es Kinder im Haus gäbe. Den Bratenduft ließen sie schon in der ersten Etage hinter sich. In der zweiten hatten sie ihr Ziel erreicht. Die beiden noch jungen Streifenpolizisten standen vor der Tür. Aus ihren großen Augen und geröteten Wangen sprach die Erregung. Sie hielten Abstand zum Wohnungseingang und vermieden es, hineinzusehen. Was sie bisher erblickt hatten, schien ihnen auszureichen.

»Guten Morgen, Kollegen.« Harro nickte den beiden aufmunternd zu. »Was müssen wir wissen?«

Beide reckten sich und schienen sich kurz zu sammeln.

»Wer war alles drinnen?«, fragte Harro weiter, noch bevor ein Wort gesagt worden war. Sein Blick wanderte von einem zum anderen.

»Die Pflegerin ist überall herumgerannt. Wir sind gleichzeitig mit den Sanitätern hier angekommen und zusammen rein.« Er deutete mit einer knappen Kopfbewegung in Richtung der geöffneten Wohnungstür. Ravi merkte, dass er sich bemühte, nicht durch die Nase einzuatmen. »Wir haben uns aber zurückgehalten. Wir waren nur ein paar Schritte im Flur und haben die Pflegerin mit rausgenommen. Es ist ja schließlich ein Tatort.«

Harro nickte und klopfte dem Mann auf die Schulter. »Da habt ihr alles richtig gemacht. Wir übernehmen. Bitte notiert für uns die Namen und Anschriften der Sanitäter und der

Pflegerin. Sie soll bleiben. Die Sanitäter können los, wenn sie keine Hilfe mehr braucht.«

Die beiden wirkten erleichtert, endlich wegzukommen von diesem Ort, der großzügig den süßen Geruch des Todes verströmte.

5

Rocco Werner hatte genug gesehen. Surrend startete er den Motor seines schweren SUV. Nebenan fuhr derweil der nächste Wagen der Polizei vor. Genauso unauffällig wie die beiden davor: dunkelblaue Kombis von Volkswagen und Audi. Da vermutlich die gesamte Jahresproduktion in dieser Tarnfarbe an die Polizei ging, schellten bei jedem, den er kannte, sofort die Alarmglocken, wenn er einen solchen Wagen sah. Er schmunzelte und strich sich durch den gepflegten roten Vollbart, den er heute Morgen nach dem Shampoonieren noch zusätzlich mit Wachs bearbeitet hatte. Es fühlte sich gut an, aber der Geruch gefiel ihm nicht. Er atmete hörbar durch die Nase ein. Er roch wie ein überparfümierter Toilettenstein. Wahrscheinlich war das Zeug deswegen im Sonderangebot gewesen. Er hätte besser doch nach der gewohnten Marke gegriffen, die fast geruchlos war. Jetzt konnte er neben der Funktion des Fahrers auch die des Duftbäumchens am Rückspiegel übernehmen. In der Werkstatt musste er sich das Gesicht waschen. Das war nicht auszuhalten.

Er wartete noch einen Moment, bis die beiden Beamten in Zivil mit ihren Koffern im Haus verschwunden waren. Der gute Bekannte seines Chefs war schon mit dem ersten Schwung ziviler Polizisten angereist. Danach manövrierte er den BMW vorsichtig aus der Parklücke und fuhr in die entgegengesetzte Richtung davon. Es hatte keinen Sinn, weiter das Haus anzustarren. Am Ende wurden sie noch auf ihn aufmerksam und stellten Fragen, für die er nur schwer unverdächtige Antworten fand. Das bedeutete nur zusätzlichen Ärger, den er in dieser ohnehin nicht einfachen Situation tunlichst vermeiden sollte. Als ob es nicht schon genug Probleme gäbe, und jetzt das. Er schlug mit der geballten Faust auf das Sportlenkrad aus poliertem Holz.

Noch bevor das Ortsschild in Sicht kam, trat er das Gaspedal durch und genoss es, dass ihn der Schub in den Sitz drückte. Sein X6 Competition in der Tuningversion hatte gut sechshundert PS, die die mehr als zweieinhalb Tonnen in knapp vier Sekunden auf einhundert Stundenkilometer brachten. Da war ein Passat gerade angefahren. Er vermied es, sich zufrieden durch den Bart zu fahren, weil er befürchtete, dadurch die nächste Dunstwolke freizusetzen. Ließ er die Haare in Ruhe, müffelten sie nur schwach und einigermaßen erträglich vor sich hin. Stattdessen rieb er sich über den massiven, großflächig tätowierten Oberarm und spannte den gut ausgebildeten Bizeps an.

Vollständig sortiert bekam er das, was er da eben gesehen hatte, bisher noch nicht. Eine sehr vorsichtige Formulierung dafür, dass er eigentlich keinen blassen Schimmer hatte, wie alles zusammenhing und ob es sie wirklich betraf. Um das beurteilen zu können, würden sie Details von drinnen brauchen. Darum musste sich der Chef nachher kümmern. Seine eigenen Kontakte reichten nicht aus.

Von Bruno, den Rocco vor zehn Jahren angeworben hatte, stammte der Hinweis, dass die Polizei hier gerade mit fast allem anrückte, was sie zu bieten hatte. Er wohnte zwei Straßen weiter, hatte den Auflauf zufällig mitbekommen und sofort Bescheid gegeben. Rettungswagen, Streife, Kripo, das ganz große Aufgebot. Genug, um Rocco zu bewegen, sich selbst ein Bild zu machen. Die Entwicklungen der letzten Monate und Beobachtungen im Umfeld hatten ihn hergelockt.

Im letzten Winter hatten sie die Bulgaren von der anderen Rheinseite in die Schranken gewiesen. Die verstanden nun, dass die alten Grenzen Bestand hatten. Wilderte man im fremden Revier, lief man Gefahr, beim Überqueren der Theodor-Heuss-Brücke unglücklich in den Rhein zu stürzen. Die Bulgaren waren nicht dumm, es hatte nur einer springen müssen, bis der Groschen gefallen war. Jetzt drängten stattdessen die Türken vom Findik-Clan aus Frankfurt und Offenbach zu ihnen herein. Wobei, Türken waren sie eigentlich nicht. Sie stammten aus dem Libanon, der sie aber auch nicht mehr zurückwollte. Und Findik hießen sie auch nicht. Eigentlich stimmte gar nichts an denen. Angeblich nannten sie sich so, weil der Erste von ihnen, der noch vor dem Zweiten Weltkrieg die Türkei verlassen hatte, mit Haselnüssen, türkisch Findik, gehandelt hatte.

Mit den Bulgaren waren sie leicht fertiggeworden. Die tickten ähnlich wie sie. Die Findiks waren ein anderes Kaliber, kaum zu greifen bis jetzt, und sie wurden immer mehr. Das wollte der Alte nicht wahrhaben. Die Jungs auf der Straße, die ihre Drogen verkauften, wurden aber bereits nervös. Sie spürten jede Veränderung zuerst und redeten davon, dass ständig neue dazukamen. Die meisten von denen waren zwischen vierzehn und fünfundzwanzig, also im besten Alter. Alle aus der großen Familie und untereinander so oft direkt verwandt, dass sie gerne Witze über die Qualität des eingeschränkten Genpools machten. Das hielt sie aber nicht auf und machte sie nur noch gefährlicher.

Sie fluteten herüber, ohne dass sie etwas dagegen tun konnten. Drei Familien saßen bereits in der Neustadt, eine in Mombach. Und das waren nur die, von denen sie wussten. Er glaubte fest, dass es schon viel mehr waren. Sein Informant in der Stadtverwaltung hatte berichtet, dass Anfang des Monats einer von denen mit einem knappen Dutzend Geburtsurkunden aufgetaucht war und den Mitarbeiter im Sozialamt unter Druck gesetzt hatte. Das Kindergeld hatte er auf diese Weise anscheinend schon klargemacht. Und gäbe es in der Stadt nur ein paar wenige von ihnen, träten sie nicht so selbstsicher auf. Zwei ihrer Dealer waren erst letzte Woche am Hauptbahnhof von denen bedrängt worden. »Kommt zu uns, was wollt ihr noch bei dem alten Mann?«

Zwar hielten die Findiks die Füße ansonsten weitgehend still. Er war sich aber ganz sicher, dass es so nicht bleiben würde. Sie sammelten sich. Eine trügerische Ruhe, von der sie sich nicht einlullen lassen durften, umgab sie, weil ihre Geschäfte jetzt sogar besser liefen als vor dem Geplänkel mit den Bulgaren. Die Drogen und das Schutzgeld sowie das Glücksspiel in zwei Kellern in der Nähe des Südbahnhofs, der Handel mit den Autos und den Antiquitäten, die dem Alten so am Herzen lagen, weil sich darüber ein Teil des Geldes waschen ließ, sorgten für steigende Einnahmen. So war auch zu verschmerzen, dass der warme Geldregen aus dem guten Dutzend Corona-Testcentern mittlerweile versiegt war. Doch das vernebelte ihnen nicht den Blick auf die dunklen Gewitterwolken, die am Horizont aufgezogen waren.

Die Findiks vermaßen das Terrain, sondierten ihre Chancen und Risiken und verteilten sich still und leise über die gesamte Stadt. Das kannten auch die Bulgaren, weil es bei denen drüben ebenso angefangen hatte. Kein einziger nennenswerter Zwischenfall, dann kam auf einmal der große Knall, und man wunderte sich, dass innerhalb weniger Minuten vier Dutzend Brüder und Cousins da waren, die nicht lange fackelten.

Ob der Chef, der die sechzig inzwischen überschritten hatte und den sie wegen seiner auch privaten Vorliebe für feine alte Möbel den »Starinski«, die Antiquität, nannten, noch für einen großen Kampf taugte? Seine beiden ältesten Kinder hatten frühzeitig das Weite gesucht und würden nicht zurückkommen. Rajko, der Jüngste, studierte noch im Rheingau an einer Privatuni und schwirrte in letzter Zeit immer öfter um den Vater herum. Mit verworrenen Ideen, die er umsetzen wollte und für die er den Alten um Geld anging. Auf Rocco machte es eher den Eindruck, als ob er nur auf den richtigen Zeitpunkt wartete, um sich mit vollen Taschen ebenfalls aus dem Staub zu machen.

Egal, wie sich das entwickelte, sie gingen äußerst schwierigen Zeiten entgegen, von denen er nicht mehr mit letzter Überzeugung behaupten würde, dass sie am Ende als Sieger dastünden. Daher war es wichtig, die Augen und Ohren offen zu halten, um rechtzeitig reagieren zu können. Er hielt zum

Alten, dem er viel verdankte, aber das sinkende Schiff verließ er bestimmt nicht als Letzter.

Die Ampel an der Kreuzung Rheinallee und Kaiserstraße sprang in dem Moment um, als er an sie heranfuhr. Die grüne Welle blieb ihm auch in der Innenstadt treu, wie schon auf der bisherigen Strecke. Gleich würde er das Gelände des Zollhafens passieren, wo gerade die nächsten Edelimmobilien am Wasser in die Höhe wuchsen. Die äußerste in der ersten Reihe mit dem eigenen Bootsanleger gehörte dem Chef. Keine stand näher am Fluss.

Sirenen schreckten ihn aus seinen Gedanken. Er hatte sie bisher gar nicht bemerkt. Der Löschzug hing fast an seiner Stoßstange. Da hielt man sich ein Mal an die Geschwindigkeitsbegrenzung, und schon wurde man zum Hindernis. Rocco schüttelte den Kopf. Er hatte noch nie verstanden, warum man eine der Hauptverkehrsachsen durch die Stadt zur Dreißigerzone machte und etliche Blitzer montierte, um das durchzusetzen. Nicht nur nachts kam man sich hier wie eine Schnecke vor, zumal wenn das eigene Auto nach mehr Tempo verlangte. So etwas dachten sich nur die Müslifresser auf ihren Klapprädern aus, die sich an der Ampel demonstrativ mitten auf die Straße stellten und einem dann noch den Stinkefinger zeigten, wenn man mit der Stoßstange fast ihr abgefahrenes Hinterrad berührte.

Er trat das Gaspedal durch und schuf schnell ausreichend Abstand zwischen sich und den nervenden Feuerwehrwagen. Kurz vor der Kreuzung, an der er links abbiegen wollte, erfasste sein Blick die schwarze Rauchsäule, die kerzengerade aufstieg und sich erst über den Dächern auflöste. Seine Hände krallten sich um das Lenkrad. Sein Puls ging schneller. Das große Restaurant am Anleger für die Sportboote und die drei Fitnessstudios, die sich hier auf engem Radius verteilten, waren Kunden von ihnen. Das in einer alten Industriehalle vor zwei Jahren neu eröffnete Studio hatte sich mittlerweile zum besten Abnehmer für Muskelaufbaupräparate entwickelt, an die man nur auf persönliche Empfehlung kam. Auf dem Parkplatz davor, den auch ein Bio-Supermarkt nutzte, stand ein Sportwagen in Flammen.

Der Einsatzwagen der Feuerwehr parkte mit Abstand dahinter. Die wussten, warum. Die Flammen schlugen unter dem Motorblock hervor. Auch die beiden Vorderreifen brannten lichterloh, während das Heck des Wagens den Eindruck vermittelte, nichts mit der Sache zu tun zu haben. Das würde sich jedoch recht bald ändern, wenn der Tank heiß genug war und schließlich platzte. Die Druckwelle des sich sofort entzündenden Benzins konnte heftig werden. Ein effizientes Schauspiel, wenn man bedachte, dass es dafür nicht mehr als zwei kleine weiße Grillanzünder brauchte: einen für den rechten und einen für den linken Vorderreifen. Dort postiert, blieb nach dem Anzünden genug Zeit, um sich entspannt vom Ort des Geschehens zu entfernen.

Auf den großen Knall, der wahrscheinlich nicht stark genug sein würde, um die Frontscheiben des Studios bersten zu lassen, wollte Rocco nicht warten. Er gab Gas. Das Feuer trug die Handschrift der Findiks. Es wurde höchste Zeit, dass sie sich rüsteten. Der Herbst konnte heiß werden.

6

Alles war Gewöhnungssache, auch der Geruch. Das ganze Leben bedeutete ein ständiges Sich-Arrangieren mit Dingen, die einen selbst betrafen, für die aber andere verantwortlich zeichneten. Harro begehrte schon längst nicht mehr dagegen auf, sondern wich aus, wenn es möglich war. Der Vorwurf seiner Ex-Frau traf daher zu: »Du bist nicht zu greifen, Harro Betz, und wenn, dann windest du dich wie ein Aal.« Er hatte Carmens plärrende Worte von gestern Abend sofort wieder im Ohr. Das schlechte Funknetz im Westerwald, wo sie nach der Scheidung vor über zwanzig Jahren mit ihrem Grundschulfreund im Garten ihrer Eltern ein Häuschen gebaut hatte, verzerrte ihre Stimme. Sie hatte wie ein Außerirdischer geklungen, der mühsam versuchte, sich mit ihm zu verständigen. Eine zähe und von Aussetzern zerhackte Kontaktaufnahme, die nur eine Richtung kannte. Verstehen musste er sie nicht, weil er auch ohne Worte genau wusste, was sie wollte. Und auf eine Diskussion legte sie ohnehin keinen Wert.

Sie hatten sich an einem Fastnachtsfreitag beim Ball der Prinzengarde in der Rheingoldhalle kennengelernt. Er war als Trapper verkleidet gewesen und hatte einen plüschigen kleinen Biber auf dem Arm mit sich herumgetragen, den sie furchtbar süß fand. Ihre im Vollrausch geschlossene Beziehung hielt immerhin bis zum Aschermittwoch des Folgejahres und damit deutlich länger als eine durchschnittliche Fastnachtsliaison. Dazwischen hatten sie geheiratet und erfolglos eine gemeinsame Wohnung gesucht, weil Carmen schwanger geworden war. Nur wenige Monate nach Heikes Geburt waren sie schon wieder geschieden und Carmen zu ihren Eltern in den Westerwald zurückgekehrt.

Seine Ex-Frau hatte nie etwas für sich verlangt, dazu war sie viel zu stolz. Aber sie bestand darauf, dass er bis zum

Ende des Studiums für Heike aufkam. Nach dem Abitur und einem Sabbatjahr in Indien hatte ihre Tochter mit Ethnologie angefangen und ihm schon damals klar zu verstehen gegeben, dass er Nachfragen zum Sinn und Zweck sowie der Zielrichtung ihres Studiums nicht zu stellen brauchte. Heike besaß die Gabe, sich von allen möglichen Studienorten des Landes genau diejenigen herauszusuchen, in denen maximaler Mangel an Wohnraum herrschte, und schon beim Einzug darüber nachzudenken, in welche überfüllte Großstadt sie nach dem nächsten Semester wechseln könnte. Jetzt schien auch das nicht mehr auszureichen. Köln, Hamburg, Berlin und München waren abgehakt. Aus den vom Funknetz zertrümmerten Bruchstücken von Carmens Rede hatte er ihren Stolz darüber heraushören können, dass ihre Tochter anscheinend beabsichtigte, ihre Abschlussarbeit in Paris zu schreiben, weil die dortige Fakultät für den sich anschließenden Masterstudiengang in Vergleichender Kulturanthropologie einen hervorragenden Ruf genieße. Mehrere Angebote für Wohnungen lagen vor. Das Studentenwohnheim kam wegen der Entfernung zur Universität und der zahlreichen negativen Bewertungen im Internet natürlich nicht in Frage. Vorschläge seinerseits schienen nicht erwartet zu werden, weil die Planung bereits in die finale Phase eingetreten war und der Umzugstermin in drei Wochen feststand.

Nachdem sie sich seine Zustimmung für den ihn betreffenden finanziellen Anteil abgeholt hatte, war das Gespräch beendet gewesen, und er hatte versucht, den aufkeimenden bitteren Gedanken zu verdrängen, dass sie ganz bewusst das Ende des Monats für ihren Anruf ausgewählt hatte, damit er seinen Beitrag frühzeitig einplanen und schon kommende Woche zur Seite legen konnte. Dass sein Monatsgehalt längst nicht mehr ausreichte, um das aufgelaufene Minus, das er vor sich herschob, auch nur ansatzweise zu tilgen, ging sie nichts an.

Lautlos bewegte er sich vom Fenster weg. »Ihr müsstet

nachher noch mal hier auf den Lamellen der Jalousie schauen. Die sind leicht auseinandergedrückt, vielleicht kannst du da Fingerabdrücke finden. Der Höhe nach stammen die wahrscheinlich bloß von ihr, überprüfen sollten wir es trotzdem.« Harro deutete in Richtung der Frau, die noch so dalag, wie sie sie vorgefunden hatten. Ihre Hände waren mittlerweile eingepackt, um eventuelle Spuren unter den Fingernägeln zu sichern. Sie würden sie gleich in die Rechtsmedizin abtransportieren.

Christian Schweickhart nickte stumm. Der leicht angegraute und immer dünner werdende dunkelblonde Pferdeschwanz des Kriminaltechnikers beulte die Haube des weißen Schutzanzuges, den sie alle hier am Tatort trugen, kaum noch aus. Er blickte nicht zu Harro auf, sondern untersuchte weiter den Bereich um den hellbraunen ledernen Zweisitzer, auf dem die schwere Büste mit den drei Gesichtern lag. Man brauchte keine tiefergehenden Erkenntnisse der Spurensicherung, um zweifelsfrei zu erkennen, dass sie damit erschlagen worden war. Die klaffende Wunde an ihrem Hinterkopf offenbarte, dass der Täter wahrscheinlich nur einmal, dafür mit großer Wucht zugeschlagen hatte. Der Schädel war an der Stelle, wo ihn die spitze Nase der Büste getroffen hatte, tief eingedrückt. Die vom Blut dunkel verfärbten Haare klebten daran fest. Nach einem Kampf sah es ansonsten nicht aus. Alles war an seinem Platz. Außer ihr, dem eingetrockneten Blut um ihren Kopf und der auf dem Sofa abgelegten Büste wirkte die Wohnung so aufgeräumt, als ob sie Besuch erwartet hätte. Nur im Zimmer gegenüber, in dem sich das Pflegebett ihres Mannes befand, stand eine Schublade am Sideboard unter dem Fernseher offen. Ravi hatte das herübergerufen. Die Schmuckschatulle darin war leer geräumt.

Die Pflegerin war inzwischen befragt worden und hatte bestätigt, dass es in der Wohnung immer so ordentlich aussah. Harro hatte kurz an seine Räuberhöhle im Souterrain des Gonsenheimer Einfamilienhauses denken müssen. Auf den wenigen Quadratmetern hätten die beiden Kollegen von der Kriminaltechnik mehr als genug zu tun.

»Unser Freund mit den drei Gesichtern scheint auch abgewischt worden zu sein. Es ist ohnehin unwahrscheinlich, dass wir auf dem rauen, rostigen Material einen Fingerabdruck sicherstellen können«, murrte Christian. Genervt wirkte er schon, seit er angefangen hatte. Die meisten Tatorte, zumal wenn es sich um Wohnungen handelte, strotzten nur so von Spuren. Hier hingegen war alles so sauber, dass Christian und sein jüngerer Kollege Olaf sämtliche Türrahmen der verschiedenen Zimmer der großen Wohnung abgepinselt hatten, ohne auch nur einen verwertbaren Fingerabdruck zu finden. Putzzwang oder ein Täter, der hinterher gründlich gereinigt hatte.

Harro versuchte, die Szene vor seinem geistigen Auge zum Leben zu erwecken. So, wie sie dalag, die schwere Wunde am Hinterkopf, hatte der Täter hinter ihr gestanden und unbehelligt zugeschlagen. Es würde ihn wundern, wenn sie in der Rechtsmedizin Abwehrspuren unter ihren Nägeln finden würden. Aber das gehörte zur Routine.

Es gab keine Statistik, die bei dieser Konstellation für eine Frau als Täterin sprach. Sie musste ihn in die Wohnung gelassen und hierher ins Wohnzimmer geführt haben. Warum hatte sie ihm den Rücken zugewandt und ihm damit die Gelegenheit zum Zuschlagen geboten? Entweder kannte und vertraute sie ihm, oder etwas anderes hatte plötzlich ihre Aufmerksamkeit auf sich gezogen. Der pflegebedürftige Ehemann, der nach ihr rief? Sie unterbrach daraufhin die Unterhaltung und wandte sich zum Gehen, in der Absicht, nach ihrem Mann zu sehen und gleich wieder zurückzukommen. Darauf wartete der Täter nicht. Er nutzte seine Chance und langte nach der Büste neben der Tür.

Vor Harros innerem Auge lief die Szene in einer Endlosschleife immer wieder ab. Ein einziger, wuchtiger Schlag, entschlossen geführt und nicht im letzten Moment abgebremst.

Das Splittern des Schädelknochens, dem gleich darauf das dumpfe Geräusch folgte, mit dem sie auf dem hellen Parkett aufschlug, konnte er hören. Die anschließenden Bemühungen des Täters, sämtliche Spuren zu tilgen, die ihn verraten könnten, sehen. Oder hatte er erschrocken ausgeharrt und einige Zeit gebraucht, um sich aus der Starre zu lösen? Wann hatte er den hilflosen Mann im Bett ermordet? Eine Handtasche und ein Portemonnaie von Magda Oberländer hatten sie bisher nicht gefunden. Zusammen mit dem Schmuck aus der Schublade, den der Täter ohne großes Suchen entdeckt haben dürfte, war das die Beute, für die zwei Menschen hatten sterben müssen.

Harro schüttelte den Kopf und fuhr dabei gedankenverloren mit den Fingern über das glatte dunkelbraune Furnier des mächtigen Buffetschranks, der sich über den größten Teil der linken Wand des Wohnzimmers bis hin zum Fenster erstreckte. Durch die dünnen Gummihandschuhe spürte er die feine Maserung des Holzes. Er klappte die beiden Flügel des linken unteren Schrankfachs auf und trat einen Schritt zurück. Den Abstand brauchte er zum Sortieren seines Sichtfeldes. Christian nahm keine Notiz von ihm. Er rieb weiter konzentriert mit einem Tupfer über die Nase des Bronzekopfes.

Der Unterschrank war bis auf den letzten Millimeter mit verschiedenen farbigen Verpackungskartons so akkurat bestückt, dass an keiner Seite auch nur ein schmaler Spalt zu sehen war. Bei Tetris wäre jetzt der Eintritt zum nächsten Level erreicht. Harro zog vorsichtig einen kleinen Karton aus der oberen rechten Ecke. Dessen Gewicht verriet, dass der auf der Packung abgebildete Elektrorasierer woanders, vermutlich in Benutzung sein musste. Im Innern raschelte die Bedienungsanleitung. Er öffnete die Box und fand darin zusätzlich die vollständig ausgefüllte und abgestempelte Garantiekarte sowie ein Bündel überzähliger Kabel, Stecker und Reinigungspinsel. Er schloss den Deckel wieder und schob die Kiste zurück an ihren Platz.

Sein Blick wanderte über die bunte Front der Kartons. Die Vielfalt der Elektrogeräte eines durchschnittlichen Haushalts, in der Reihenfolge des Erwerbs im örtlichen Fachgeschäft einsortiert. Magda Oberländer schien jede Verpackung mitsamt dem passenden nicht benötigten Zubehör aufgehoben zu haben. Vom elektrischen Messer über Handstaubsauger und Kaffeemaschine bis hin zum DVD-Recorder war alles vertreten. Fein säuberlich hatte sie auf jeder Verpackung zudem das Kaufdatum sowie das Ablaufdatum der Garantie notiert. Er griff nach dem Karton des Mini-Gemüsedörrautomaten, der sich genau in der Mitte der passgenauen Kartonkonstruktion befand. Es war der einzige, dessen Beschriftung offenbarte, dass er verkehrt herum einsortiert worden war. Die von ihr vermerkten Zahlen standen auf dem Kopf.

Die Verpackung ließ sich problemlos herausziehen, ohne dass eine andere verrutschte. Harro spürte, wie sich sein Puls merklich beschleunigte. Das Paket hatte ein ganz anderes Gewicht. Es lag schwer in seiner Hand.

Ein Rascheln hinter ihm verriet, dass sich Christian aufrichtete, um das Zimmer zu verlassen. Der Kollege schien ganz auf die eigene Arbeit konzentriert. Harro blickte ihm nur kurz nach und summte gleich darauf einige Takte der Melodie aus dem Radio halblaut vor sich hin. *Denn ich hab heute Nacht einen Engel gesehen. Mona Lisa.* Seine Hände zitterten, als er zuerst die kleine Lasche am Deckel vorsichtig löste und dann den Karton öffnete und fast gierig den dünnen Stoffbeutel herauszog, der sich darin befand. Ein eisiger Lufthauch berührte ihn. Ravi musste drüben das Fenster aufgemacht haben. Der Geruch in der Wohnung forderte sie alle heraus.

Verblasste Bilder schoben sich vor sein inneres Auge. Erinnerungen an den Fundort einer Leiche vor fast zwei Jahren. Tagelang war das warme Wasser aus der Regenwaldbrause über den Mann in der Duschtasse gerieselt und hatte die gesamte Wohnung in eine dampfige, subtropische Atmosphäre der Verwesung verwandelt. Das Furnier warf Blasen und löste sich an den Kanten von den Möbelstücken. Die Schränke ließen sich kaum noch öffnen. Er war allein in der Wohnung zurückgeblieben, weil Tobias Luft schnappen musste. Aus einer Schublade, die er mit Gewalt aufriss, waren sie hervorgequollen: dicke Bündel, wie sie jetzt im Stoffbeutel dicht aneinandergedrängt lagen. Bunte Gummiringe hielten die Geldscheine zusammen. Dazwischen klimperten bei jeder noch so vorsichtigen Bewegung Ohrclips, Ketten und mehrere goldene Broschen mit bunten Steinen. Hatte es der Täter darauf abgesehen gehabt? Sogleich schüttelte er den Kopf. Das passte nicht zusammen. Zuerst erschlägt er die Frau und erstickt ihren Mann, wischt Spuren weg, um dann, ohne auch nur nach der Beute zu suchen, abzuhauen? Sie hingegen schien mit einem Einbruch gerechnet zu haben. Die wertvollen Stücke hatte sie zusammen mit dem Geld gerade noch rechtzeitig an einem anderen Platz verstauen können. Mit ihrer Einschätzung, dass die wirre Kartonsammlung als sicheres Versteck taugte, schien sie recht behalten zu haben. Die Puzzleteile wollten trotzdem noch nicht wirklich ineinanderpassen.

Hastig griff Harro in den Beutel und zog eines der Geldbündel heraus. Er steckte es in die Innentasche seiner abgegriffenen Lederjacke und drückte den Beutel sofort wieder vorsichtig in die Umverpackung des praktischen Haushaltsgerätes, das vertrocknetes Obst anbot und glücklich strahlende Kinder versprach. Den Karton schob er zurück in die freie Lücke. Die Zahlen tanzten jetzt noch freudiger auf dem Kopf als davor schon. Kitzelnd suchte sich ein Schweißtropfen den Weg aus seiner Achselhöhle und rann weiter in die Tiefe. Das alles konnte später getrost einer der anderen Kollegen untersuchen.

Harro wandte sich dem nächsten Schrankelement zu, öffnete die Klappe und grinste angespannt. Sein Puls hatte sich fast schon wieder beruhigt. Die Euphorie ließ seine Ohren glühen, während er an den Füßen und Händen fror.

Na bitte. Auf seinen Geruchssinn konnte er sich meistens

verlassen. Auf Portwein wäre er aber nicht gekommen, wenn er ehrlich sein sollte. Eines der fein geschliffenen Gläschen zeigte eingetrocknete rote Spuren auf dem Boden. Mehrere teure Whiskeys und eine noch ungeöffnete kleine Flasche Hennessy strahlten ihn an. Der handliche Cognac passte als Gegengewicht gut in die andere Innentasche seiner Lederjacke. Erst dann blickte er erschrocken auf, weil er alles um sich herum vergessen hatte.

7

Ravi wusste genau, warum ihn der Chef in diesen Raum beordert hatte. Die Verletzungen am Hinterkopf der Frau hatten sie noch zusammen betrachtet. Danach war Harro zielstrebig ins Wohnzimmer gegangen, was bedeutete, dass für ihn das Schlafzimmer übrig blieb, in dem der strenge Geruch menschlicher Ausscheidungen mit dem süßlichen Duft der Verwesung um die Oberhoheit rang. Den dröhnenden Fernseher, auf dem die Wiederholung des Halbfinales der Fußballweltmeisterschaft 1982 zwischen Polen und Italien vermutlich in Dauerschleife lief, hatte er schnell ausgemacht. Ravi umrundete das Pflegebett. Vorsichtig drehte er die Stange an der Jalousie, um ein wenig mehr Tageslicht in das Zimmer zu lassen. Eine Schublade des Sideboards unter dem Fernseher war aufgezogen. Ravi bückte sich. Sein Schutzanzug raschelte bei jeder Bewegung. Das typische Geräusch des Tatorts. In fast jedem Zimmer war ein Kollege still beschäftigt. Nur das Knistern der weißen Schutzanzüge verriet, dass hier Hochbetrieb herrschte.

Die mit kantigen Schnitzereien verzierte Schatulle aus dunklem Holz wirkte alt. Sie war innen unterteilt und mit rotem, abgegriffenem Samt ausgekleidet. Ein einzelner Ohrclip hing in einer Ecke zwischen den Holzstreben verklemmt fest.

»Hier ist eine Schmuckschatulle in einer Schublade gegenüber dem Bett. Sie ist leer.«

Ravi hatte sich für die laut gesprochenen Worte in Richtung Flur gedreht. Er richtete sich wieder auf und langte vorsichtig an der Jalousie vorbei nach dem abschließbaren Fenstergriff. Er widerstand dem Bedürfnis, das Fenster zu öffnen. Das musste warten, bis er sich alles genau angesehen hatte. Er blieb noch einen Moment am Fenster stehen, atmete einmal tief durch und drehte sich dann um.

Der Abstand zwischen den beiden Nachttischen war so groß, dass sie aus dem Pflegebett unmöglich zu erreichen waren. Sie standen noch so, wie es für das Doppelbett, das dafür hatte weichen müssen, notwendig gewesen war. Die wenigen grauen Haare auf dem Hinterkopf von Erwin Oberländer wirkten wie platt aufgeklebt. Der Alte hatte ihm aus trüben Augen und mit offen stehendem Mund entgegengeblickt, als Ravi das Schlafzimmer betreten hatte. Ein Blick, der ihm durch Mark und Bein gegangen war. Hatte Erwin Oberländer hilflos mitansehen müssen, wie seine Frau nur ein paar Schritte von ihm entfernt erschlagen wurde? Hatte er sie zu Boden fallen gesehen und geahnt, dass der Täter als Nächstes zu ihm kommen würde? Ravi schritt langsam wieder um das Bett herum.

Feine rote Äderchen durchzogen das Weiß der Augäpfel des Mannes. Die Hände waren zu Fäusten geballt, sie lagen neben seinem Körper auf der Bettdecke. Dünne Pergamenthaut, durch die weiße Knochen hindurchschimmerten. Der Tropfen Blut aus der kleinen Wunde an seinem Mundwinkel war nicht weit gekommen. In der ersten Falte seiner Wange hatte er sich verfangen und war eingetrocknet. Erwin Oberländers Kopf ruhte auf einem dicken Kissen. Es war kaum eingedrückt. Ein zweites lag auf dem Boden vor dem Bett. Die Spuren seines Speichels und ein kleiner, bräunlich verfärbter Fleck deuteten ebenso wie die geplatzten Adern im Augapfel darauf hin, dass er damit erstickt worden war. Die Kraft oder gar die Fähigkeit, sich zur Wehr zu setzen, schien ihm gefehlt zu haben. Die Bettdecke lag noch so auf ihm, als ob er eben für das Einschlafen fertig gemacht worden wäre und nur noch auf den Gute-Nacht-Kuss wartete. Eine letzte Berührung der Lippen seiner Frau auf der kahlen Stirn, die ihm die Ruhe verlieh, um getrost die Augen schließen zu können.

Ravi wischte die Gedanken beiseite. Aus dem Wohnzimmer konnte er Harros Summen vernehmen. Erst nach ein paar Takten erkannte er die Melodie, die der Chef in kurzen Abständen wiederholte und die sich nun auch wieder in seinem Kopf verselbstständigte. Ravi brauchte Luft. Mit ein paar Schritten erreichte er das Fenster und kippte die Scheibe. Er verharrte dort nur einen kurzen Moment mit geschlossenen Augen.

Von der Lieberknecht aus der Rechtsmedizin würden sie vielleicht schon heute Abend, aber wohl spätestens morgen früh eine brauchbare Aussage zum Todeszeitpunkt bekommen. Den Eindrücken nach, die er mittlerweile gesammelt hatte, mussten die beiden Mordopfer mindestens einen Tag, eher schon das ganze Wochenende unentdeckt hier gelegen haben. Sie hatte dem Täter die Tür geöffnet, oder er besaß selbst einen Schlüssel, wie die Frau vom Pflegedienst. Dass er sich in der Wohnung auskannte, dafür sprach die mutmaßlich gezielte Suche nach dem Schmuck in der Schublade. Nichts war durchwühlt und herausgerissen worden. Bei Raubmord herrschte am Tatort sonst meistens das blanke Chaos. Hier schien nur die eine Schublade aufgezogen und deren Inhalt herausgenommen worden zu sein. Aber warum hatte der Täter sie nicht wieder zugeschoben? War er beim Diebstahl überrascht worden? Meistens agierten die Täter zu zweit. Einer verwickelte sein Opfer in ein Gespräch, und der zweite schlich leise von Zimmer zu Zimmer, nachdem er sich zuvor nach der Toilette erkundigt hatte. Ein vorsichtiger und stiller Erkundungsgang. Sie hatten noch das Portemonnaie und die Handtasche der Toten mitgenommen, die womöglich griffbereit auf der Kommode neben der Garderobe am Eingang gelegen hatten.

Ravi gab dem Verlangen seines Körpers nach. Er musste für einen Moment raus aus dem Geruch. Sein Blick wanderte den Flur entlang in Richtung Wohnungstür. Im Treppenhaus war gedämpft das Läuten einer Türklingel zu hören. Tobias war dort unterwegs und befragte die Nachbarn. Eine kurze Runde nur für erste wichtige Hinweise und um abzuklären, wo es erforderlich war, umfangreichere Befragungen einzuplanen.

Harro stand mitten im Wohnzimmer. Er wandte ihm den Rücken zu, summte vor sich hin und schien in Gedanken ganz bei den Engeln der vergangenen Nacht und ihrer Mona Lisa zu sein. Manchmal fragte er sich, ob der Chef diese Musik auch dann so laut aufdrehen würde, wenn sie sich nicht jedes Mal lautstark darüber beschweren würden. Wie ein trotziger kleiner Junge verhielt er sich, der ganz genau wusste, womit er die Eltern aus der Reserve locken konnte. Und sie sprangen immer sofort darauf an.

Die Schranktür stand offen. Er fingerte an einer bunt bedruckten Schachtel herum. Mehr konnte Ravi nicht erkennen. Eine knappe Bewegung nur, die doch so viel offenbarte. Hastig schob Harro die Verpackung zurück und zog gleich darauf entschlossen die Klappe darüber auf. Die Erschütterung ließ die Gläser darin kaum hörbar klingen. Entschlossen war auch der Griff hinein und der anschließende Weg der Flasche in die Innentasche seiner Jacke. Einen Moment noch begutachtete Harro prüfend die weitere Auswahl an alkoholischen Getränken in der Schrankbar, dann schien er seine Nähe zu spüren und wandte sich zur Seite. Ravi vermochte nicht zu sagen, ob sein Blick fragend oder bittend wirkte. Überrascht sah er nicht aus.

8

»Na, da haben Sie sich aber reichlich Zeit gelassen, junger Mann!« Schon eilte sie davon und ließ Tobias, der noch kein Wort hatte sagen können, unschlüssig im Hausflur zurück. Ihre Stimme klang gehetzt, als sie ihn im Laufen befehlsmäßig aufforderte: »Machen Sie die Tür hinter sich zu. Ich heize nicht für die Nachbarn!«

Immerhin wusste Tobias nun, wo es am Sonntag einen Braten gegeben hatte. Der Schmorgeruch, den ein Hauch von verbrannten Zwiebeln umwehte, hing kalt und schwer in der Wohnung. Der Flur lag im Dunkeln, weil die Türen der Zimmer, die zu beiden Seiten abgingen, geschlossen waren. Nur vom Ende her fiel ein wenig Licht herein. Die Wohnungen im Haus schienen alle so aufgeteilt zu sein wie die der Oberländers, die in der Wohnung über Isolde Guntermann ermordet worden waren.

Tobias war kurz mit am Tatort gewesen und hatte die beiden Opfer gesehen. Daher wusste er, dass Isolde Guntermann schnellen Schrittes ins Wohnzimmer gelaufen war. Das Klappern des Porzellans deutete an, dass er hier nicht gefragt werden würde, ob er überhaupt einen Kaffee wollte. Plätschernd floss der in die bereitgestellte Tasse, noch bevor er das Wohnzimmer erreicht hatte. Abgelehnt hätte er ihn ohnehin nicht. Er war ganz froh darüber, hier ein paar Minuten durchatmen zu können.

Nebenan war er mit wenigen Worten an der Tür abgefertigt worden. Ein greiser Mann, leicht gebückt auf seinen Stock gestützt, hatte die Tür geöffnet und ihn unschlüssig gemustert. Das Gebiss schien er vergessen zu haben. Sein rechtes Hörgerät hing schief und entgegen seiner Bestimmung zum größten Teil aus der Ohrmuschel heraus. Die lautstarke Befragung hatte Tobias schon nach wenigen Minuten wieder beendet, ein verwertbarer Hinweis war dem Mann nicht zu entlocken gewesen. Olaf, der Kollege von der Kriminaltechnik, der erst seit gut einem Jahr mit dabei war und am Tatort immer noch von der Aufregung gerötete Wangen bekam, hatte breit gegrinst, als er an ihnen vorbei nach unten zum Wagen geeilt war. Nachdem der Alte die Tür wieder geschlossen hatte, war deutlich zu hören gewesen, wie er auf der anderen Seite mehrere Schließvorgänge tätigte.

Bei Frau Guntermann hingegen umwehte Tobias ein Höchstmaß an Gastfreundschaft, aus dem er sich gleich vermutlich umständlich, aber entschlossen würde herauswinden müssen. Zum Glück hatte er den Anruf bei Sara zu Hause eben noch schnell erledigt. Das verschaffte ihm etwas innere Ruhe und ließ ihn hier nicht wie auf heißen Kohlen auf dem gepolsterten Sessel herumrutschen. Es ging ihr besser als noch vor ein paar Monaten. Das versuchte er sich bei jeder Gelegenheit vor Augen zu führen. Es war auch tatsächlich nicht zu leugnen. Man konnte es sehen. Die unerwünschten Gedanken, die auf sein positives Mantra folgten, ließen sich trotzdem nicht abstellen. Sie gesellten sich stets ungebeten dazu. Lästige Besucher, die keiner eingeladen hatte und die erst dann gingen, wenn sie bekommen hatten, was sie wollten: seine ungeteilte Aufmerksamkeit. Die Bilder und Geräusche jener Nacht im Juli schnürten ihm noch immer den Hals zu und ließen ihn stöhnend ausatmen.

Ihre Depressionen waren zum ersten Mal direkt nach Lenas Geburt vor drei Jahren aufgetreten und verstärkten sich phasenweise so sehr, dass er vor Angst um sie kaum noch klar denken konnte. Und die Angst war nicht unbegründet. In jener Julinacht hatte ihn ein Einsatz nach einer Messerstecherei mit Todesfolge bis zum Morgengrauen in Worms festgehalten. Der Anruf seiner Mutter auf der Autobahn kurz vor Alzey war nicht nur alarmierend gewesen, er hatte ihn in Panik versetzt. Die Strecke über die Dörfer zog sich schier endlos in die Länge, obwohl so früh am Morgen kaum jemand in den engen Gassen, die sich Hauptstraßen nannten, unterwegs gewesen war. Sara hatte seine Mutter mitten in der Nacht angerufen und sie angefleht, die Kinder sofort abzuholen. Sie sei völlig aufgelöst gewesen und habe geschrien. Seine Eltern wohnten in Bad Kreuznach. Sie hätten über eine Stunde gebraucht. Nachdem er das ganze Haus abgesucht und erleichtert festgestellt hatte, dass die Kinder friedlich in ihren Betten schliefen, fand er Sara im Keller. Sie hatte sich in der Waschküche eingeschlossen und antwortete nicht. Mit Anlauf hatte er sich mehrmals gegen die Tür werfen müssen, bis sie endlich splitternd aus der Verankerung gerissen war. Seine Frau lag reglos auf den weißen, kalten Fliesen. Rot leuchtete das Blut an ihren Armen und Händen. Sie hatte sich in ihrer Verzweiflung mit der Küchenschere ein halbes Dutzend Schnittwunden zugefügt. Keiner der in die Unterarme geritzten Schnitte war tief genug, um sie in Lebensgefahr zu bringen. Es war nur ein weiterer Hilfeschrei gewesen, der ihm deutlich gemacht hatte, dass er handeln musste.

Es war ihm endlich gelungen, Sara zu überzeugen, dass die Sitzungen bei Madeleine, ihrer Heilpraktikerin, nicht ausreichten. Sie brauchte dringend mehr Hilfe. »Ich gehe, wenn du mich zu den ersten Terminen begleitest.« Was hätte er tun sollen? Er liebte sie so sehr.

Eigentlich hätte ihm schon viel früher klar werden müssen, dass ihre Entscheidung, so weit raus aufs Dorf zu ziehen, einen Teil des Problems markierte. Die Augen öffnete ihm erst der Therapeut. Saras Versagensängste nach der Geburt von Lena und das Gefühl, überfordert zu sein, waren durch die Einsamkeit und Tristesse, der sie in der Neubausiedlung ausgesetzt war, noch potenziert worden. Sie waren als eine der ersten Familien eingezogen, während um sie herum auf den Baugrundstücken Lücken klafften und manche Rohbauten nur mühsam vorankamen. Sara hatte unterdessen nicht nur mit der Depression zu kämpfen, sondern hing auch ihren alten

Freundeskreisen in Mainz und Wiesbaden nach, zu denen die Kontakte immer seltener wurden, bevor sie gänzlich abrissen. Sie saß zu Hause und verabschiedete ihn und die Kinder am Morgen, um sie am Abend nach Stunden der Untätigkeit wieder in Empfang zu nehmen. Oft genug tat sie beides im Nachthemd mit übergezogenem Bademantel.

Der Wiedereinstieg in ihren alten Beruf in der Apotheke, in den er so viel Hoffnung gesetzt hatte, auch weil sie das Geld für die Tilgung des Kredits benötigten, war schon nach wenigen Wochen gescheitert, weil sie an der doppelten Belastung gänzlich zu zerbrechen drohte. Die meiste Zeit schaffte sie es ja kaum aus dem Bett. Und so war es bis zu dem Morgen, an dem er sie in der Waschküche gefunden hatte, immer schlimmer geworden. Ihr Traum vom eigenen Haus auf dem Land mit einem kleinen Gemüsegarten hatte sie in eine Sackgasse geführt. Das geschützte Nest für die Familie entwickelte sich immer mehr zur steinernen Ausweglosigkeit. Am Samstagabend hatte es ihm fast das Herz zerrissen, als er nach einem erlebnisreichen Tag neben Ben im Bett fast mit eingeschlafen wäre. Im Dämmerzustand hatte der Junge, der sich kaum noch an die Zeit in Mainz erinnern konnte, leise gemurmelt: »Ich will auch wieder zurück in die Stadt.«

Sara ging es aktuell mit den Medikamenten sehr viel besser. Aber er wusste genau, dass das nur ein Aufschub war. Er hatte sich ein wenig Zeit erkauft. Ein kleiner Aufschub nur. Zeit, die er nutzen musste, um das Ruder herumzureißen, je eher, desto besser. Und genau das hatte er vor.

»Nun setzen Sie sich doch endlich!« Die alte Dame mit den silbergrauen glatten Haaren, die einen leichten Stich ins Violette zeigten, reichte ihm kaum bis zur Brust. Er schätzte sie auf Mitte achtzig. Sie wirkte knochig und hager. Die mangelnde Körpergröße tat der Resolutheit, mit der sie auftrat, aber keinen Abbruch. Das Arrangement mit einer bunten Auswahl an Gebäck, dem feinen Kaffeegeschirr samt Zuckerdose und frischen Schnittblumen in einer kleinen Vase sprach dafür, dass sie seinen Besuch in ihren Tagesablauf fest einkalkuliert und alles vorbereitet hatte.

Die Inneneinrichtung von Isolde Guntermanns Wohnung erschlug ihn fast. Von allem gab es hier eindeutig zu viel. Jedes einzelne einer Vielzahl an Möbelstücken zeigte geschnitzte Verzierungen, die zusätzlich weiß oder sogar golden bemalt waren. Eine plüschige, barocke Opulenz, die die Hürde zum billigen Kitsch allem Anschein nach überwunden hatte. Weder der Tisch noch der Stuhl, auf dem er jetzt Platz nahm, vermittelte auch nur annähernd den Eindruck, so alt zu sein, wie es dem Betrachter vorgegaukelt werden sollte. Louis-seize-Stücke aus dem Hechtsheimer Möbeldiscounter. Jeder freie Quadratmeter im Raum und an der Wand war großzügig damit zugestellt und behängt worden. Dazwischen zählte Tobias drei unterschiedlich große Heizlüfter, von denen zumindest einer gleichmäßig surrte und einen zarten, warmen Windhauch produzierte. Noch mehr Mobiliar passte wirklich nicht in dieses Wohnzimmer, zumindest dann nicht, wenn man es weiter begehen wollte.

Sie schob seine bis fast zum Rand gefüllte, auf dem Untersetzer leise klirrende Kaffeetasse an das Kopfende des ovalen Tischs, um den sechs gepolsterte und mit rosa Samt überzogene Medaillon-Stühle standen, die reichlich Platz boten.

»Es ist so schrecklich, was da passiert ist.« Sie seufzte tief. »Man ist ja nirgendwo mehr wirklich sicher.« Sie schüttelte sorgenvoll den Kopf. »Trinken Sie. Hier sind Kondensmilch und Zucker.« Isolde Guntermann schob die Zuckerdose und das kleine Kännchen ganz nahe an seine Tasse heran. Sie blickte auffordernd. Zum Glück erkannte er noch rechtzeitig, dass mit der Milch irgendetwas nicht stimmen konnte. Auf der Oberfläche trieb eine kleine, cremig gelbe Insel mit haarigem Flaum. Tobias rang sich ein Lächeln ab und langte stattdessen nach dem Zucker. Mehr als ein halber Teelöffel passte nicht hinein, ohne dass ein Teil der schwarzen Flüssigkeit über den Rand trat und sich in die Untertasse ergoss.

»Herzlichen Dank für den freundlichen Empfang. Ja, es ist wirklich schrecklich, was den Eheleuten Oberländer zugestoßen ist. Haben Sie am Samstag oder Sonntag irgendetwas bemerkt, gehört oder gesehen, was für uns von Interesse sein könnte?«

Sie reckte sich auf ihrem Stuhl ein wenig in die Höhe. Winzig wirkte sie trotzdem. Er vermutete, dass sie mit ihren Zehenspitzen kaum den Boden erreichte. Konzentriert rieb sie sich mit der Rechten eine unsichtbare Fluse von der Schulter.

»Er war ein großer, schöner Mann.« Sie nickte. »Eine stattliche Erscheinung und so klug und gewandt. Bis die Krankheit kam. An Ostern war ich bei ihr. Sie lud nur noch selten jemanden zu sich ein. Eine schwere Bürde und Last musste sie tragen, und das tat sie mit großer Opferbereitschaft und einem bemerkenswerten Gleichmut.« Sie richtete den Blick auf ihre Hände, die reglos übereinander auf der geblümten Tischdecke ruhten, und schwieg für einen gedehnten Moment.

Tobias kannte solche Gesprächsverläufe aus den vielen Jahren bei der Polizei und den zahlreichen Befragungen, die zum Tagesgeschäft gehörten, nur zu gut. Die meisten Zeugen und Tatverdächtigen befiel große Nervosität und Anspannung, wenn sie sich Ermittlern von der Kripo gegenübersahen. Einige machten dann zu und sagten kaum ein Wort. Wie einem kleinen verschüchterten Kind musste man ihnen mühsam jeden Wurm einzeln aus der Nase ziehen. Manch anderer plapperte hektisch und erregt drauflos. Wenig sortiert und ungefiltert flossen in den ersten Minuten zumeist die interessantesten Details und Zwischentöne. Unsichere Tatverdächtige brach man darum nicht durch gezielte Nachfrage, sondern durch Schweigen. Harro hatte es ihnen vorgemacht, und die Erfolge des Chefs gaben ihm recht. Er besaß diese Gabe, die Stille zur drückenden Last für sein Gegenüber anwachsen zu lassen, der dieser durch fortwährendes Reden zu entkommen versuchte, um dann viel zu spät festzustellen, dass er sich längst in Widersprüche verstrickt hatte. Die alte

Dame wiederum gehörte nicht zur nervösen Sorte. Sie wollte selbstbewusst gerne alles loswerden, was sie sich im Laufe des Vormittags bereits zurechtgelegt hatte.

»Ich weiß gar nicht, warum sie noch hier gewohnt haben. Im zweiten Geschoss und mit dem engen Aufzug. Mit seiner Pension und ihrem Vermögen hätten sie sich viel mehr leisten können. Ihrem Vater gehörte das größte Malergeschäft in Mainz. Sie war das einzige Kind.« Sie blickte ihn an und nickte ernst. »Aber so waren sie: klug und bescheiden. Zuerst haben sie oben in der großen Wohnung unter dem Dach gewohnt, bis die beiden Kinder aus dem Haus waren.« Sie nippte kurz an ihrem Kaffee. Das erinnerte Tobias daran, dass er noch immer den Löffel festhielt, aber noch nicht umgerührt hatte. Vorsichtig bewegte er ihn im Kreis, bemüht, eine Überschwemmung auf der Untertasse zu vermeiden.

»Die Tochter ist in die Fußstapfen ihres Vaters getreten. Sie hat auch Chemie studiert und wie er den Doktor gemacht. Judith arbeitet bei der Firma, die den Impfstoff herstellt.« Sie beugte sich nach vorne. Der Ton, in dem sie fortfuhr, klang verschwörerisch. »Judith hat dafür gesorgt, dass wir als einige der Ersten die Spritze bekommen haben und endlich wieder ohne Angst vor die Haustür gehen konnten. Aber das ist schon so lange her. Und jetzt ist sie nicht einmal hier, wenn etwas so Schreckliches passiert.« Sie tupfte mit einem zusammengeknüllten Papiertaschentuch über ihre Augen. »Sie werden sie wahrscheinlich nicht einmal erreichen können. Wenn ich mich recht entsinne, ist sie bis Mitte der Woche mit ihrem Mann auf dieser Berghütte im Fichtelgebirge, auf der man nicht mal einen Notruf absetzen kann. Das wäre mir zu einsam, und wie gefährlich es ist, das sieht man ja.« Kurz hielt sie in ihrem nun recht wirren Redefluss inne. Tobias meinte, aus ihrem Blick herauslesen zu können, dass sie selbst nicht mehr wusste, wo sie gerade war und wo sie mit ihrer Erzählung hinwollte.

Mit einer schnellen Bewegung schob sie die Schale mit

dem Gebäck auffordernd nahe an ihn heran. Er fühlte sich belagert von Spritzgebäck und dunklen, glasierten Keksen, auf denen die Schokolade zarte weiße Schlieren zeigte. Er führte die Kaffeetasse konzentriert an seine Lippen, während er gleichzeitig nach dem kleinsten und ungefährlichsten Keks Ausschau hielt. Den mit dem eingetrockneten undefinierbaren Fruchtgelee würde er ganz bestimmt nicht freiwillig essen. Seine Zahnhälse sandten bestätigende Phantomschmerzen. Schon als Kind hatte er einen weiten Bogen um das Gebäck mit dem klebrigen Klecks in der Mitte gemacht, der sich als zähe Dichtungsmasse stundenlang in den Zahnzwischenräumen einnistete. Um die unangenehmen Erinnerungen an die monatlich wiederkehrenden, von den Eltern erzwungenen Besuche bei seiner kinderlosen Tante im Seniorenstift am Volkspark hinunterzuspülen, nahm er einen großen Schluck aus der Kaffeetasse und hätte sich beinahe verschluckt. Die schwarze Brühe war eiskalt.

Zufrieden lächelnd sah sie ihn an. »Stark, nicht wahr? So mag ich ihn am liebsten.« Zur Bestätigung nippte sie selbst erneut an ihrer Tasse. Den kurzen Moment, in dem sie den Blick von ihm abwandte, nutzte er, um den Keks, den er bereits in den Fingern hielt, in der Hosentasche verschwinden zu lassen. Er kaute zur Tarnung. Sie erzählte weiter.

»Der Sohn wohnt in Amerika.« Sie senkte die Stimme und flüsterte: »Er lebt mit einem Mann zusammen. Vor zwei Jahren, als sie geheiratet haben, ist sie hingeflogen. Ihren Mann hat sie für diese Zeit ins Pflegeheim gegeben.« Sie bewegte ungelenk den Kopf und schnaufte widerwillig. »Das war nach seinem Schlaganfall, der ihm den Rest gegeben hat. Davor konnte er zumindest noch verständlich reden und das Haus verlassen, auch wenn er einen nur selten erkannte. Seit dem Schlaganfall konnte er sich kaum mehr bewegen. Aber dafür hatte sie ihn weiterhin bei sich, bis zum Ende.« Sie schluchzte leise auf und trank einen weiteren Schluck. Tobias vermied, es ihr gleichzutun.

Die Gesichtszüge der alten Dame gaben keine Auskunft darüber, ob sie merkte, dass ihr Kaffee zum eiskalten Erfrischungsgetränk mutiert war, dem lediglich noch eine Kugel Vanilleeis und die Sahnehaube fehlten. Er musste dankbar sein. Einen Pilzrasen auf der Sprühsahne hätte er wahrscheinlich nicht rechtzeitig identifiziert.

»Die jahrelange Einsamkeit, die ich zu schultern habe, ist ihr erspart geblieben. Mein Robert ist vor dreizehn Jahren einfach umgefallen, bei einem Spaziergang auf dem Donnersberg. Wir hatten die dortige Keltensiedlung besucht und einen Becher heißen Met getrunken. Da war noch alles in Ordnung. Im Wald ist es dann passiert. Ich konnte mich nicht einmal richtig verabschieden von ihm. Weg war er, urplötzlich, von einem auf den anderen Moment.« Sie hielt schweigend inne. »Seither sitze ich den größten Teil des Tages hier und warte, bis es dunkel wird oder einer meiner beiden Söhne es für notwendig erachtet, seiner alten Mutter fünf Minuten Zeit und ein knappes Telefonat zu schenken. Auf einen Besuch hoffe ich gar nicht erst, weil ich ja weiß, dass es sie und vor allem meine beiden Schwiegertöchter über Gebühr strapazieren würde, mit mir Kaffee zu trinken und Kuchen zu essen.« Isolde Guntermanns Gesicht nahm eine zarte rosa Färbung an. Eine dicke Ader am Hals zeichnete sich deutlich ab. »Das Virus ist denen gerade recht gekommen. Ich konnte es an ihren Gesichtern ablesen, wie sehr sie sich darüber gefreut haben, dass sie mir auf dem Balkon von der Straße aus zuwinken konnten, um nach einem kurzen Plausch und den scheinheiligen Ermahnungen, bloß vorsichtig zu sein, getrost wieder von dannen zu ziehen. Meine drei Enkel haben sie mir zwei Jahre lang vorenthalten. Am liebsten würden sie sie mir auch heute noch nur aus der Entfernung zeigen, um die wenigen Besuche auf ein kurzes Hallo zu beschränken. Denen ist jede noch so dumme Ausrede recht, um einen großen Bogen um mich zu machen und dabei noch ein gutes Gewissen zu haben.«

Sie stellte ihre Kaffeetasse so entschlossen ab, dass Tobias befürchtete, das Porzellan würde es nicht unversehrt überstehen. Ihre pulsierende Ader am Hals schwoll mit jedem Wort mehr an. Wenn sie sich weiter so in Rage redete, würde sie zwangsläufig bersten.

»Ich habe als kleines Mädchen die Bombardierung von Mainz im Kohlenkeller meiner Großmutter nicht weit vom Gautor überlebt.« Kurz rang sie erhitzt nach Luft. Ihr Gesicht glühte. »Stundenlang saßen wir dicht gedrängt in diesem rußigen Loch fest, bis sie uns endlich herausholten. Wir haben halb verdurstet und rasend vor Angst das Wasser aufgefangen, das von der Decke tropfte, obwohl wir wussten, dass es unser Schweiß war. Unsere Notdurft mussten wir in Blechdosen verrichten. Ich lasse mir doch von meinen Schwiegertöchtern nicht den Umgang mit meinen Enkeln verbieten, wo man in meinem Alter nicht weiß, wie lange man noch hat.« Sie hielt inne, und Tobias wollte zu sprechen ansetzen, was sie aber sofort unterband. »Dafür können mich meine Enkel nicht ausnehmen wie eine Weihnachtsgans. Diese Einnahmequelle bleibt ihnen versagt. Ich hoffe inständig, dass sie ihren Müttern das irgendwann vorhalten werden.« Sie verzog hämisch das Gesicht, Verachtung sprach aus ihrer Miene.

Das Surren des Heizlüfters wurde lauter. Anscheinend nahm ein weiteres Gerät in diesem Moment den Dienst auf. Der lauwarme, trockene Luftzug aus dem Gebläse strich über seinen Kopf hinweg und ließ Hitze in ihm aufsteigen. Zur Regulierung der Temperatur versorgte er seinen Körper mit einem weiteren Schluck kaltem, süßem Kaffee. Unter diesen Bedingungen schmeckte er gar nicht mal so übel. Eine kühle Erfrischung, die nicht nur den Durst stillte, sondern auch die Lebensgeister weckte. Vor allem, weil sie ihn tatsächlich so stark gekocht hatte, dass er auch als Konzentrat vermarktbar gewesen wäre. *Eine einzige Tasse deckt Ihren Tagesbedarf an Koffein zu mehr als einhundert Prozent.* Die werbende Stimme in seinem Kopf verstummte. Er schüttelte sich unbewusst. Isolde Guntermann bemerkte es nicht, ihr Blick war starr nach vorne gerichtet. Ihre Stimme klang kalt und entschlossen.

»Der Enkel kommt mindestens zweimal pro Woche. Seine sonderbaren Freunde warten dann draußen vor dem Gartentor. Ich beobachte sie durch den Vorhang, damit sie mich nicht sehen können. Das sind keine ehrlichen und gut erzogenen jungen Menschen.« Sie reckte mahnend den Zeigefinger in die Luft und behielt ihn dort, während sie weitersprach: »Die rauchen diese sonderbar gedrehten Zigaretten, in die sie ihre Drogen mischen. Das erkenne ich an den glasigen Augen, wenn sie zu mir heraufschauen. Mir ist dann immer gleich ganz unwohl. Kilian heißt er, Kilian Oberländer. Die Tochter hat ihren Namen behalten. Das ist auch so eine neumodische Erscheinung. Kein Wunder, dass die Kinder irgendwann nicht mehr wissen, wo sie wirklich hingehören. Mehr als einmal habe ich gesehen, wie er nach ein paar Minuten schon wieder triumphierend dort unten bei seinen Freunden aufgelaufen ist. Wie besoffen gejohlt haben sie, als er ihnen die Geldscheine unter die Nase hielt. Das war nicht wenig, und meistens konnte man es schon vorher hören.« Sie blickte vielsagend in Richtung des Stucks an der Zimmerdecke, der aus mehreren in Reihe verklebten Rosetten bestand.

»Was konnten Sie hören?« Tobias' Worte kamen aus einem trockenen Mund und klangen heiser. Er saß leicht gebeugt, im erfolglosen Versuch, sich unter dem warmen Föhn wegzuducken. Die Hitze in seinem aufgeheizten Schädel schmerzte.

»Ihren Streit. Laute Wortwechsel zwischen den beiden, in die sich auch das stöhnende Gebrummel von Erwin mischte. Aber ihn verstand man ja nicht einmal dann, wenn man direkt neben ihm am Bett saß.«

»Das haben Sie hier unten mitbekommen?«

Die Guntermann ließ den Finger sinken und legte ihre Hände wieder übereinander. »Ich lausche nicht!« Sie blickte pikiert und presste die Lippen für einen Moment so fest aufeinander, dass das Blut aus ihnen wich. »Unser Haus ist massiv gebaut. Aber ich kann schon noch unterscheiden, ob laut gelacht oder gestritten wird.« Sie schnaufte verächtlich. »Am Samstagvormittag waren sie wieder da, zu dritt. Zwei haben unten gewartet und dabei so viel Krach gemacht, dass es nicht zu überhören war. Sonst hätte ich das überhaupt nicht mitbekommen. Erwins Fernseher lief, wie immer, weil ihn die Sportübertragungen beruhigten. Sie hatte schon frühmorgens Staub gesaugt. Das habe ich über mir gehört. Wahrscheinlich hat sie den Besuch erwartet und dafür extra sauber gemacht. Quietschend ist sie so oft hin und her gefahren, als ob sie einen riesigen Ballsaal zu reinigen hätte. Ich musste mein Radio mehrmals lauter drehen, um die Tipps von Eva Eppard auch nur ansatzweise verstehen zu können. Ich liebe ihre Hinweise in der Koch- und Backsprechstunde des Südwestfunks.« Ihr Redefluss versiegte, und sie blinzelte irritiert, weil sie den roten Faden nun anscheinend vollständig verloren hatte.

»Kilian, der Enkel von Magda und Erwin Oberländer, hat seine Großeltern besucht? Am Samstagvormittag, also vorgestern?«, wiederholte Tobias, um sie zum Thema zurückzugeleiten.

»Ja, das versuche ich Ihnen doch gerade zu erklären!« Sie klang genervt. Der Unterton in ihrer Stimme erinnerte ihn an seine Tochter Lena, wenn sie Verkäuferin spielte und ihm vor dem hölzernen Kaufladen Anweisungen gab, was er gleich und mit welchen Worten bei ihr erwerben sollte. »Ja, Kilian war da. Es muss am Ende meiner Radiosendung gewesen sein. Die letzte Frage vor den Nachrichten, also um kurz vor zwölf.« Sie schüttelte sich angeekelt. »Ob man bei einem Gulasch die Fleischstücke auch ohne sie anzubraten direkt mit Rotwein übergießen könne.«

Sie starrte ihm in die Augen und griff dann nach einem großen Spritzgebäckring. Das Geräusch beim Abbeißen und anschließenden Kauen, das ihn an einen Betonschredder erinnerte, bestätigte ihn in seinem Entschluss, den Keks in der Hosentasche später der Mainzer Taubenpopulation zur Verfügung zu stellen. Sollten die Vögel zusehen, wie sie das harte Zeug zerkleinert bekamen. Er würde seine teuer bezahlten Implantate und die Keramikkronen dafür nicht opfern.

»Auf was für abwegige Ideen die Menschen kommen. Selbst einfachste Grundlagen des Kochens beherrscht heute kaum noch jemand. Aber ausgefallene Dinge aus aller Welt loben sie in den Himmel. Meine liebe Schwiegertochter hat pappigen Reis um ein müffelndes Stück rohen Fisch gekleistert und das Ganze in eine durchgeweichte schwarze Serviette eingewickelt, die roch, als ob sie schon durch mehrere Hände gegangen wäre. Das stellten sie mir dann, aufgeschnitten und auf einem Teller drapiert, bei einem ihrer überfallartigen Kurzbesuche in den Kühlschrank, um mir eine Freude zu machen.« Sie lachte verächtlich. »Fast hätte ich es sogar gegessen. Wahrscheinlich wollten sie mich vergiften. Die Serviette habe ich in mühsamer Kleinarbeit von jeder einzelnen Rolle abgelöst und zusammen mit dem Fisch entsorgt, weil der auch nach dem Durcherhitzen seinen widerlichen Gestank nicht ablegte. Der gegarte Reis war zu retten. Ich gehöre ja schließlich zu einer Generation, die Lebensmittel nicht ohne Grund in den Müll befördert. Wir wissen noch, was Hunger bedeutet.« Sie reckte den Finger wieder in die Höhe. »Warm schmeckte er ganz passabel zu dem Pilzrahm, der noch vom Vortag im Kühlschrank stand.« Ein feines Lächeln flackerte in ihrem Gesicht auf. Sie seufzte und schien gedanklich nun ganz weit entfernt zu sein.

Tobias beschloss, auf den Rest des Kaffees in der Tasse zu verzichten. Er hatte genug gehört. Der dritte Heizlüfter sprang in diesem Moment spitz surrend an, und es war jetzt schon fast unerträglich heiß in diesem Wohnzimmer. Kitzelnd rann ihm ein Schweißtropfen die linke Schläfe hinab. Um die Details konnte sich Harro selbst kümmern. Isolde Guntermann war seine bevorzugte Altersklasse, und es würde ihn nicht wundern, wenn die alte Dame auch sein zweites Beutekriterium erfüllte: über eine gut sortierte und üppig bestückte

Hausbar zu verfügen, aus der sie ihren Gästen spendabel gerne ein- und reichlich nachschenkte. Solche Befragungen liebte ihr Chef.

»Sie wollen schon gehen?« Ihr erstaunter Blick begleitete ihn beim Aufstehen und auf dem eng gesteckten Slalom durch das vollgestellte Wohnzimmer. »Wo wir uns doch gerade so angeregt unterhalten.« Sie sprang auf und strich sich schnell den Rock glatt. »Was hat der missratene Junge Magda und Erwin angetan? Wie tief muss man sinken, um die eigenen Großeltern wegen ein paar lausiger Geldscheine umzubringen.«

Er würde ihr diese Frage sicher nicht beantworten.

9

Harro hatte so lange abgewartet, bis die Bestatter die beiden für den Transport in die Rechtsmedizin verladen hatten. Alles andere wäre auch zu auffällig gewesen. Die Lieberknecht kam erst am Nachmittag von einer Tagung in Hamburg zurück und war daher nicht selbst am Tatort aufgetaucht. Vermisst hatte er »die Frau Doktor«, wie sie von allen genannt wurde, weil sie stets und ständig auf der Nennung ihres Titels bestand, nicht. Dass sie die Kollegen gerne maßregelte, wenn auch nur einer der schützenden weißen Überzieher für die Schuhe nicht perfekt saß, war das eine. Ihm Vorschriften zu machen und sich in seine Arbeit einzumischen, das andere. Außerdem hatte sie einen lauten, rechthaberischen Ton an sich, der zu ihrer ruhigen Ermittlungsarbeit überhaupt nicht passte. Die Lieberknecht verbreitete eine permanente Unruhe, die ihnen allen auf die Nerven ging und zu deutlich hörbaren Seufzern der Erleichterung führte, wenn sie endlich wieder abzog.

Mit Stephanie Niebergall hatte er eben noch einmal telefoniert, ohne dass es jemand mitbekommen hatte. Er musste jetzt nicht noch zusätzlich ins Präsidium. Eine bessere Ausrede, um den Tatort vor den anderen beiden verlassen zu können, war ihm nicht eingefallen. Die junge Kollegin, die im Innendienst des K11 für die Recherchen zuständig war, hatte ihn mit den notwendigen ersten Informationen über Kilian Oberländer versorgt, die er als Ergebnis gemeinsamer Recherche an Ravi und Tobias weitergeben konnte. Diese erste Annäherung an einen Tatverdächtigen machte er immer gerne mit ihr zusammen. Doch diesmal war eben alles anders. Sie wussten jetzt, wo der Neunundzwanzigjährige wohnte und dass er als Kfz-Mechatroniker bei einer großen Autowerkstatt im Hechtsheimer Gewerbegebiet arbeitete. Ravi und Tobias würden das später übernehmen, wenn sie am Tatort fertig waren. Stephanie hatte außerdem herausgefunden, dass Kilian schon mehrmals wegen kleinerer Drogendelikte aktenkundig geworden war. Dabei ging es zumeist nur um den Besitz von geringen Mengen Cannabis, aber zweimal auch um Briefchen mit Amphetaminen in Pulverform, wie sie gerne in Clubs und Techno-Discos verkauft wurden. Das Prozedere war hinlänglich klar. Wenn das Geld für den zunehmenden privaten Bedarf nicht mehr ausreichte, dann versorgten die Dealer ihre junge Kundschaft mit den Amphetaminbriefchen, die sie im Freundeskreis weiterverkaufen mussten, um sich das nötige Geld für die Finanzierung des Eigenbedarfs zu verdienen.

Die gedehnte Ampelphase am Hauptbahnhof verschaffte ihm die nötige Zeit, um das Bündel Bargeld aus seiner Innentasche herauszuziehen. Es konnte sein, dass sie ihn gleich abtasteten, bevor sie ihn reinließen. In letzter Zeit waren sie extrem nervös, vor allem die Neuen, die ihn nicht kannten.

Er widerstand dem Drang, den guten Cognac gleich hier im Wagen zu probieren. Die Flasche stellte er für den Rückweg ins Präsidium in der Fahrertür bereit. Er wollte aber nur dann einen Schluck davon trinken, wenn er auch etwas zu essen besorgt hatte. Die letzte Nahrungsaufnahme lag verdammt lange zurück, und die scharfen Fisherman's, die er für Notfälle in der Brusttasche seiner Jacke verwahrte, waren längst aufgebraucht. Er benötigte im Moment einen klaren Kopf und wollte nicht schon jetzt nach Alkohol stinken.

Das Bündel Geld wog schwer in seiner rechten Hand. Da es nur aus Hundertern bestand, tippte er auf zehntausend Euro. Heute Abend würde er die Scheine zählen und sich bei einem Gläschen Hennessy überlegen, welchen Zeitvertreib er sich mit einem ersten kleinen Teil davon gönnen konnte. Entschlossen legte er das Bündel ins Handschuhfach, drückte die Klappe zu und rieb sich mit seinen trockenen Händen über die stoppeligen Wangen. Dabei schloss er die Augen und lauschte dem Geräusch, das wie dünnes Sandpapier auf Holz klang. Seine Augen brannten. Vielleicht sollte er den französischen Weinbrand nutzen, um heute Abend in seinem Gonsenheimer Souterrain etwas früher zur Ruhe zu kommen und sich zumindest halbwegs auszuschlafen. Es würde seine Optik verbessern, war definitiv günstiger und würde somit die Zeitspanne verlängern, bis er wieder frisches Geld brauchte.

Er nahm den Fuß von der Bremse und ließ den A6 mit Automatikgetriebe von selbst anlaufen. Es fuhr sich entspannter im zähen Stop-and-go des Stadtverkehrs, der Mainz fast ganztägig verstopfte. Selbst die Tageszeiten, zu denen man früher auf den Hauptverkehrsachsen wie der Rheinstraße oder der Kaiserstraße zügig quer durch die Innenstadt fahren konnte, boten jetzt keine Garantie mehr für ein störungsfreies Vorankommen.

Im Schritttempo überquerte er den Bahnhofsvorplatz, weil hier jeder Fußgänger das Recht für sich in Anspruch nahm, die gepflasterte Fahrbahn nur dann nicht zu betreten, wenn sich eine Straßenbahn quietschend näherte. Er war froh, den Tatort hinter sich gelassen zu haben. Die erste Euphorie über den Geldfund, der Freiheit bedeutete, war zu schnell verflogen. Ravis Blick zeichnete dafür verantwortlich. Die Ungewissheit, was sein Kollege wirklich gesehen hatte, quälte ihn. Er ballte die Hand zur Faust. Verdammt! Warum ließ ihn die Gier einfachste Grundsätze der Vorsicht vergessen? Das war ihm noch nie passiert. In aller Ruhe hätte er sich noch einmal umsehen können, um jedes Risiko auszuschließen. Stattdessen hatte er einfach zugegriffen. Er fühlte sich zu sicher mit dem, was er tat.

Er hatte Olaf gleich darauf mit der Durchsicht der Verpackungen beauftragt. Reichlich stolz präsentierte ihnen der junge Kollege kurze Zeit später das Bargeld zusammen mit dem Schmuck, der wahrscheinlich aus der leer geräumten Schatulle im Schlafzimmer stammte. Und wer hatte wieder den richtigen Riecher gehabt? Ravis Blick hatte Harro in dem Moment, als sie zusammen um den Stoffbeutel standen, bewusst gemieden.

Er durfte sich von einer solchen Situation nicht aus der Ruhe bringen lassen. Solange ihn niemand zwang, seine Taschen zu leeren, passierte ihm nichts. Die beiden Alten waren tot. Wer wusste schon, wie viel Geld sie vor der Auseinandersetzung mit dem Enkel in Sicherheit gebracht hatten? Er rieb sich noch einmal über das Gesicht und genoss das Geräusch. Es tat gut. Vielleicht sollte er sich einen Hunderter-Packen Sandpapier kaufen und ein Brett, um abends daheim so lange das Holz zu bearbeiten, bis er endlich zur Ruhe kam. Ein idiotischer Gedanke war das. Er schmirgelte also demnächst Bretter, statt sich wie ein räudiger Köter nachts in der Stadt herumzutreiben.

Harro bog hinter den beiden Bonifazius-Türmen ab und suchte nach einem Parkplatz. Die letzten Meter wollte er laufen. Es wäre keine gute Idee, Vorsicht anzumahnen und dann den Dienstwagen direkt vor dem Antiquitätenhandel abzustellen. Er fuhr eine weitere Runde um den Block, mit demselben Ergebnis. Konnten die nicht ihren Zweitwagen einfach verkaufen? Die saßen doch inzwischen alle im Homeoffice, weil es günstiger für die Arbeitgeber war, und benötigten ihn daher ohnehin nicht mehr für die Fahrt zur Arbeit. Harro hätte jetzt so gerne nach dem Hennessy gelangt und einen Schluck genommen. Der Geschmack würde sich auf seiner Zunge ausbreiten, während der Cognac wärmend die Kehle hinabrann. Nur wenig später würde sich die erste, die Sinne zart dämpfende Schicht über ihn legen und alles weitaus weniger drückend und gefährlich erscheinen lassen.

Mit einer schnellen Bewegung manövrierte er den Wagen vorwärts in eine gerade frei werdende Parklücke. Das Heck ragte unschön weit in die Fahrbahn hinein, und im weiter vorne wartenden Golf, dessen Fahrer sich mit eingeschaltetem Blinker auf den umständlichen Vorgang des Rückwärtseinparkens vorbereitet hatte, fuhr ein Mittelfinger in die Höhe. Sollte der Typ sich nicht augenblicklich in Bewegung setzen, würde er ihm mit dem Dienstausweis in der Hand unmissverständlich klar machen, dass die Beleidigung sein kleinstes Problem darstellte.

Genervt schlug Harro die Tür zu und überlegte, ob er auf dem Weg Ausschau nach einem verspäteten Frühstück halten sollte. Er entschied sich dagegen. Wie sah das aus, wenn er dort mit dem Pausenbrot auftauchte? Schnellen Schrittes legte er die Strecke bis zur nächsten Kreuzung zurück und hatte gleich darauf sein Ziel erreicht.

An der Haustür suchte man vergeblich nach einer Klingel oder einem Namensschild. Eine polierte Messingplatte, die mit ihrem golden schimmernden Glanz eher zu einer noblen Anwaltskanzlei gepasst hätte, verwies auf den Antiquitätenhandel im Hinterhof. Wer hier hineinwollte, der musste vor der Tür warten, bis man ihn erkannt hatte und entschieden worden war, ob der Boss ihn sehen wollte. Der Öffner summte schon nach wenigen Sekunden. Harro ging langsam über die glänzenden, verzierten Fliesen durch den mit dunkler Eiche getäfelten Flur. Das gusseiserne Gitter unter dem Handlauf zierten winzige Ornamente. Noch nie hatte er sich die Zeit genommen, einmal genau hinzuschauen, ob es wirklich kleine Fische waren, die sich alle in die Schwanzflosse des jeweils vor ihnen schwimmenden Artgenossen verbissen hatten.

Im Fenster der Tür, die auf den Hinterhof hinausführte, erschien in genau dem Moment, als er sie erreichte, einer von Starinskis Türstehern, die dieser aus dem Umfeld eines Motorradclubs zu rekrutieren schien. Zumindest sahen die Typen so aus. Üppige, sauber getrimmte Vollbärte unter fehlendem Haupthaar. Bis auf ein paar Millimeter waren die Köpfe kahl geschoren. Über ihren schwarzen Fred-Perry-Polos, auf denen der kleine rote oder weiße Siegerkranz leuchtete, trugen sie zu jeder Jahreszeit schwarze Lederwesten, die nur spärlich mit gestickten Aufnähern dekoriert waren.

Auch der zweite Türsteher, der sich jetzt vor die Scheibe schob, hatte einen Knopf im Ohr. Er zog die Tür auf und bedeutete ihm mit einem kurzen Nicken, dass er erneut passieren durfte. Harro kannte den Weg. Er lenkte seine Schritte über den Innenhof und steuerte auf die mächtige Stahltür zu, über der geschwungene Buchstaben den Antiquitätenhandel ankündigten. Ein knapper Rundumblick bestätigte ihm, dass sie aufgerüstet hatten. Auf den niedrigen Gebäuden nahe den Nachbargrundstücken entdeckte er ausgerollten NATO-Draht. An einem Tisch in der rechten Hofecke saßen zwei weitere gelangweilt dreinblickende Türsteher mit tätowierten Oberarmen. Ihre ausgebeulten Lederwesten verrieten auch ohne genaueres Hinsehen, dass sie darunter Schulterholster trugen, die bestimmt nicht zum Transport von Kaubonbons dienten. Auch die Kameras und die schmalen Masten, an denen sie befestigt waren, kamen Harro neu vor. Zusammen mit den frisch montierten Gittern an den beiden Fenstern zum Möbellager war der Eindruck nun nicht mehr der eines unauffälligen Antiquitätenhandels.

Keiner wusste, wie verzweigt Slobodan Cvetkovics Aktivitäten wirklich waren. Geredet wurde viel, und mitunter kursierten wilde Spekulationen, was ihm und seiner Familie alles zuzurechnen sei. Sein Netz aus offiziellen Firmen und sonstigen Einnahmequellen war dicht, aber so unauffällig gewoben, dass wahrscheinlich nur er selbst es überblickte. Seit mehr als dreißig Jahren lebte die Familie in der Stadt. Vor dem Balkankrieg waren sie hierhergeflohen und hatten die alte Polsterei übernommen, deren Vorbesitzer heilfroh gewesen war, endlich einen Nachfolger gefunden zu haben. Ob Starinski von Anfang an geplant hatte, neben dem An- und Verkauf von alten Möbeln auch noch den Handel mit Drogen, Glücksspiel und Prostitution als eigenen Geschäftszweig zu etablieren, lag im Bereich der Legenden. Vielleicht hatte es sich auch einfach nur glücklich gefügt, dass er mit der nötigen Entschlossenheit und Härte, aber nach außen hin recht geräuschlos dorthin vordrang, wo Geld zu verdienen war, sich bis dahin aber rivalisierende Gruppen bekämpften und die Polizei und die Öffentlichkeit beschäftigten. Starinski hatte für professionelle Ruhe in all den halbdunklen Bereichen gesorgt, von denen die Polizei und die Stadt wussten, dass sie auch mit größtem Aufwand nie restlos zu beseitigen wären. Seit gut zwei Jahrzehnten herrschte diese Stille, die nach außen hin den Eindruck vermittelte, dass es in dieser Stadt außer an Fastnacht oder wenn die Eintracht aus Frankfurt zu Gast war und ihre Fans vom Bahnhof und dem Schiffsanleger am Rhein zum Stadion zogen, kaum berichtenswerte Regelbrüche gab.

Harro hatte die Stahltür erreicht. Einer der beiden Türsteher überholte ihn jetzt und klopfte dreimal kurz auf das schwarze Metall. Gleich darauf öffnete sich der Einlass. Ein warmer, von Möbelpolitur durchdrungener Lufthauch empfing ihn. Verzierte Perserteppiche bedeckten den Betonboten und verliehen der Lagerhalle aus den Sechzigern und den darin zu verschiedenen Epochen passend arrangierten Wohnbereichen die Gemütlichkeit eines anspruchsvollen Antiquitätenhandels.

Den Zugang versperrte ihm ein weiterer bärtiger Klon in Lederweste, der von einem zweiten abgesichert wurde, während er Harro gründlich abtastete. Wortlos ließen sie ihn weiterziehen. Die Metalltür wurde quietschend hinter ihm zugedrückt und verriegelt. Er konnte spüren, dass ihm ein Aufpasser lautlos folgte. Von der Decke hingen neuerdings an fast unsichtbaren, dünnen Plastikschnüren bedruckte Schilder, die Auskunft über die jeweilige Stilepoche gaben. Das Empire ließen sie hinter sich und durchquerten das Biedermeier. Der nachfolgende Jugendstil bestand aus mehreren Unterbereichen, an die sich, abgeschirmt durch schwere, dunkle Eichenschränke, die Gründerzeit anschloss. An einem massiven Schreibtisch saß Starinski, den Blick auf die vor ihm ausgebreiteten Papiere gerichtet. Hinter ihm stand sein jüngster Sohn Rajko und ein paar Schritte entfernt, neben einem reich verzierten Vertiko mit Aufbau, der Rotbärtige, den Harro schon von seinen früheren Besuchen hier kannte und der Starinski nur selten von der Seite zu weichen schien.

»Na, hast du wieder mit den Italienern Karten gespielt und verloren?« Starinski blickte kurz auf. Er verzog sein glattes Gesicht zu einem gezwungen wirkenden Grinsen und sah gleich wieder auf seine Lektüre. Auf dem Lehnstuhl, der die gleichen Verzierungen zeigte wie der Schreibtisch, wirkte er noch kleiner. Über seinem dunkelblauen Maßanzug und der bordeauxroten Seidenkrawatte trug er wie immer einen grauen, knielangen Hausmeisterkittel, von dem behauptet wurde, dass auch dieser von seinem Schneider in Frankfurt stammte. Von dem ehemals buschigen dunkelbraunen Haupthaar auf seinem knochigen Schädel war nicht mehr übrig als ein dünner grauer Ring, der die große freie Fläche nur noch dürftig einrahmte.

Bisher war Rajko bei Besprechungen mit Harro noch nie dabei gewesen. Aber er wusste, dass dieser in den letzten Monaten beständig an der Seite des Vaters gesehen worden war. Die Betriebsnachfolge schien also gesichert, auch wenn der Sohn noch recht milchgesichtig wirkte. Mit dem Betriebswirtschaftsstudium an der exklusiven Privathochschule auf der anderen Rheinseite war er sicher gut darauf vorbereitet. Die dünnen blonden Haare, die er von seiner Mutter geerbt hatte, teilte ein strenger Seitenscheitel. Er steckte in einem hellblauen Anzug mit stark tailliertem Sakko und beigen Chinos. Die Ärmel seines weißen Hemdes wurden von runden, silbern glänzenden Manschettenknöpfen zusammengehalten, in deren Mitte sich ein blau schimmernder Stein erhob.

Der Hausmeister, sein Banker und sein Bodyguard. Harro hätte sich über die Aufstellung im dunklen Gründerzeitambiente amüsiert, wäre er nur als unbeteiligter Beobachter dieser Szenerie zugegen gewesen.

»Du solltest vorsichtiger sein.« Cvetkovic schaute ihn jetzt prüfend an. Zum ersten Mal wirkte er auf Harro älter, als er mit seinen Anfang sechzig wirklich war. Leder quietschte, als der Rotbart die Arme vor der Brust verschränkte. »Oder du suchst dir einfach eine andere Abendbeschäftigung.« Er legte den silbernen Füllfederhalter aus der Hand und schob die gravierte Kappe gerade so weit auf, dass sie nicht einrastete. »Wir haben so schöne Mädchen. Da weiß man, was man hat und vor allem, was es kostet. Die ziehen dich nicht so über den Tisch.«

Harro kannte das Spielchen. In unterschiedlichen Kombinationen hörte er alle diese Sätze bei jedem seiner Besuche hier.

»Brauchst du wieder Geld?«

»Nein.« Harro schüttelte den Kopf. »Ich komme klar.«

»Na, was führt dich dann zu uns? Nicht dass wir uns über den Besuch guter Bekannter nicht freuen würden, aber wir haben gerade zu tun.« Er räusperte sich. »Und ich glaube, in deiner Firma sieht es heute nicht anders aus.« Starinski lächelte zufrieden.

Harro überraschte das nicht. Es hätte ihn eher verwundert, wenn der Serbe nicht mitbekommen hätte, was in Laubenheim passiert war. Seine Informationen kamen von überall, auch von ganz oben.

»Kilian Oberländer.« Harro sah vom Alten zum Sohn. Eine Regung vermochte er bei keinem von beiden auszumachen.

Starinski zuckte kaum wahrnehmbar mit den Schultern. »Hat er etwas mit dem aufgefundenen Ehepaar zu tun?«

»Ihr Enkel.«

Starinski sah jetzt in Rotbarts Richtung. Harro konnte aus den Augenwinkeln erkennen, dass der keine sichtbare Reaktion zeigte. Der Alte im grauen Hausmeisterkittel nickte und signalisierte so seinem Aufpasser, dass er reden durfte.

»Gelegentlich.«

Harro hielt seinen Blick weiter auf Vater und Sohn gerichtet. Rotbart fuhr fort mit der Äußerung von knappen Informationen, die er einzeln mit Abstand hintereinanderreihte, um sicherzustellen, dass alles, was er sagte, auch im Sinne der Firmenleitung hinter dem Schreibtisch war.

»Kleiner Kunde. Keine große Nummer, der Kfz-Schlosser.«

Starinski ging dazwischen. »Hat der Junge Dummheiten gemacht?«

Harro wurde das zu mühsam. »Hat er Schulden bei euch?«

Die Stille zog sich. Er meinte zu erkennen, dass Rajko die Lippen fester zusammenpresste. Sie schimmerten fast so weiß wie sein Gesicht.

»Wer hat keine Schulden bei uns?« Rajkos Worte strahlten nicht die Ruhe und Überlegenheit des Vaters aus. Der hielt den Blick weiter auf Harro gerichtet.

»Sei ruhig!«, befahl er seinem Sohn.

»Aber das stimmt doch. Die kleinen Wichser sollen ihre Schulden bezahlen. Wir sind keine Bank, bei der du den Dispo jede Woche neu verhandeln kannst! Das sollen die lernen. Bei uns gibt es nichts geschenkt.« Rajko schnaufte genervt. Mit einem belehrenden Unterton schob er noch einen Satz nach. »Bei zu vielen Außenständen wird im Ernstfall die Liquidität schnell knapp.«

Der Alte fuhr scharf dazwischen. »Ich habe gesagt, dass du den Mund halten sollst! Um diese Dinge geht es hier nicht.« Er wandte sich wieder Harro zu und bemühte sich um ein wohlwollendes Lächeln. »Wenn sich die Polizei für den Enkelsohn dieser Leute interessiert, dann wollen wir alles in unserer Macht Stehende tun, um sie dabei zu unterstützen.«

»Habt ihr ihn unter Druck gesetzt, damit er seine Schulden bezahlt?« Harro schaute vom einen zum anderen und drehte sich auch kurz zur Seite. Das Gesicht hinter dem roten Bart blieb unbewegt.

»Ich glaube nicht, dass das unsere übliche Geschäftspraktik auszeichnet, und das weißt du.« Jetzt grinste der Alte breit. Sein knochiges Gesicht verzog sich und warf Falten, die wie scharfe, dünne Linien aussahen.

»Um wie viel geht es?«

Der Alte winkte mit einer schnellen Handbewegung ab. »Ein kleiner Fisch. Das ist nicht der Rede wert. Ein paar hundert Euro, die er zügig zurückbezahlen wollte. Natürlich erinnern wir daran immer mal wieder ganz sanft« Er grinste vielsagend, schob mit beiden Händen die Papiere vor sich zusammen und klappte die lederne Mappe zu. Für den Rotbart schien das ein Zeichen zu sein. Er steuerte auf den Schreibtisch zu und nahm alles in Empfang. Der Alte erhob sich und bedeutete Harro damit, dass es nichts mehr zu sagen gab und die Audienz beendet war. Im Weggehen hielt er inne und fixierte Harro. »Unsere Schulden sind stets auch Investitionen, die manchmal ein wenig Zeit und Geduld benötigen, bis sie sich bezahlt machen.« Sein Lächeln gefror. »Ich wäre dir sehr dankbar, wenn auch du dich beizeiten daran erinnerst!«

10

»Du hast dich also erfolgreich durch alle Etagen dieses Mehrfamilienhauses gefressen? Vom Erdgeschoss bis unter das Dach?« Ravi grinste Tobias an, um im gleichen Ton fortzufahren: »Unsere Raupe Nimmersatt. Frischer Kaffee, belegte Brötchen, Schwarzwälder Kirsch und lauwarmer Apfelstreusel mit frisch geschlagener Sahne. Jetzt frage ich mich nur, wann du anfängst, dich zu verpuppen, um in ein paar Wochen als wunderschöner bunter Schmetterling durchs Präsidium zu schweben.« Er warf seinem Kollegen einen herausfordernden Blick zu und richtete sein Augenmerk dann schnell wieder auf die Fahrbahn. Dichter Verkehr begleitete sie seit dem Moment, da sie das Wohngebiet in Laubenheim verlassen hatten, auch auf der B 9 und dem kurzen Abschnitt des Mainzer Rings, den sie gleich wieder verlassen würden, um an der Pyramide in das Hechtsheimer Gewerbegebiet abzubiegen.

Das gläserne Gebäude beherbergte eine Disco, in die es ihn bisher noch nicht gezogen hatte. Er bevorzugte die Clubs in der Innenstadt und die Kneipen in der Neustadt um den Gartenfeldplatz, die es einem ermöglichten, je nach Stimmungslage einfach und schnell von der einen zur anderen Lokalität zu wechseln. Sandra schwärmte von den Neunziger-Jahre-Discos in der Pyramide, die sich im ganzen Rhein-Main-Gebiet größter Beliebtheit erfreuten.

»Nach der Schimmelkultur auf der dottergelben Kondensmilch hätte selbst ich die Schwarzwälder Kirschtorte und auch jedes andere Nahrungsmittel ausgeschlagen. Komplett skurril: Die Wohnung war überhitzt und der Kaffee eiskalt. Dafür habe ich Lebensweisheiten serviert bekommen und Einblicke in die Einsamkeit des Alters erhalten. Und nebenbei gab es noch einen ersten Tatverdächtigen als Zugabe.«

Ravi konnte erkennen, dass sich Tobias nicht ohne Stolz

reckte, um sich dann durch die luftigen Haare zu fahren. Sein Kollege hatte gerade eben wieder einen seiner Kontrollanrufe getätigt und wirkte dadurch sichtlich erleichtert. Ravi kannte das mittlerweile und glaubte zu spüren, wann Tobias die wenigen Minuten ganz besonders dringend brauchte, um zu überprüfen, ob daheim auch alles in Ordnung war. Wüsste er nicht, dass Saras depressive Tiefpunkte kaum vorhersehbar waren und sie sich schon mehrmals selbst verletzt hatte, würde er die wiederkehrende Nervosität des Kollegen, die nur mit einem Anruf zu beseitigen war, für eine ausgewachsene Form ehelichen Kontrollwahns halten.

Das Stakkato des Fragenkatalogs kannte er. Tobias schien kaum abzuwarten, bis sie ihm geantwortet hatte. Wo bist du gerade? Was machst du? Geht es dir gut? Wer ist bei dir? Wo sind unsere Kinder? Hast du schon etwas gegessen? Warst du heute schon mal vor der Tür? Hast du denn wenigstens die Rollläden hochgezogen? Wie eine liebevolle Unterhaltung zwischen erwachsenen Menschen, die sich abends in den Arm nahmen, um morgens nebeneinander aufzuwachen, klang das nie. Doch Tobias' Stimme hatte stets einen weichen Ton. Sonst hätten ihn die Gespräche sofort an die inquisitorischen Befragungen seiner Mutter nach der Schule am Esstisch erinnert. Alltägliche Erkundigungen nach den Ergebnissen der letzten Klassenarbeiten, gefolgt von wiederholten Ermahnungen, bloß brav im Unterricht mitzuarbeiten.

Tobias' Verhalten ließ sich erklären und nachvollziehen, aber zum Dauerzustand durfte es nicht werden. Er litt sichtlich unter der Situation, die ihn in einer permanenten Anspannung hielt, sobald er das Haus verließ. Manchmal vermittelte Tobias den Eindruck, abwesend und in Gedanken so weit entfernt zu sein, dass seine Aufmerksamkeit litt. Er hörte dann gar nicht richtig zu und stellte Nachfragen, die nicht in den Zusammenhang passten. Irgendwann würden ihm Fehler unterlaufen.

»Sara ist gerade beim Kaffeeklatsch mit anderen Müttern

aus dem Dorf. Eine der Frauen kennt sie schon, weil die Kinder in derselben Gruppe im Kindergarten sind. Das wird ihr guttun.« Er atmete durch.

Die Bürde des Nachmittags schien von Tobias' Schultern genommen, was gut war. Sie mussten hellwach sein bei dem, was sie gleich zu tun hatten. Erst später, wenn sich der heutige Arbeitstag erwartungsgemäß in die Länge zog, würde ihn die Anspannung wieder einholen.

Ravi wusste nicht, ob er sich unter diesen Umständen wirklich wünschen sollte, dass sie erst nach Mitternacht aus dem Präsidium kamen. Auch wenn ihm das wieder einmal die Möglichkeit verschaffte, die Verabredung mit seiner Mutter kurzfristig ohne schlechtes Gewissen abzusagen. Der Stolz, den sie versprühte, wenn sie ihren Nachbarinnen am Gartentor berichten durfte, dass ihr Sohn die Ermittlungen in diesem Fall führte, der es sogar in den überregionalen Teil der Tageszeitung geschafft hatte, entschädigte ausreichend für die Enttäuschung. Spätestens nächsten Sonntag wäre er aber dran. Mit Sandra zusammen käme er sicherlich nicht unter fünf Stunden Anwesenheit aus Otterbach wieder heraus. Ihm graute jetzt schon bei diesem Gedanken.

Er war froh, als in diesem Moment sein Handy einen knappen Signalton von sich gab und das Display kurz aufleuchtete. Tobias griff danach, weil er erkannt hatte, dass die Nachricht von Harro stammte.

»Bingo! Das ist unser Mann.« Tobias legte das Handy wieder zurück in die Ablage der Mittelkonsole. »Schulden, Druck, Drogen. Kilian Oberländer scheint wirklich zum Haupttatverdächtigen zu werden. Harro ist auch auf dem Weg hierher. Wir sollen vor der Werkstatt auf ihn warten.« Tobias schüttelte den Kopf. »Wo er das wieder herhat? Welcher Mainzer Dealer hat ihm da noch einen Gefallen geschuldet?«

Ravi glaubte, aus Tobias' Worten Bewunderung für Harros mitunter reichlich unkonventionelle Ermittlungsmethoden heraushören zu können. Als der Kollege noch in Bretzenheim lebte und sie häufiger nach dem Dienst zusammen in der urigen Weinkneipe am Holztor versackt waren, hatte der Chef nach dem sechsten Riesling nicht selten mit seinen prächtigen Kontakten in die Unterwelt geprahlt. Mindestens die Hälfte der Mainzer Dealer kenne er persönlich, und bei einem nicht unbedeutenden Teil habe er noch einen gut. Der kräftige Wirt, der seine Stammgäste und ihr Jägerlatein zur Genüge kannte, servierte dem Chef nach diesen vollmundigen Behauptungen bis zum Ende des Abends stets nur noch dünne Riesling-Schorlen. »Sonst quatscht der noch mehr Mist und verschreckt mir die Kundschaft.«

Der Verkehr lichtete sich langsam, und die Ausfahrt ins Gewerbegebiet kam in Sicht. Ravi betätigte den Blinker. Das Bild von Harro im Wohnzimmer der Tatortwohnung flackerte vor ihm auf, als er die enge Kurve der Autobahnabfahrt nahm.

»Harro hat es heute wieder getan.«

Der Satz war einfach so über seine Lippen gekommen, ohne dass er sich Gedanken darüber gemacht hätte. Tobias starrte ihn fragend an und brauchte einen Augenblick, um sich zu sortieren. Mehr als ein einfaches Fragewort brachte er trotzdem nicht heraus.

»Was?«

»Er hat am Tatort eine Flasche Schnaps mitgehen lassen. Ich habe gesehen, wie er sie aus der Bar in der Schrankwand genommen und in seine Jackentasche gesteckt hat.« Ravi beschleunigte auf der Geraden, die am Rand des Gewerbegebietes entlangführte. Die Ampel vor ihnen sprang schon auf Grün um. Weit hatten sie es nicht mehr.

Er konnte Tobias neben sich schlucken hören. Seine Antwort klang trotzdem so, als ob ihn etwas beim Reden behinderte. »Irgendwann langt er richtig zu.«

Ravi wusste, dass er nicht noch mehr erzählen durfte, weil dann alles kaputtginge.

11

Sie drehte den Hahn bis zum Anschlag auf und fühlte, wie das Wasser immer heißer wurde. Es dampfte in die Höhe und ließ den Spiegel über dem winzigen Waschbecken beschlagen. Sara Schmahl genoss es und zwang sich, die Hände auch dann nicht wegzuziehen, als ihr das Wasser fast schon die Haut verbrühte. Ihr Spiegelbild war verschwunden. Wie gerne wäre sie ihm gefolgt, hätte sich langsam aufgelöst, um für niemanden mehr erkennbar zu sein. Wäre eingetaucht in die Welt hinter dem Spiegel, die sie so lange aufnahm, bis sie wieder ausreichend Kraft getankt hatte, um über den Rest des Nachmittags zu kommen. Sie schloss die Augen und biss die Zähne fest zusammen, um den Schmerz ertragen zu können, der sich rot und heiß durch beide Hände fraß und bis in die Unterarme ausstrahlte.

Ben und Lena saßen oben im Schlafzimmer und starrten auf das Tablet, auf dem eine Comicserie lief. Kurze, fünfzehnminütige Folgen, die sich so lange aneinanderreihten, bis man sie unterbrach oder der Akku leer war. Die Kinder würden die Endlosschleife nicht selbständig anhalten.

Ihre Hände waren jetzt fast taub. Das Wasser strömte weiter darüber hinweg, fühlte sich aber gar nicht mehr so kochend an wie eben noch. Der Schmerz tat gut.

Die fragenden Blicke, die sich die anderen drei Mütter bei ihrem abrupten Abgang zugeworfen hatten, waren ihr nicht entgangen. Sie würden sich das Maul zerreißen, jetzt, wo sie weg war. Darauf hatten sie doch nur gewartet. Damit war sie zumindest für etwas gut genug. Als Gesprächsstoff, um ihnen die Zeit nach dem Kaffee bis zum ersten Gläschen Prosecco zu überbrücken, taugte sie ganz vortrefflich. Es sei denn, Martha schlug Levin wieder mit dem Holzlöffel des Kinderkochgeschirrs auf den eckigen Schädel. Dann wechselten sie wieder wie auf Knopfdruck in die eingeübte Schlichtungszeremonie. Erwachsene Menschen, die sich hinabbeugten und versuchten, in verständnisvoll gehauchten Worten dem nach Rache dürstenden Nachwuchs Gewaltlosigkeit zu predigen. Vielleicht vergaßen sie darüber sogar die letzten beißenden Kommentare.

Dass die anderen Mütter sie für eingebildet hielten, hatte ihr Verena gleich zur Begrüßung offenbart. Es war sicher freundlich gemeint gewesen, sie in die schlecht gelüftete Gästetoilette am Eingang zu ziehen, um ihr aufmunternd mit auf den Weg zu geben, dass sich das mit dem heutigen Tag ändern würde. Sie solle sich nur ein wenig anstrengen. Verenas auffordernden Blick hatte sie während des Kaffeetrinkens immer wieder spüren können. Wahrscheinlich erwartete sie von ihr die Offenbarung tiefster Geheimnisse und witzigster Erlebnisse, die allen deutlich machten, *wie* sympathisch sie war. Sara war schon nach kürzester Zeit speiübel gewesen. Ein Wunder, dass sie es dort überhaupt so lange ausgehalten hatte. Als die dicke Blonde, die wie eine Parfümerie-Filiale roch, nach dem zweiten Streit der Kinder auch noch ihre Globuli anpries, die sie sich in großen Mengen aus der eigenen Plazenta hatte anfertigen lassen, hatte sie bereits unauffällig nach der schnellsten Fluchtmöglichkeit gesucht. Bis zum Beginn ihrer Therapie war sie ja selbst von der Wirksamkeit homöopathischer Arzneimittel überzeugt gewesen, aber bei den Inhaltsstoffen hatte es für sie auch da schon Grenzen gegeben. Das Fläschchen stand auf einmal auch vor ihr. Sie war mit den Gedanken ganz woanders gewesen. Die kleinen weißen Perlen sollten die Abwehrkräfte stärken und bei fast allen Beschwerden helfen, die einem einfielen. Erwartungsvoll hatten die anderen sie angeblickt, während sie überlegte, ob die vier gerade je ein Dutzend der aus dem gereinigten und energetisch aufgewerteten Mutterkuchen hergestellten Zuckerkugeln unter ihren Zungen zergehen ließen. Schnell hatte sie das Behältnis über den Tisch zurück zur Urheberin geschoben und gehofft, dass sich ihre Kinder niemals in diesem Haus verletzten. Sie war sich auch nicht mehr ganz sicher gewesen, ob sie den angefangenen Schokomuffin auf dem Tellerchen vor sich noch einmal anrühren sollte. Die anderen überboten sich nämlich gleich darauf gegenseitig mit überschwänglichen Erfahrungsberichten zum Kuchenbacken mit Muttermilch.

Die Blonde, die nach Saras Eindruck mittlerweile weniger nach Parfümerie, sondern eher wie ein aufdringliches Duftbäumchen roch, das sogar gegen stärksten Zigarettenrauch Erfolg versprach, schien auf diesen Themenkomplex nur gewartet zu haben. Mit einem schnellen Handgriff legte sie ihr mächtiges Dekolleté fast vollständig frei. Sara hielt die Luft an, um ihre heftiger werdende Übelkeit zu bekämpfen. Sie traute der gewaltigen Dufttanne alles zu. Das Kännchen mit der Kaffeesahne direkt vor ihr war gottlob noch ausreichend gefüllt. Aus den Blicken der anderen hingegen sprach stumme Bewunderung, die sich im nächsten Moment in kreischend spitzer Begeisterung Bahn brach.

»Du hast es wirklich getan?« Weit aufgerissene Münder und Augen unterstrichen die mit der Frage einhergehende Dramatik, während Sara dem Gespräch nicht mehr zu folgen vermochte. Aus den Bruchstücken der in schrillen Tönen vorgebrachten Kommentare versuchte sie, die notwendigen Details zu extrahieren, während alle gebannt auf den ausladenden Brustansatz der Dufttanne starrten.

»Das muss doch Unsummen gekostet haben?« Der Einwurf war von Verena gekommen. Die anderen nickten heftig. Sie schienen sich alle die gleiche Frage gestellt zu haben. Kurz verirrten sich Saras Gedanken in die plastische Chirurgie, die hier versuchsweise die Grenzen des statisch Machbaren ausgetestet zu haben schien. Erst dann bemerkte sie, dass die Blicke der anderen Mütter auf ein weißes, rundes Medaillon gerichtet waren, das an einer Goldkette hing und die Größe einer Gedenkmünze besaß. Perlmuttfarben schimmerte der von Gold eingefasste, leicht erhabene Kernbereich, auf dem kleine rote Blättchen so gleichmäßig verteilt waren, als ob sich jemand mit getrockneten Chiliflocken und einer Lupe dekorativ betätigt hätte.

»Ist das deine eigene?« Die Schwarzhaarige hatte sich so weit nach vorne gebeugt, dass ihre Nase fast das Schmuckstück berührte. Der Duftbaum reckte sich daraufhin in die Höhe und schwieg noch einen Moment, genoss die Aufmerksamkeit. Die Luft im Raum knisterte vor Spannung. Obwohl das auch von den Papierresten des Muffinförmchens kommen konnte, das Verena vor Aufregung in ihrer Hand knetete.

»Aber natürlich!« Vor Stolz wurde die Dufttanne fast noch ein wenig vollbusiger. »Ich habe zwei Beutel an Gunhild von den Milchmädchen geschickt.« Sie zog den Namen bewusst in die Länge und betonte jede Silbe. »Sie hat ein spezielles Verfahren entwickelt, um die Muttermilch zu härten und in eine Fassung einzuarbeiten.« Saras Magen rumorte. Er schien schon zu ahnen, dass sie noch ein besonderes Detail zurückhielt. »Und Gunhild ist die Einzige im gesamten Internet, die auch die getrocknete Nabelschnur in das Schmuckstück einarbeitet. Das bietet sonst niemand an.«

Sara hatte versucht, nicht an den Muffin zu denken, von dem sich ein Großteil in ihrem Magen befand, der ihn nun nicht mehr haben wollte und sie sauer aufstoßen ließ. Verstohlen blickte sie auf das Zifferblatt ihrer Uhr und entschied, dass sie noch ein wenig durchhalten musste. Nach einer halben Stunde konnte man noch nicht wieder gehen, zumal ihre Kinder freudig mit denen der anderen Mütter spielten und fröhlich lachend im Keller verschwunden waren.

Es war ihr unendlich schwergefallen, gegen die Mischung aus Müdigkeit und Brechreiz anzukämpfen, die sie lähmte. Der Unterhaltung folgte sie kaum noch. Ihr Blick wanderte über die Rollbilder, die die Wände im Wohnzimmer zierten. Ein Teil davon schien recht alt zu sein. Sie wirkten vergilbt und brüchig. Sie erinnerte sich, dass Verenas Mann für einen

Automobilzulieferer arbeitete und häufig in China und Japan unterwegs war. Eine ganze Galerie winkender Katzen bevölkerte die Fensterbank.

Alle hatten auf einmal schrill aufgelacht. Sara war mit eingefallen, ohne dass sie wusste, worum es eigentlich ging. Dabei war ihr doch eigentlich nur noch zum Heulen zumute gewesen. Die Tränen, die sie sich aus den Augenwinkeln wischte, hielten die anderen für ein Produkt der Freude, Verena stieß sie kumpelhaft an. Wenigstens schien sie mit ihr zufrieden zu sein. Sara starrte auf das Pergament an der Wand gegenüber, auf das mit schwarzer Tusche ein Bambusgewirr gebannt war. Die herabhängenden Blätter wirkten wie lange Spinnenbeine, die vom Tränenschleier vor ihren Augen zum Leben erweckt wurden. Sie staksten durcheinander und kamen auf sie zu. Ein Durcheinander an Leibern, die übereinander herfielen und sich gegenseitig verschlangen.

Sie hatte plötzlich am Tisch gestanden und in fragende Gesichter geblickt. Viel zu lange dauerte es, bis sie ihre Gedanken sortiert hatte und antworten konnte.

»Der Installateur kommt gleich. Den hatte ich vollkommen vergessen. Die Heizung ist heute Morgen nicht angesprungen.«

»Du kannst die Kinder ruhig hierlassen. Die spielen so schön und merken es gar nicht, wenn du für ein paar Minuten weg bist.«

Sie hatte sich keine Mühe mehr gegeben, elegant aus der Situation herauszukommen. Schroff klangen ihre Worte, die sie sofort bereut hatte. »Die kommen mit mir! Es kann länger dauern.«

Ihre Hände leuchteten jetzt feuerrot. Sie spürte keinen Schmerz mehr. Es grassierten nur noch Scham und Wut über ihr Handeln. Warum hatte sie sich nicht ein wenig mehr Mühe gegeben, um nicht den Eindruck einer überstürzten Flucht zu vermitteln? Langsam drehte sie den Wasserhahn zu. Ihre verbrühten Finger kämpften mühsam gegen den Widerstand an. Sie merkte nicht, dass ihr schon wieder Tränen über die Wangen rannen. Sie empfand zum ersten Mal seit langer Zeit wieder diesen Drang, mit der Schere hinab in den Keller zu steigen. Sara kannte die Sätze auswendig, die sie für Momente wie diesen eingeübt hatte, Sätze, die sie schützen sollten. Eine Mischung aus guten Worten und sanften Verboten, die ihr lächerlich vorkam, wenn die Sonne in ihr strahlte und alles hell erleuchtete. Dann witzelte sie sogar darüber. In den düsteren Phasen hingegen flüsterte sie die Sätze vor sich hin, ohne dass ihr Sinn in ihr Bewusstsein vordringen konnte: Ich bin gut, so wie ich bin. Es ist in Ordnung, krank zu sein. Niemand macht mir deswegen einen Vorwurf. Tobias und die Kinder, sie brauchen mich so sehr.

Aber wo soll ich bloß die Kraft hernehmen, ihnen nicht immer mehr zur Last zu fallen?

12

Harro konnte den Wagen der Kollegen in dem Moment sehen, als er in das Gewerbegebiet einbog. Er hielt kurz neben ihnen an und signalisierte Ravi, dass er ihm folgen sollte. Hintereinander steuerten sie auf den großen Parkplatz der Autowerkstatt zu. Harro steckte sich den verbliebenen Zipfel der noch lauwarmen Mainzer Fleischwurst in den Mund, die er sich vorhin beim Metzger in der Neustadt besorgt hatte. Er bedauerte es, dass sie den letzten Rest des weichen Cognacs vollständig von seiner Zunge verdrängte, sodass von ihm nur noch eine wärmende Erinnerung in seinem Rachen und Magen zurückblieb.

Er fühlte sich nun ausreichend gestärkt und war gespannt, wie der Junge reagieren würde. Die Andeutungen von Slobodan Cvetkovic und seinem Rotbart hinsichtlich Kilian Oberländers Schulden sowie die Informationen der Nachbarin machten den Enkel zum dringenden Tatverdächtigen. Mit der Großmutter war es zum Streit über dessen Drogenkonsum und den Geldbedarf dafür gekommen. Sie hatte ihm nichts mehr zustecken wollen und ahnte wohl, dass er sich damit nicht einfach abfinden würde. Zur Sicherheit hatte sie das daheim deponierte Bargeld und den Schmuck versteckt. Stand die Schublade im Schlafzimmer offen, weil er danach gesucht und sie ihn dabei überrascht hatte? Die Kollegen hatten nirgendwo in der Wohnung der alten Leute eine Handtasche oder ein Portemonnaie gefunden. Das zumindest schien er mitgenommen zu haben, als er panisch die Wohnung verließ. Von einer gründlichen Suche hatten ihn die Angst und der Schrecken der Tat abgehalten. Das war kein außergewöhnliches Verhalten. Der Mord im Affekt an den Großeltern, vielleicht sogar unter Drogeneinfluss verübt, und die Panik gleich danach, die ihn zur schnellen Flucht trieb, das passte gut zusammen. Gerade Täter, die ihren Opfern nahestanden, wollten schnellstens weg vom Ort ihrer brutalen Mordtat.

»Ich frage mich, ob er überhaupt da ist.« Ravi und Tobias erwarteten ihn schon vor dem Eingang. Tobias hielt sein Handy in der Hand und sprach weiter. »Ich kann mir gut vorstellen, dass er sich krankgemeldet und bei einem Freund versteckt hat.«

Harro nickte. Daran hatte er auch schon gedacht. Ausreichend Zeit zum Verschwinden wäre ihm geblieben. So regelmäßig, wie er seine Großeltern aufgesucht und um Geld angehauen hatte, musste er wissen, dass der Pflegedienst erst nach dem Wochenende wieder kommen und sie finden würde. Doch die meisten Täter, die er in seinen vielen Dienstjahren ermittelt hatte, stammten aus dem unmittelbaren familiären Umfeld der Opfer, und kaum einer davon war untergetaucht. Vielmehr bemühten sich die meisten, den Schein der Normalität zu wahren, und klappten innerhalb kürzester Zeit zusammen, weil der Druck, unter dem sie standen, ihnen die Kraft raubte.

Harro konnte aus den Gesichtern seiner beiden jüngeren Kollegen dieselbe zarte Anspannung herauslesen, die sich auch seiner bemächtigt hatte. Der sich beschleunigende Rhythmus seines Pulses passte dazu. Dies war auch für sie keine alltägliche Situation. Er ging voran durch die sich selbstständig öffnende Schiebetür, die ein fein klingendes metallisches Schaben von sich gab. Hinter dem Empfangstresen saßen zwei stark geschminkte junge Frauen. Die linke telefonierte und las dabei Nachrichten auf ihrem großen Handy. Die rechte, deren wulstige Lippen unnatürlich weit nach vorne standen, war gänzlich darauf konzentriert, mit den Spitzen ihrer langen, farbigen Fingernägel einzelne Buchstaben auf der Tastatur vor sich zu treffen. Sie schaute auch dann nicht auf, als Harro direkt vor ihr stand.

»Haben Sie einen Termin?«, wollte sie wissen.

Harro überlegte, ob er den Dienstausweis auf ihre Tastatur

fallen lassen sollte. Da blickte sie kurz auf. »Ansonsten kann ich Ihnen wenig Hoffnung machen. Reifenwechsel frühestens Ende nächster Woche. Aufgrund des Personalmangels und eines hohen Krankenstands arbeiten unsere Mitarbeiter schon täglich eine Stunde länger.« Ihre Stimme klang so gelangweilt wie die Tonbandansage der Taxizentrale. Es fehlten nur noch die beschwingten Takte der Hintergrundmusik.

Sie senkte ihren Blick erneut auf die Tastatur und schien zu erwarten, dass er sich mit dieser Auskunft zufriedengab und den Platz vor dem Tresen nun zügig räumte.

»Wir sind von der Polizei.« Harro sprach leise und bemühte sich weiter um einen freundlichen Tonfall. Obwohl er dazu eigentlich jetzt schon keine Lust mehr hatte. Die Aufmerksamkeit der jungen Dame mit den aufgespritzten Lippen erlangte er nun zumindest. »Wir würden gerne ganz kurz mit einem Ihrer Mitarbeiter sprechen. Kilian Oberländer?«

Sie griff sofort zum Hörer und behielt ihn im Blick, während sie wählte. Harro langte über die Theke und unterband das Gespräch.

»Wir möchten direkt zu ihm. Es wäre schön, wenn Sie uns begleiten würden.« Er lächelte so freundlich wie nur irgendwie möglich.

Sie erhob sich und blickte leicht gequält zu ihrer Kollegin, die aber nichts mitbekommen hatte und weiter unbeirrt und laut über ihre Wochenenderlebnisse in einem Frankfurter Technoschuppen und die damit verbundenen Herrenbekanntschaften quatschte.

Auf dünnen, aber umso höheren Absätzen stakste sie vor ihnen her an dem gut gefüllten Wartebereich mit einem tropfenden Kaffeeautomaten vorbei. Harro befürchtete mehrmals, dass sie umknicken und sich dabei die Bänder und Sehnen in den Knien und Fußgelenken ruinieren würde. Warum zwängte man sich für den Dienst am Tresen einer Autowerkstatt in solche Folterwerkzeuge, wenn man darin kaum laufen konnte?

Zu einem abschließenden Ergebnis kam er nicht. Sie drückte die Glastür auf, die in den geräumigen Arbeitsbereich mit mehreren Hebebühnen führte. Ein Gebläse rauschte. Es roch nach Öl, Schweiß und Verbrennungsmotor, wobei Harro nicht mit letzter Sicherheit sagen konnte, welche Geruchskomponente überwog. Es war warm, obwohl am hinteren Ende der Werkstatt ein großes Rolltor weit offen stand.

Ein Mittfünfziger im blaugrauen Overall stand direkt neben dem Eingang. Er hielt ein Klemmbrett in der Hand und strich sich über den buschigen blonden Schnurrbart, der Harro an das Walross eines dritten Fernsehprogramms erinnerte.

»Katja, was führt dich denn zu uns?« Er zwinkerte der Empfangsmitarbeiterin zu. »Wenn du dich hierherwagst, gibt es meistens Probleme.« Er grinste sie an und starrte ihr dabei unverhohlen auf die Brüste.

»Ist Kilian da?«

Der Schnurrbartträger nickte und deutete mit einer knappen Kopfbewegung in den hinteren Teil der Halle. »Der wechselt Reifen. Heute schon den ganzen Tag und bestimmt auch noch die beiden nächsten Wochen.« Er drehte den Kopf zur Seite, und bevor Harro einschreiten konnte, brüllte er quer durch die ganze Halle: »Killekille! Damenbesuch.« Das sich anschließende Lachen klang so, als ob sich das Walross an zu viel Salzwasser verschluckt hätte. Sein Oberkörper zuckte.

Harro sah für einen kurzen Moment an der letzten Hebebühne einen Kopf auftauchen, der sofort wieder verschwand. Ravi und Tobias setzten sich sofort in Bewegung. Harro rannte den beiden hinterher. Seine Schuhsohlen klatschten auf den Betonboden, doch schon nach wenigen Schritten lagen etliche Meter zwischen ihm und den beiden jüngeren Kollegen. Ravi erreichte die Hebebühne als Erster.

Harros Puls raste. Er schnappte hektisch nach Luft. Unangenehm drängte die in reichlich hochwertigem französischem Weinbrand marinierte Mainzer Fleischwurst wieder nach oben. Er schluckte entschlossen dagegen an und versuchte erfolglos, mit den Kollegen Schritt zu halten. Sein Schädel brummte. Der Druck auf seine Schläfen schwoll kontinuierlich an.

Hinter dem letzten Wagen, der ohne Räder auf Augenhöhe in sein Sichtfeld kam, konnte er den Flüchtenden sehen. Er rannte quer über den Hof der Autowerkstatt, dicht gefolgt von Ravi und Tobias. Kurz vor dem Erreichen des Zauns schleuderte er etwas weit von sich. Es waren mehrere kleine Beutelchen, die durch die Luft und über die Grundstücksgrenze hinwegsegelten. Sie landeten auf einer erdig braunen, graslosen Fläche. Ein halbes Dutzend grauer Hühner in Begleitung eines prächtig bunten Hahns war sofort zur Stelle. Sie hackten, sich gegenseitig bedrängend, hektisch auf den Beutelchen herum, bis sie das weiße Pulver freigelegt und aufgepickt hatten. Wenn das Federvieh den Trip überlebte, brauchte er für den nächsten Sonntag eines der Eier zum Frühstück. Space Eggs. Er hustete heiser. Sein Lachen überschlug sich. Der spitze Schmerz, der stechend in seine Lunge fuhr, verhinderte, dass er auch nur einen Meter weiterrannte. Röchelnd trabte er aus.

Ravi und Tobias hingen an dem Jungen, der es nur ein Stück am viel zu glatten Zaun hinaufgeschafft hatte. Noch strampelte er und hielt sich krampfhaft am Metall fest. Harro erreichte die drei schwer schnaufend. Er wartete ab, bis sie den Neunundzwanzigjährigen auf den Boden gedrückt und fixiert hatten.

»Kilian Oberländer, Sie sind festgenommen.« Schnell atmete er mehrmals ein und aus. »Sie stehen im Verdacht, Ihre Großeltern Magda und Erwin Oberländer ermordet zu haben.«

13

»Weißt du, dass Markus Merk mal hier in Otterbach gewohnt hat?« Ravi rieb sich die Hände und merkte, dass seine Handinnenflächen ungewöhnlich feucht waren.

»Wer ist das?« Sandra hielt den Blick weiter geradeaus auf die Straße gerichtet. Es waren nur noch ein paar Kilometer, bis sie den Bungalow seiner Eltern aus den Achtzigern erreicht hatten.

»Der berühmteste Fußballschiedsrichter Deutschlands.« Ravi hatte jedes Wort einzeln betont.

»Noch nie gehört.«

»Und er war stellvertretender Vorsitzender des FCK!« Ravi schob diese Information nach, obwohl er wusste, dass Sandra sich nicht für Fußball interessierte und ihn stets amüsiert beobachtete, wenn er sich bei einer Übertragung seines Lieblingsvereins lautstark über spielerische Unzulänglichkeiten und offensichtlich falsche Schiedsrichterentscheidungen aufregte.

Auf Sandras Wangen konnte er die zarte Röte erkennen, die offenbarte, dass auch sie eine gewisse Anspannung verspürte. Bei ihr schien aber im Gegensatz zu ihm die Vorfreude zu überwiegen. Er rechnete mit dem Schlimmsten. Der Mord an den Oberländers und ihre Ermittlungen in diesem Fall waren ihm wie eine Rettung in letzter Sekunde erschienen, um das seit Längerem geplante Kennenlernen der beiden Frauen wieder einmal verschieben zu können. Harro hatte sie jedoch in den Feierabend verabschiedet, nachdem sie den Enkel der Opfer festgenommen und ins Präsidium überführt hatten. Es war erst kurz vor fünf gewesen. Tobias konnte man anmerken, dass er dringend heimwollte. Sara ging mal wieder nicht ans Telefon, was ihn mit jedem Versuch, sie zu erreichen, noch mehr beunruhigte. Er war in solchen Situationen ohnehin kaum mehr zu gebrauchen. Ravi war schweren Herzens von dannen gezogen.

Kilian Oberländers Drogenschnelltest war positiv gewesen. Der junge Mann wirkte so abwesend, fast apathisch, dass sie einen Arzt hinzugezogen hatten, der nach einer ersten Untersuchung zur Ruhe riet. Harro wollte vor Ort bleiben und nachher noch mal nach ihm sehen. Die Befragung hatten sie auf morgen Vormittag verschoben, weil in seinem jetzigen Zustand kaum verwertbare Aussagen aus ihm herauszubekommen waren, die ihnen später nicht jeder Strafverteidiger mit Leichtigkeit zerpflücken würde.

Ravi war fast vierunddreißig, aber er hatte bisher noch nie eine seiner Freundinnen mit nach Otterbach zu seiner Mutter genommen. Und auch jetzt, kurz vor der Ankunft, verfestigte sich in ihm immer mehr die Überzeugung, dass es keine wirklich gute Idee war. Bis er Sandra kennengelernt hatte, war er noch nie in der Situation gewesen, darüber nachdenken zu müssen, da seine vorherigen Beziehungen wenige Wochen meist nicht überdauert hatten. Er wusste, dass das in erster Linie an ihm selbst gelegen hatte. Er war lange beziehungsunfähig gewesen, ein Bindungsversager, die stets abstoßende Seite eines Magneten, die sich nur mit gehörigem Druck für einen überschaubar kurzen Zeitraum an den gleichen Pol annähern ließ.

Seit er Anschluss an das Netzwerk derer gefunden hatte, die wie er in den Achtzigern und frühen Neunzigern von deutschen oder Schweizer Paaren in Sri Lanka adoptiert worden waren, konnte er sein Verhalten besser einordnen. Er war auf einmal kein Sonderling mehr, sondern hatte Menschen kennengelernt, die mit denselben Fragen und Selbstzweifeln wie er aufgewachsen waren. Das mangelnde Wissen um die eigene Herkunft, die trotz aller Bemühungen meist nicht aufzuklären war, weil die Adoptionen oft ohne die Einwilligung der leiblichen Eltern erfolgten, denen in den Kliniken eine Totgeburt vorgegaukelt worden war, führte bei vielen der adoptierten

Kinder zu schweren Traumata. Bei Mädchen zeigten diese sich nach der Pubertät häufig in einer bewusst gewählten Kinderlosigkeit oder mündeten sogar in den Selbstmord. Die Jungs blieben in vielen Fällen Einzelgänger.

Im vergangenen Jahr war er nach Sri Lanka gereist, in die Ortschaft, die auf seiner Geburtsurkunde vermerkt war. Unter Mithilfe eines Einheimischen, der im Auftrag des Netzwerks vor Ort recherchierte und Mütter ausfindig machte, die ihre Kinder suchten, hatte er Kontakt zu der Frau aufnehmen können, die in seinen Unterlagen als leibliche Mutter aufgeführt wurde. Er bekam auch jetzt wieder eine Gänsehaut, wenn er sich den Moment, in dem sie sich begegnet waren, ins Gedächtnis rief. Der erste Blick in ihr Gesicht, ihr Lächeln, die Ähnlichkeit, die er sofort erkannt hatte – es waren Eindrücke, die er nie wieder vergessen würde, auch wenn sich kurz danach herausgestellt hatte, dass sie sich nur für die Papiere gegen Bezahlung als seine Mutter ausgegeben hatte. Das war das damals praktizierte kriminelle System hinter den unbürokratischen Adoptionen, die reichen Europäern den biologisch versagten Kinderwunsch erfüllten.

Auch wenn er abreisen musste, ohne seine leiblichen Eltern gefunden zu haben, so hatte ihm die Reise in das Land seiner Geburt doch weitergeholfen. Anders war es nicht zu erklären, dass er mit Sandra jetzt schon so lange zusammen war. Die Bindung an einen Menschen, den er liebte, bereitete ihm keine Ängste mehr. Er wollte einfach nur, dass dieses Gefühl nie aufhörte.

Nach seiner leiblichen Mutter suchte er weiterhin, aber nicht mehr mit der Obsession, die ihn vor einigen Jahren befallen hatte. Er wusste, dass er alles Menschenmögliche unternommen hatte. Jetzt konnte nur noch ein Zufall weiterhelfen, und das hatte er akzeptiert. Seine DNA war in der Datenbank des Netzwerks hinterlegt. Manche Mütter machten sich erst nach vielen Jahrzehnten auf die Suche nach ihrem Kind, weil sie nicht eher von der Adoptionspraxis erfuhren, bei der man auch ihre Kinder nach der Geburt für tot erklärt hatte, ohne sie ihnen noch einmal zu zeigen.

»Woran denkst du gerade?« Sandras kurzer Blick zu ihm holte ihn aus seinen Gedanken. Sie waren fast da. Das Navi ihres Handys lotste sie durch die Ortschaft, vorbei am Friseur und dem Dönerladen.

»Ich denke an unseren Einsatz heute. Der Mord an dem Ehepaar in Laubenheim. Beide waren schon recht alt, er lag dement und völlig wehrlos im Bett. Sie sind wahrscheinlich von ihrem Enkelsohn ermordet worden. Alles nur wegen ein paar Euro im Portemonnaie.«

»Du lügst, was deine Gedanken angeht, aber erzähl mir trotzdem davon.« Die feinen Grübchen, die sich beim Lächeln auf ihren Wangen abzeichneten, zeigten, dass sie ihm nicht böse war.

»Du kannst hier vorne rechts abbiegen. Das ist der kürzere Weg.«

Sie folgte seinen Anweisungen und schmunzelte dabei. »Zwei Minuten länger bis zum Ziel. So zeigt es das Navi. Mir scheint, dass du wirklich jede Möglichkeit ausschöpfen willst, um unsere Ankunft hinauszuzögern.«

Ravi überging diese Bemerkung. »Er hat seine Großmutter mit einer Bronzebüste erschlagen und den dementen Großvater mit dem Kopfkissen erstickt. Als wir ihn vorhin festgenommen haben, stand er noch ganz ordentlich unter Drogen, beinahe so wie unser Chef. Harro hat man schon riechen können, da war er noch nicht zu sehen.« Ravi schüttelte den Kopf. Für Sandra war das nicht neu. Er hatte ihr schon häufiger berichtet, dass Harro nach Schnaps stank.

»Oberländer?« Sie klang entgeistert und starrte ihn an.

»Du hättest hier abbiegen müssen.« Ravi deutete nach rechts. »Jetzt dauert es noch länger, bis du Gisela kennenlernst. Das darfst du aber diesmal nicht auf mich schieben.«

»Oberländer in Laubenheim?« Aus Sandras Stimme sprach Unglaube.

»Ja, aber kein Wort darüber zu den Kollegen.« Ravi wusste, dass er sie darauf eigentlich nicht hinzuweisen brauchte. Er redete mit Sandra häufig über seine Erlebnisse im Dienst. Meist vermied er es jedoch, die Namen von Tätern oder Opfern zu nennen.

»Kilian Oberländer?«

Jetzt war es an Ravi, erstaunt zu schauen. »Du kennst den?«

»Ja klar, von früher. Wir haben häufig im Garten seiner Großeltern in Nieder-Olm gefeiert. Das ist aber schon ein paar Jahre her. Er ist so alt wie meine Schwester. Die Oberländers hatten ein Freizeitgrundstück mit Hütte an der Autobahn, nicht weit vom Schwimmbad entfernt. Da störte man keinen, wenn man die Musik morgens früh um vier noch voll aufgedreht hatte. Vorausgesetzt, im Generator war ausreichend Benzin, um den benötigten Strom zu erzeugen.« Sie setzte den Blinker und bog in eine Seitenstraße ein.

»Er ist unser Tatverdächtiger.«

»Kilian soll seine Oma und den Opa umgebracht haben? Niemals!« Ihr Pferdeschwanz fuhr hin und her. »Das kann ich mir nicht vorstellen. Kilian ist harmlos, der tut keiner Fliege was zuleide.«

»Wann hast du ihn das letzte Mal gesehen?«

Sandra schien zu überlegen. »Vor fünf Jahren, vielleicht auch sechs. Er war mit der besten Freundin meiner Schwester zusammen. Als das in die Brüche ging, sind wir auch nicht mehr nach Nieder-Olm zu den Partys gefahren.«

»Er hat Probleme mit Drogen und daher wahrscheinlich Schulden bei den falschen Leuten, die ihn unter Druck gesetzt haben.« Ravi deutete nach vorne. »Da ist es, hinter den Bäumen auf der linken Seite.« Er atmete tief ein. »Bitte sag mir rechtzeitig Bescheid, wenn es dir zu viel wird.« Er hielt kurz inne, weil er nicht wusste, wie er es formulieren sollte. »Gisela kann wirklich sehr einnehmend sein.«

14

Behutsam zog er die Tür gerade so weit hinter sich zu, dass sie noch einen schmalen Spaltbreit offen stand. Danach schlich er auf Zehenspitzen durch den dunklen Flur bis zur Treppe, die hinunter ins Wohnzimmer führte. Das Licht schien Sara gedimmt zu haben. Er konnte den Alkohol riechen. Auch auf den Stufen hinunter setzte er jeden einzelnen Schritt ganz vorsichtig. Die Kinder hörten ihn hier nicht mehr. Aber meistens schliefen sie auch schon, wenn er mit der Gute-Nacht-Geschichte fertig war. Tobias fuhr sich durch die Haare und zog im Gehen den Pullunder aus. Wahrscheinlich würde er den in einer Viertelstunde wieder suchen, weil ihn die Wärme, die die Kinder im Schlaf verströmten, dann verlassen hatte.

Das Glas stand noch halb gefüllt vor ihr auf dem niedrigen Couchtisch. Viel trank Sara nicht. Seine Frau lag in eine dicke Wolldecke gewickelt auf dem Sofa und blickte in die Dunkelheit draußen vor dem Fenster. Der Fernseher lief lautlos. Auf dem Bildschirm schlugen Raketen in Wohnhäuser ein. Verstörte Menschen mit vor Angst geweiteten Augen starrten ihn an, bis der Sprecher der Tagesschau wieder übernahm. Der Krieg im Osten wollte nicht aufhören.

Der Kirschlikör, den sie auch heute wieder trank, stammte von seiner Mutter. Sie setzte ihn selbst an mit den überreifen Früchten aus ihrem Garten. Er war nicht besonders stark, weil sie ihn vor dem Abfüllen mit reichlich eingekochtem Kirschsaft verdünnte, bis das stechende Aroma des Rums verschwand. Er bekam trotzdem schon nach einem kleinen Schluck Sodbrennen, daher hielten die Flaschen entsprechend lang und verstaubten zusehends im Wandschrank. Sandras Interesse daran war erst seit ein paar Tagen geweckt. Er wusste nicht, ob das ein gutes Zeichen war.

Die beiden leeren Tablettenblister, die er neben dem Glas

liegen sah, deuteten an, dass sie wahrscheinlich gleich einschlafen würde. Ihr Blick blieb weiter starr auf die große Glasscheibe gerichtet, hinter der die Nacht das Stückchen Land verschluckte, das sie früher ihren Garten genannt hatten. Wenn der Boden durch die Regenschauer nicht zu sehr aufgeweicht war, tobten die Kinder manchmal zwischen den verdorrten Hecken über die einzelnen Grasbüschel hinweg. Die Hitze und die Trockenheit des Sommers hatten den wenigen verbliebenen Pflanzen, die nie eine wirkliche Chance zum Überleben gehabt hatten, dieses Jahr den Rest gegeben.

»Es war der Horror.«

Tobias erschrak, weil er nicht damit gerechnet hatte, dass sie etwas sagen würde. Er bemerkte erst jetzt die Tränen, die über ihre Wangen rannen. Er wusste nicht, was er entgegnen sollte, also setzte er sich schweigend neben sie auf das Sofa. Er wollte ein Stück der Decke zu sich und über seine Beine ziehen. Ihre Hände unter dem Stoff verhinderten das. Sie krallten sich fest.

Sandra schniefte und zog die Nase hoch. »Ich gehe nie wieder in diese Mütterhölle. Das war mein letztes Playdate mit den Kindern bei einer dieser blöden Kühe.« Sie zitterte und schluchzte auf. Tobias nahm sie in den Arm.

»Ben und Lena fanden es eigentlich ganz nett.« Er flüsterte. »Das haben sie mir vor dem Einschlafen erzählt.«

»Dafür durfte ich mir zuerst die Erfolgsgeschichten optimierter Mütter anhören. Was die alles schaffen und tun und können. Und welche Aufopferungsfähigkeit sie an den Tag legen, um in ihrem Mutterglück zur segensreichen Kindererziehung beizutragen. Ich kann das alles nicht mehr hören. Ihre Begeisterung und ihre Freude drücken mich noch tiefer hinunter. Das machen die alles nur, um mir zu zeigen, wie schwach ich bin. Jedes Wort von denen gibt mir das Gefühl, eine Versagerin zu sein.« Ihr Körper bebte unter seinen Händen. Ein kurzes, heftiges Aufbäumen nur, bevor sie wieder schwer in sich zusammensank.

»Beruhige dich doch. Das ist alles nicht so, wie du denkst. Sie wollen dir damit nicht wehtun.« Er lauschte kurz, ob im oberen Stock Schritte zu hören waren und er dadurch einen Grund hätte, sie hier allein zu lassen. Doch es herrschte Stille. Nur ihr wimmerndes Schluchzen war zu hören. Leise flüsternd redete er weiter. »Ich habe eine Lösung für uns. Wir gehen zurück, weg von hier. Es gibt Möglichkeiten, wie wir das alles schaffen können, und schöne Häuser näher an der Stadt sind zu kriegen. Ich habe schon mehrere auf der Immobilienplattform im Internet gesehen. Nicht alle sind erschwinglich, aber es wird sich fügen. Es war sogar ein schönes auf dem Lerchenberg, nahe am Wald, dabei. Die Ecke kenne ich. Da hat mal einer meiner Schulfreunde gewohnt.« Tobias hielt inne. Sie drehte ihr Gesicht aus der Decke, in die sie sich vollständig eingehüllt hatte. Ihre Hände leuchteten feuerrot. Auch im schummrigen Licht der gedimmten Wohnzimmerlampe wirkte es noch so, als ob sich die gesamte Haut bis zu den Fingernägeln entzündet hätte. Ein Juckreiz, der sie sogar bewogen hatte, einzelne Stellen blutig zu kratzen? Vorsichtig strich er ihr über den Handrücken und sah ihr in die Augen. »Ich habe mit der Bank gesprochen. Sie sehen gute Chancen, dass wir das Haus verkauft bekommen. Noch klappt das wahrscheinlich sogar mit einem kleinen Gewinn. Die Leute wollen raus aufs Land. Das ist unser Vorteil. Damit es schneller geht, werde ich mich um eine Zwischenfinanzierung bemühen. Dann können wir uns zuerst um den Kauf und den Umzug kümmern und müssen nicht warten, bis wir jemanden für das Haus hier draußen gefunden haben.«

Sie sah ihn noch lange dankbar an. Ihr Schluchzen ließ nach. Er hielt sie weiter fest, bis sie endlich auch eingeschlafen war. Seine drei Kleinkinder, jetzt hatte er sie endlich alle in den Schlaf gewiegt. Sie brauchten die Geschichten mit dem guten Ende. Der Hoffnung, die sie sanft einfing und zuversichtlich in gute Träume begleitete. Er blieb allein zurück mit dem quälenden Druck, wie er all das bewerkstelligen sollte, was er ihnen versprach. Vorsichtig löste er sich von ihr, deckte sie zu und schlich in die Küche. Dort schenkte er sich einen Whiskey ein und kippte das Glas in einem Zug hinunter. Sein Magen würde in der Nacht rebellieren. Noch einmal lauschte er konzentriert, dann griff er nach dem Autoschlüssel und nahm seine Jacke von der Garderobe. Er brauchte noch mal frische Luft. Hier drinnen drohte er zu ersticken.

15

»Ich freue mich ja so, dass ihr es doch noch geschafft habt.« Gisela drückte sich auf den Zehenspitzen in die Höhe und strich ihm über die Wange. Das Gleiche hatte sie eben auch schon bei Sandra getan. Jetzt musterte sie seine Freundin und nickte gleich darauf anerkennend in Ravis Richtung.

Ravi spürte, wie seine Anspannung nur noch weiter wuchs. Alles in ihm fühlte sich verkrampft an. Auf seinen Magen drückte die Nervosität mittlerweile auch. Eine leichte Übelkeit machte sich bemerkbar. Und er hegte keine Hoffnung, dass es in den nächsten Minuten besser werden würde.

»Kommt.« Gisela eilte durch den Flur voraus. »Ich habe schon alles fürs Grillen auf der Terrasse vorbereitet.«

»Es ist Oktober und schon nach acht.«

»Aber Junge, du grillst doch so gerne. Und dafür, dass ihr so spät kommt, könnt ihr mich nun wirklich nicht verantwortlich machen. Wir hätten auch schon um vier anfangen können.«

Ravi folgte ihr. »Nein! Du und Norbert, ihr wolltet immer grillen.« Sein Widerspruch verhallte ungehört im langen Flur. »Außerdem ist Sandra Vegetarierin.« Er bereute diese Aussage sofort, weil er schon ahnte, dass sie zur Quelle gut gemeinter Hinweise und ernster Diskussionen werden würde.

»Ich habe auch Geflügel oder kann ihr einen Lachs auftauen, wenn sie den lieber möchte.« Gisela lächelte glücklich, als sie sich an der geöffneten Glastür umdrehte. »Setzt euch. Ich muss nur noch den Grill anzünden, dann geht es ganz schnell.«

Ravi lächelte gequält. Er wollte sich gar nicht ausrechnen, wie lange Gisela sie hier festhalten würde, wenn sie jetzt erst die Kohlen anzündete. Sandra wirkte amüsiert und ließ sich entspannt auf einem der gepolsterten Gartenstühle nieder.

»Kann ich dir helfen, Gisela?«

»Es steht schon alles bereit.« Sie zeigte stolz auf den komplett überladenen Terrassentisch. »Hubertus Steinkötter von gegenüber hat mir das mit dem Grillanzünden gezeigt. Der ist Handwerker.« Sie hantierte umständlich zuerst an einer Gasflasche herum und hielt dann ein brennendes Feuerzeug an den Stahltrichter. Erst als dort eine große Flamme aufflackerte, erkannte Ravi, was sie vorhatte. Geübt drehte sie so lange an einem kleinen Rädchen, bis der Unkrautbrenner eine leuchtend weiße Flamme ausspie, die sie auf die im ovalen Grill aufgeschüttete Holzkohle hielt. »Na, das hättest du deiner alten Mutter wohl nicht zugetraut«, frohlockte sie.

Die Kohle glühte bereits. Die Flamme hatte einen solchen Druck, dass sie sogar durch die Luftlöcher am Boden des Grills schoss. Wahrscheinlich dauerte es keine fünf Minuten, bis die ganze Konstruktion aus dünnem Blech zuerst glühte und dann schmolz. Ravi kramte in seiner Erinnerung und hoffte, möglichst bald darauf zu kommen, wo sich in diesem Haus ein ausreichend großer Feuerlöscher befand.

»Packt ruhig schon das Fleisch aus. Es ist gleich so weit.«

Sandra deckte die verschiedenen Platten nacheinander auf. Gisela hatte eingekauft, als ob sie die komplette A-Jugend des 1. FCK samt Trainerstab und Management sattbekommen wollte. Ravis Blick wanderte über die aufgereihten Grillsoßen. Schon bei der ersten fiel ihm auf, dass sie seit gut anderthalb Jahren abgelaufen war. Curry-Ananas, und sie schien noch die frischeste zu sein.

»Wer soll das alles essen?« Er bemühte sich, möglichst wenig Vorwurf in seiner Stimme anklingen zu lassen. So richtig gelang ihm das nicht.

»Na, wir natürlich. Oder hast du noch andere Gäste gesehen?« Sie lachte kurz auf, drehte den Flammenwerfer zu und schob den Rost über die Glut. »Ich packe euch später noch was ein zum Mitnehmen. Du bist dünn geworden, mein Junge. Du isst nicht genug.« Zum Glück vermied Gisela es, dabei Sandra anzuschauen.

»Ist das ein Spießbraten?« Ravi starrte entgeistert auf den mehrere Kilo schwer anmutenden gerollten Braten, der fertig gewürzt und verschnürt, aber roh in der Mitte des Tisches thronte.

»Ich wusste, dass du dich darüber freuen würdest. Das war ja früher immer schon eines deiner Lieblingsgerichte. Den frischen Kartoffelsalat mit Ei und Gurke habe ich noch im Kühlschrank.« Gisela lachte auf. »Der hat einfach nicht mehr auf den Tisch gepasst.« Sie griff nach dem Teller, auf dem übereinandergeschichtet eine unbestimmte Anzahl rot marinierter Grillsteaks ruhte. »Den Braten legen wir zum Schluss auf. Dann kommt der Deckel drauf, und er kann ziehen. Ganz zart wird der dann. Das habe ich bei dem Sternekoch im Fernsehen gesehen.« Sie versuchte kurz, sich an den Namen zu erinnern, gab das aber schnell wieder auf. »Sein Rezept mit dem Huhn fand ich hingegen reichlich ekelhaft.« Sie verzog angewidert das Gesicht. »Den ganzen Vogel hat er über eine volle Bierdose gestülpt. Und so saß er dann da auf den Kohlen, nackt mit hängenden Flügeln, wie auf dem Nachttopf.«

Sandra musste lachen. Ravi war noch nicht so weit. Ihm war das alles nicht ganz geheuer. Er musste sich jedoch eingestehen, dass es jetzt gut roch und er ordentlich Appetit hatte. Zwei Salate gab es auch auf dem Tisch. Sandra würde also nicht hungern müssen.

»Und du isst gar kein Fleisch?« Gisela wendete die Steaks. Eine Stichflamme schoss kurz in die Höhe. Sie wartete gar nicht auf eine Antwort. »Das kann zu Mangelerscheinungen führen.« Sie wandte sich Ravi zu. »Weißt du noch, die Familie aus der Fasanenstraße, deren Kinder auf die Waldorfschule gingen? Die waren doch auch Vegetarier und dann bei Papa deswegen in Behandlung. Denen ging es allesamt gar nicht gut. Das hat Monate gedauert, bis sie wieder ganz gesund waren. Ich finde ja, dass man es den Kindern auch heute noch ansieht.«

»Gisela, bitte!« Ravi sah die einseitige Unterhaltung auf keinem guten Weg. »Die waren krank, weil sie Schimmel im Haus hatten, und nicht, weil sie kein Fleisch gegessen haben.«

Sie hörte ihm schon nicht mehr zu. Hoch konzentriert beförderte sie die ersten fertigen Fleischlappen auf die dafür bereitgestellte Kuchenplatte. Er kannte das Muster mit den kleinen bunten Blümchen, das ihn seine gesamte Kindheit hindurch begleitet hatte.

»Greift ordentlich zu. Es ist von allem genug da. Es wird keiner hungern müssen.« Gisela schien mehr als zufrieden mit ihrer kleinen Grillparty zu sein. »Und nachher schauen wir uns noch ein paar alte Fotoalben zusammen an. Die hatte ich gestern erst in den Händen.«

Ravi musste kurz raus.

»Wo willst du hin?«

»Auf die Toilette, Hände waschen.«

Sie nickte zufrieden. »Dann bring doch gleich das grüne Album mit. Es steht oben in Papas Büro vorne im Regal.«

Ravi nickte und spürte Erleichterung mit jedem Schritt, den er durch den Flur dem Badezimmer näher und aus ihrem Dauerfeuer herauskam. Er warf sich eine Handvoll kaltes Wasser ins Gesicht und eilte dann nach oben in Norberts ehemaliges Büro. Er konnte Sandra schallend lachen hören. Das beruhigte ihn ein wenig. Er durfte sie aber trotzdem nicht zu lange mit ihr allein lassen. Wer weiß, was Gisela noch alles erzählte. Schnell überflog er das Durcheinander aus Schubern und Einbänden und hatte gleich darauf das grüne, abgegriffene Album gefunden. Beim Herausziehen fielen ein paar Fotos zu Boden. Der Kleber der Fotoecken schien in die Jahre gekommen zu sein. Ravi bückte sich und schob sie zusammen. Aufnahmen aus einem Sommerurlaub an der Nordsee. An den Namen der Ortschaft konnte er sich nicht mehr erinnern, obwohl sie dort mehrmals hintereinander gewesen waren. Er steckte die Fotos zurück in das Album und wollte sich wieder erheben, als er plötzlich innehielt.

Zwischen zwei Zeitschriftenschubern auf dem letzten Regalboden klemmte ein dünner roter Ordner. Er war weit hineingeschoben worden, sodass man ihn am Regal stehend nicht sehen konnte. Die Beschriftung bannte seinen Blick: »Sri Lanka, Detektei Bröhler, 1998«. Sein Herz schlug augenblicklich wie rasend. Nie war ein Wort darüber gefallen, dass Norbert und Gisela Nachforschungen in Sri Lanka angestellt hatten. Er zog den Ordner entschlossen heraus. Er war leicht. Nur wenige Blätter waren darin abgeheftet.

Ravi überlegte nicht lange. Er nahm die Seiten heraus, rollte sie zusammen und schob den leeren Ordner wieder tief in die Lücke. Dann klemmte er sich das Fotoalbum unter den Arm und eilte nach unten. Die eingerollten Papiere steckte er in seine Jacke an der Garderobe und kam gerade noch rechtzeitig zurück, um zu verhindern, dass Gisela Sandra die Hühnerbrust aufzwang.

»Die ist so mager. Kein Gramm Fett ist da dran. Huhn ist doch kein Fleisch! Soll ich dir noch ein Rührei machen?«

16

Missmutig drückte er seinen widerspenstig ruckelnden Einkaufswagen über das grobe Kopfsteinpflaster und stieß gemurmelte Verwünschungen aus. Sein Kopf dröhnte. Ein Amboss, auf den in unregelmäßigen Abständen ein schwerer Hammer niederfuhr, so klang das da drinnen. Es schmerzte jedes Mal tierisch, bis auch der Widerhall endlich nachließ. Der billige Wodka aus dem Aldi brannte in seinem leeren Magen. Der schmeckte heute sonderbar, und er sah auch irgendwie anders aus als sonst. Er fraß sich in seine Schleimhäute und stieg brodelnd wieder auf. Alle schienen sie sich abgesprochen und die heutige Nacht ausgewählt zu haben, um sich gegen ihn zu verschwören. »Ihr könnt mich alle mal kreuzweise! Lumpenpack!« Er brüllte seinen Zorn in die Nacht und spuckte angewidert aus. Dann zog er schimpfend weiter.

Die Glocken im Dom erklangen zuerst hell und dann dreimal dunkler. Er überlegte, wie lange er denn nun eigentlich geschlafen hatte. Zu einem abschließenden Ergebnis kam er nicht. Wirklich weg gewesen, im Reich der Träume, war er nicht. In einem Dämmerzustand hatte er dagelegen. Aber was spielte das noch für eine Rolle? Es war passiert, und er hatte jetzt den Salat.

Umständlich zerrte er an dem groben Strick, der ihm seit dem Sommer als Gürtel diente. Das Leder hatte sich damals nach vielen Jahren verabschiedet. Es war zuerst brüchig geworden und ein paar Wochen später an mehreren Stellen gleichzeitig gerissen. Das spröde Material ließ sich unmöglich flicken, und er hatte es daher schweren Herzens gegen die dicke Kordel ausgetauscht, die jetzt verhinderte, dass ihm die Hose auf halb acht hing.

Ächzend drückte er den Rücken durch und starrte in die

Sterne am Himmel über ihm. Der Rhein platschte gegen die groben Brocken der Uferböschung. Im trüben Mondlicht sah es aus, als ob der Fluss Trauer trüge. Das passte gut zu seiner Stimmung. Und das Geräusch half ihm beim Wasserlassen. Zumindest juckte es da unten nicht mehr. Der Arzt, der mit seinem Behandlungsbus zu ihnen kam, war ein guter Mensch. Seine Salbe half, auch wenn er keine Möglichkeit oder oft schlicht keine Lust hatte, die Notunterkunft zum Duschen aufzusuchen. Die Idioten dort brauchte er nämlich noch viel weniger als Sodbrennen, Magenschmerzen und den Hammer im Kopf. Der Doktor wollte ehrlich wissen, wie es einem ging. Von ihm erhielt man Hilfe und keine guten Ratschläge, wie man sein Leben in den Begriff bekam. Er hatte sein Leben nämlich im Griff, wenn sie ihn einfach nur in Frieden ließen. Wenn sie ihn nicht blöde anquatschten, nicht beklauten und schikanierten oder Schlimmeres mit ihm anstellten.

Er atmete tief durch und lauschte dem erleichternden Plätschern, das sich nun endlich einstellte. Es tat so gut, dass dort wieder alles funktionierte und es nicht mehr so barbarisch brannte. Er kostete den Moment aus und blieb reglos noch eine Weile stehen, obwohl eigentlich nichts mehr kam. Nur noch ein paar letzte Tropfen, die er abschüttelte.

Jetzt hatten ihn seine Probleme wieder. Stramm zog er den Strick zusammen und verschnürte ihn so fest, dass er zur Not auch würde rennen können, wenn das notwendig erschien. Den Einkaufswagen, den er vor zwei Jahren aus dem Wasser gezogen hatte, ließ er nur ungern allein, weil darin alles verstaut war, was er für sein Leben auf der Straße benötigte. Aber manchmal gab es keine andere Möglichkeit, um sein Eigentum zurückzubekommen.

Es war immer dieselbe Leier mit diesen besoffenen Arschlöchern, die nachts in der Stadt unterwegs waren und sich sogar bis hierher ans Wasser verirrten. Deswegen zog es ihn an den Rhein, weil man hier eigentlich meistens seine Ruhe hatte und ungestört schlafen konnte. Am Flussufer waren die Bänke noch nicht so konstruiert wie am Bahnhof und vielen anderen Ecken der Stadt, wo man sich nicht einmal mehr hinlegen konnte. Das machten die absichtlich. Er spuckte noch einmal verächtlich aus. Schlaue Köpfe wurden dafür bezahlt, dass sie sich Sitzgelegenheiten ausdachten, die für Obdachlose möglichst unbequem waren. Kantige Armlehnen, die Sitzbänke unterteilten. Oder reine Flächen ganz ohne Rücken- und Seitenlehnen, um einem das Gefühl zu geben, vollkommen ungeschützt dazuliegen. Auch die Stacheln auf den niedrigen Fensterbänken an einigen Häusern in der Altstadt, die verhinderten, dass man sich daraufsetzte, gehörten dazu. Defensive oder sogar feindliche Architektur nannten sie das. Mit dem Doktor hatte er darüber geredet, weil der sich dafür einsetzte, dass die Zäune um Lüftungsschächte wieder verschwanden. Aus einem dieser Vertreibungszäune, der an der Bibliothek bei den Bonifazius-Türmen neu errichtet worden war, hatte der Doktor einen Gabenzaun gemacht. Dort fand man in kleinen Beuteln, wie bei einem Adventskalender, hilfreiche Kleinigkeiten für das Überleben auf der Straße.

Morgen früh würde er sich dort eine Tube Zahnpasta holen. Aber jetzt musste er sich erst einmal darum kümmern, dass er seine Decke wiederbekam. Entschlossen schob er seinen störrischen Wagen weiter über den unebenen Untergrund. Seine Gedanken verfingen sich wieder in den Ereignissen, die er nur im Dämmerzustand mitbekommen hatte und die noch gar nicht so lange zurückliegen konnten. Herumkrakeelt hatten sie zuerst und sich dann in die Haare bekommen. So musste es gewesen sein. Er nickte bestätigend. Er hatte deutlich hören können, wie sie aneinander zerrten. Stoff war gerissen, und gleich darauf hatten sie beide wieder geschrien. Es wunderte ihn, dass er trotzdem irgendwann eingeschlummert war. Aber er dämmerte ja auch dann weg, wenn eine Bank weiter ein Pärchen lautstark herummachte, was hier am Rhein viel häufiger vorkam als eine Schlägerei zwischen Besoffenen.

Klappernd zog er weiter und ließ den Blick schweifen, ob er seine neue Bundeswehrdecke irgendwo sah. Das war ihm nicht zum ersten Mal passiert, daher hätte er eigentlich aufmerksamer sein müssen. Bei den milden Temperaturen in diesem schönen Oktober hatte er sie im Schlaf wohl einfach weggestrampelt. Aber war das ein Grund, ihn zu bestehlen? Zuerst schlugen sie sich, und dann herrschte schlagartig Ruhe, weil sie voneinander abließen und sich wortlos darauf verständigten, dass es ja ein paar Meter weiter ein besseres und dazu noch wehrloses Opfer für einen kleinen Spaß gab. Mehrmals schon war er aus dem Tiefschlaf aufgeschreckt, weil irgendwelche Typen auf ihn pissten und sich dabei kaputtlachten. Zum Glück hatte er noch nicht erleben müssen, dass sie sich mit einem Feuerzeug an ihm zu schaffen machten. Das kannte er aus Erzählungen von anderen, die wie er auf der Straße lebten. Stattdessen hatten die Idioten ihm diesmal nur die Decke geklaut. Der Doktor hatte sie ihm geschenkt, weil die Gruppe Jugendlicher, die ihn am Johannisfest heimgesucht hatte, erst dann zufrieden von dannen gezogen war, als seine alte Decke im Rhein davontrieb. Die meisten anderen Witzbolde mit derselben Idee zogen sie nur ein Stück weit hinter sich her und ließen sie dann einfach fallen. Für ihn war das nichts Neues. Auf der Straße zu leben bedeutete aus der Sicht einiger Zeitgenossen, Freiwild zu sein, an dem man sich gerne aus Jux straffrei vergreifen durfte.

Abrupt blieb er stehen. Da lag er auf der Bank, der Dieb, mit dem Rücken zu ihm, und schien sich mit seiner Decke gemütlich eingerichtet zu haben. Er hatte nichts sonst dabei, was ihm Auskunft darüber gegeben hätte, um wen es sich handelte. Manchmal liehen Bekannte etwas aus, um später zu versichern, dass man im Halbschlaf zugestimmt habe. Vorsichtig sah er sich um und schlich sich dann an ihn heran. Der Kerl schlief tief und fest. Er kannte ihn nicht. Zwar konnte er jetzt einen Bart erkennen, der war aber so gepflegt, dass er zu keinem von der Straße passte.

Er griff nach dem Zipfel der dunkelbraunen Decke, der frei herabhing. Zur Sicherheit tastete er nach dem Pfefferspray, das er vor längerer Zeit mal aus einem Mülleimer geangelt hatte. Darin befand sich noch ein Restchen, mit dem er den Typen zur Not auf Abstand halten konnte. So weggetreten, wie der wirkte, würde er das Spray aber wohl nicht benötigen. Wahrscheinlich rührte der sich nicht einmal, wenn er ihm jetzt vorsichtig die Decke wegzog.

Tatsächlich klappte das leidlich gut, aber er bekam sie nicht vollständig zu fassen. Sie schien sich verhakt zu haben. Oder der Kerl lag mit seinem massigen Körper auf dem letzten Stückchen, das nicht unter ihm hervorgleiten wollte.

Mit voller Kraft riss er an seinem Eigentum. Fast fiel er rückwärts, als seine Decke endlich nachgab. Der Besoffene hielt sich nicht auf der Bank. Er landete im Dreck und kam ihm schwungvoll entgegengerollt. Erschrocken starrte er ihn dabei an und blieb mit dem Rücken zu ihm liegen. Die Decke unter den Arm geklemmt, riss er hektisch die Spraydose aus der Jackentasche und streckte sie dem Typen entgegen. Seine Hand zitterte. Der Bärtige rührte sich nicht. Der musste wirklich ordentlich getankt haben, wenn er jetzt direkt wieder einschlief. Zur Sicherheit blieb er abwehrbereit und ging ein paar Schritte rückwärts. Der Typ machte keine Anstalten, sich zu erheben, um wegen der Decke und dem Sturz von der Bank einen Streit vom Zaun zu brechen. Der lag einfach da und pennte weiter.

Kurz überlegte er, ob er sich revanchieren sollte. Das geschähe dem Kerl recht. Schließlich hatte er ja angefangen. Da brauchte er sich hinterher nicht zu beschweren, wenn die Retourkutsche auf dem Fuß folgte. Es stand aber leider kein Beutel oder Rucksack neben der Bank. Das Risiko, den Schlafenden abzutasten, mochte er nicht eingehen. Der sah recht muskulös und gut durchtrainiert aus. Eine Rangelei mit so einem wegen einer Schachtel geklauter Kippen oder einer letzten Pfütze im Flachmann brauchte er nicht.

Leise drehte er sich weg und schlich zu seinem Einkaufswagen zurück. Die Decke stopfte er hastig zwischen die Plastiktüten, in denen sich die gesammelten Pfandflaschen des gestrigen Tages befanden. Es war ausreichend Material für das Frühstücksgeld. Jetzt musste er aber erst einmal weg von hier und woanders eine Mütze Schlaf bekommen.

Der Wagen fabrizierte auf dem groben Kopfsteinpflaster erneut einen Höllenlärm. Das ließ sich nicht vermeiden. Er blickte sich daher immer wieder um, nicht dass die Sache doch noch gefährlich für ihn wurde.

17

Eine Woche zuvor, 10:15 Uhr

»Ja, hallo?«

»Guten Morgen, Frau Oberländer. Mein Name ist Torsten Spangenberg. Schön, dass ich Sie erreiche.« Er hielt kurz inne und lauschte dem Geräusch am anderen Ende der Leitung. Es war ihr Atem. Sie hielt das Telefon an das Ohr gepresst und atmete deutlich hörbar.

»Guten Morgen.« Ihre Stimme klang zögerlich. Sie schien noch zu überlegen, woher sie den Namen kannte. Er ließ ihr ganz bewusst ein klein wenig Zeit, aber nicht zu viel, sonst legte sie womöglich auf, und er musste es noch einmal probieren. Leichter würde es dadurch nicht werden.

»Ich möchte mich Ihnen gerne vorstellen. Sie kennen mich noch nicht.« Er vermutete, dass sie nun für einen Augenblick so etwas wie Beruhigung empfand. Sie hatte nichts vergessen, weder einen Namen noch einen wichtigen Arzttermin, an den sie der Anrufer erinnern wollte. »Mein Name ist Torsten Spangenberg. Das habe ich ja schon gesagt.« Er deutete ein fast lautloses, entschuldigendes Lachen an. »Ich bin der neue Dienststellenleiter hier in der Polizeiinspektion 1 in der Weißliliengasse, nicht weit vom Dom in der Mainzer Altstadt.« Er hielt inne, weil er sich räuspern musste. Erst ein mehrmaliges Husten beseitigte den Frosch in seinem Hals. Er schluckte und führte dann das Telefon wieder an sein Ohr.

Sie war noch dran. Er konnte das deutlich hören. Im Hintergrund schien der Fernseher zu laufen. Vielleicht war es aber auch ein Radio. Es klang nach dem tosenden Beifall einer großen Menschenmenge. Er meinte, Unsicherheit am anderen Ende der Leitung spüren zu können. Das musste nicht sein.

»Entschuldigen Sie, Frau Oberländer. Ich habe eine Erkältung noch nicht ganz auskuriert. Wir haben einfach zu viel Arbeit, und etliche Kolleginnen und Kollegen sind wie immer zu dieser Jahreszeit krank.« Er seufzte etwas übertrieben.

»Ja, im Herbst sollte man vorsichtig sein. Eine Grippe hat man sich sonst schnell eingefangen.« Die Unsicherheit war noch nicht ganz aus ihrer Stimme gewichen. Aber sie würde jetzt zumindest nicht mehr auflegen.

»Da haben Sie recht. Gerade unsere jungen Kollegen sind da manchmal etwas arglos.« Er brach ab, weil er nicht wusste, wie er weitermachen sollte. Das kam davon, wenn man von dem abwich, was man sich zurechtgelegt hatte.

Jetzt bloß nicht stottern. Locker bleiben, aber professionell, wie es der Situation angemessen war.

»Ich möchte Sie nicht lange aufhalten. Sie haben sicherlich genug zu tun. Wir hier bei der Polizei auch. Der Grund meines Anrufes ist folgender.« Er nahm das Telefon kurz vom Ohr und gab eine knappe Anweisung. »Hans-Georg, bitte bring doch den beiden Kollegen von der Bereitschaft die Akte des gestrigen Verkehrsunfalls an der Christuskirche. Die sollen den Fahrer des Lieferwagens einbestellen.«

Schnell wandte er sich wieder ihr zu. »Entschuldigung, dass ich unser Gespräch unterbrechen musste.« Er sammelte sich und fuhr dann fort, weil die Zeit drängte und er hier schon viel zu lange quatschte. »Wir von der Polizei wollen wieder näher an die Menschen. Das ist ein Projekt des Landes Rheinland-Pfalz. In jeder Straße der Landeshauptstadt sind einige Bewohner zufällig ausgewählt worden, denen wir uns als Ansprechpartner vor Ort vorstellen möchten, damit die Polizei wieder einen Namen und ein Gesicht bekommt.« Er spürte, dass er jetzt in die richtige Spur gefunden hatte. Wahrscheinlich würde er sich gleich bremsen müssen, damit es nicht wie eine Verkaufsveranstaltung klang und sie doch noch auflegte, aus Furcht vor der Heizdecke oder dem Thermomix. »Aus diesem Grund haben Sie mich nun in der

Leitung.« Er hüstelte gekünstelt. Zumindest ordnete er es so ein.

»Das ist aber sehr freundlich, Herr …« Sie zögerte. Er sprang der alten Dame gerne bei.

»Spangenberg. Polizeidirektor Torsten Spangenberg.« Er wiederholte den Dienstgrad und den Namen langsam, damit sie ihn sich merken konnte.

»Vielen Dank, Herr Spangenberg. Das ist eine sehr gute Idee.« Sie räusperte sich, es klang verlegen.

»Frau Oberländer, was ich damit sagen will: Wenn Sie irgendetwas auf dem Herzen haben, eine Beobachtung machen oder der Polizei sonst einen Hinweis geben möchten, melden Sie sich gerne unter der Telefonnummer, die Sie jetzt auf Ihrem Telefon sehen. Es ist die Durchwahl zu den diensthabenden Kolleginnen und Kollegen, die sich immer gerne um die Belange unserer Bürger kümmern.« Er hielt inne, damit sie seine Worte auch sicher erfassen konnte. Er musste grinsen und reckte sich auf seinem Drehstuhl in die Höhe. »Als Polizei sind wir auf Ihre Mithilfe angewiesen.«

»Ja, das verstehe ich.« Sie wirkte jetzt wieder etwas unsicherer auf ihn. Das war nicht seine Absicht.

»Aber besser ist es natürlich, wenn Sie uns nicht benötigen.« Er lächelte verständnisvoll, obwohl er doch wusste, dass sie ihn nicht sehen konnte. Er glaubte aber fest daran, dass er nur dann souverän klang, wenn er das auch mimisch ausstrahlte. »Frau Oberländer, ich möchte mich verabschieden und wünsche Ihnen noch einen schönen Tag.«

Eigentlich hatte er am Ende noch ein »Bleiben Sie sicher« nachschieben wollen. Das erschien ihm aber etwas übertrieben.

18

Ravi hatte sich Sandras kleinen Škoda ausgeborgt, weil der Bus mal wieder nicht zur angegebenen Zeit gekommen war. Irgendwo schien es eine ernsthafte Störung zu geben, da auch der nachfolgende mit reichlich Verspätung angekündigt wurde. Sandras Dienst fing erst heute Nachmittag an. Sie legte die kurze Strecke von ihrer Wohnung zur Polizeiinspektion 3 auf dem Lerchenberg ohnehin meistens zu Fuß zurück, brauchte ihren Wagen also nicht zwingend, und er hatte damit noch eine Chance, einigermaßen pünktlich zur Morgenrunde und der anschließenden Vernehmung von Kilian Oberländer zu kommen.

Er musste schmunzeln bei dem Gedanken an den gestrigen Abend. »Deine Mutter ist so süß.« Sandras Stimme erklang wieder in seinen Ohren. Sie hatte sich prächtig mit Gisela verstanden und war nicht müde geworden, das auf dem gesamten Rückweg von Kaiserslautern bis nach Mainz auch immer wieder verlauten zu lassen.

Was zwischenzeitlich zum Alptraum auszuwachsen drohte, war letztlich doch ganz erträglich verlaufen. Die Massen an abgelaufenen Lebensmitteln, die Gisela auf dem Tisch versammelt hatte, der Unkrautbrenner, mit dem sie so arglos herumhantierte, dass er es mit der Angst zu tun bekam, und die wahnwitzige Idee, am Ende noch mit der restlichen Glut bei niedriger Temperatur über mehrere Stunden einen Vier-Kilo-Spießbraten zu garen, hätten ihn fast in die Flucht getrieben. Auf Sandra hatte das alles herzlich und sympathisch gewirkt, obwohl Gisela in ihren Bemühungen, ihr gegrillte Fleischlappen aufzunötigen, nicht nachgelassen hatte.

Kurz vor Mitternacht hatten sie alles so weit weggeräumt, dass er mit gutem Gewissen und einer Kiste voller Lebensmittel die Heimreise hatte antreten können. Auch die abgelaufenen Grillsoßen hatte er eingepackt, damit sie sich nicht den Magen verderben konnte. Gisela zeigte sich hocherfreut darüber, schien damit doch sichergestellt, dass ihr Junge wieder ein paar Kilo zulegte.

Ganz wohl war ihm beim Rückblick auf den gestrigen Abend trotzdem nicht. Seine Mutter hatte auf ihn einen verwirrteren Eindruck gemacht als sonst, was sich aber vielleicht mit der Aufregung über den sehnlichst erwarteten Besuch des Sohnes samt Freundin erklären ließ. Die Soßen waren das eine. Im Haus sah es aber auch längst nicht mehr so aufgeräumt und sauber aus wie früher. Und im Kühlschrank hatte er zwischen einem halben Dutzend Maisdosen eine fast gänzlich heruntergebrannte dicke rote Kerze entdeckt. Das hatte letztlich sogar Sandra davon überzeugt, dass er sich besser zeitnah darum kümmern sollte, dass sich Gisela einmal durchchecken ließ.

Ravi fiel ein, dass er die zwanzigminütige Fahrt mit dem Bus vom Mainzer Vorort bis zum Umstieg am Hauptbahnhof eigentlich zur Durchsicht der gestern entwendeten Unterlagen aus Norberts Büro hatte nutzen wollen. Er brauchte dazu seine Ruhe und wollte allein mit sich sein. Daher hatte er sie, ohne zunächst einen Blick darauf zu werfen, in seiner Jacke belassen, wo sie nun bei jeder Schaltbewegung knisterten und sich damit in Erinnerung brachten. Vielleicht ergab sich nachher eine Lücke im Tagesprogramm, die es ihm ermöglichte, sich zurückzuziehen.

Wenn die Jahreszahl auf dem Ordner stimmte, war er zum Zeitpunkt der Nachforschungen seiner Adoptiveltern zehn Jahre alt gewesen und hatte die Frage nach seiner Herkunft schon mehr als einmal gestellt. Hatten sie deswegen einen Detektiv angeheuert? Aber warum dann ihr Schweigen? Wenn nicht 1998 direkt, so hätten sie ihm doch wenigstens später, als er älter war, erzählen können, dass der beauftragte Detektiv nichts herausbekommen hatte. Das ergab alles keinen Sinn. Vielleicht wäre es am besten gewesen, die Papiere einfach in diesem bescheuerten Ordner zu lassen. Aber würde er sich dann weniger Gedanken machen?

Das Summen seines Handys holte ihn aus seinen Überlegungen. Er stellte es laut.

»Das ist ja schön, dass man zumindest einen von euch erreichen kann«, frotzelte Christian Schweickhart. Den Hintergrundgeräuschen nach schien auch er sich im Auto zu befinden. »Bei Harro und Tobias habe ich es schon versucht, aber die wollen anscheinend nicht mit mir reden. Euer Chef hat mich weggedrückt, und Tobias ist wohl noch damit beschäftigt, seinen Pullunder für den heutigen Tag zu bügeln. Bei dem ist nicht einmal die Mailbox angesprungen.« Es knackte in der Leitung. Christian war kurz weg und dann mitten im Satz wieder deutlich zu hören. »… dem Weg zum Rhein. Zwei Kollegen haben sich spontan krankgemeldet, darum dürfen wir wieder aushelfen, obwohl wir mit der Auswertung der Spuren des Laubenheimer Tatorts eigentlich mehr als beschäftigt sind. Ich habe Harro die Unterlagen für die Morgenrunde auf den Schreibtisch gelegt. In aller Kürze, damit er keinen Tobsuchtsanfall bekommt und wenigstens einer von euch Bescheid weiß: In der Wohnung der beiden Mordopfer wurde definitiv sauber gemacht. Die Türrahmen, die Klinken und die Fronten der Schränke, alle Stellen, an denen man sonst sicher Fingerabdrücke findet, wurden abgewischt. Vielleicht hatte sie einen Putztag eingelegt und war es selbst. Ganz abwegig ist das nicht. Unter ihren und seinen Fingernägeln haben wir auch nichts gefunden. Das bestätigt den Eindruck, dass es keinen Kampf und keinen Versuch der Abwehr gegeben hat. Faserspuren finden sich hingegen reichlich. Wir konnten welche sicherstellen, die wohl der Arbeitskleidung des Enkels zuzuordnen sind. Das ist Austauschkleidung, die über einen Dienstleister allen Mitarbeitern in der Werkstatt zur Verfügung gestellt und zentral gewaschen wird. Die Prüfung läuft noch. Eine zweite Faserspur konnten wir sowohl bei ihr als auch am Kopfkissen, mit dem er erstickt wurde, sichern. Dazu gibt es einen Treffer in der Musterkartei des LKA. Ein billiger synthetischer Stoff in Grün, der unter anderem zur Herstellung von einfachen Kostümjacken verwendet wird, die wie Polizeiuniformen aussehen sollen.« Wieder war Christian für einen kleinen Moment weg. Die Verbindung hielt aber. »Da scheint einer schon im Oktober die Fastnachtsverkleidung herausgeholt zu haben, um sich auf den 11.11. vorzubereiten.«

Ravi konnte dumpfes Gelächter hören. Christian saß nicht allein im Auto, und die Mitfahrer schienen sich über seine Späße gut zu amüsieren. Er ging dazwischen. »Grüner Stoff, aus dem aber auch alles Mögliche andere genäht worden sein kann?«

»Korrekt. Er ist nur als Muster hinterlegt, weil vor ein paar Jahren ein Trupp falscher Polizisten in dieser Verkleidung in der Eifel an einer privaten Sperre Pkws und deren Insassen kontrollierte, um sich durch bar kassierte Verwarnungsgelder ein Taschengeld zu verdienen.«

»Sonst noch etwas?« Die Ampel an der Autobahnabfahrt Lerchenberg sprang auf Grün, und Ravi ließ die Kupplung langsam kommen. Mit etwas Glück kam er noch mit hinüber. Gleich passierte er rechts das Gutenberg-Center. Das Fußballstadion war bereits zwischen den Feldern zu erkennen. Die Ampelphasen auf der Koblenzer Straße erweckten gerade nicht den Eindruck, als wären sie auch nur annähernd synchronisiert.

»Hautschuppen gibt es natürlich, Haare auch. Die Überprüfung läuft. Erste DNA-Proben sind den beiden Opfern zuzuordnen. Von Kilian Oberländer haben wir auch etwas gefunden, aber das reicht kaum aus. Der war ja immer mal wieder bei den Großeltern, von ihm werden wir also ganz bestimmt fast überall noch weitere Spuren haben.«

Sandras Einwurf von gestern geisterte durch Ravis Kopf. Sie hatte Unglauben darüber ausgedrückt, dass Kilian in ihrem Fall als Tatverdächtiger gelten sollte. Weit kam er nicht mit diesem Gedanken. Christian fuhr bereits fort. Es knackte und knisterte in der Leitung.

»Die Tatwaffe Nummer eins, unser Bronzeschädel, ist leider ebenfalls weitgehend sauber. Das aufgeraute Material taugt nicht für Fingerabdrücke. Dummerweise ist auch nichts anderes an dem Ding hängen geblieben. Ich kann dir also nicht mal sagen, ob der Täter die Skulptur mit Handschuhen oder so angefasst hat. Nimmt man das alles zusammen, ist die Spurenlage in Bezug auf Kilian Oberländer eher dürftig, daher wäre es am besten, wenn ihr den Verdächtigen von einem schnellen und umfangreichen Geständnis überzeugen könntet. Das erspart uns Arbeit.«

Christians Lachen hörte Ravi kaum noch. Sein Blick war zur leuchtenden Anzeige der Spritpreise auf dem Tankstellengelände gewandert, das er gerade passierte. Sie waren leicht zurückgegangen. Die niedrigen Hecken, die die kleine Tankstelle sonst abschirmten, hatten ihr Laub schon fast vollständig abgeworfen, sodass er Harro auch im langsamen Vorbeirollen dahinter erkennen konnte. Er stand neben seinem Auto. Der Chef war nicht allein, seine Lippen bewegten sich. Er redete mit einer anderen Person. Die stand vor einem dunkelblauen, schweren SUV. Der Mann trug einen dunklen, feinen Anzug und glänzende Lackschuhe. Er war kleiner als Harro und hatte einen fast kahlen Schädel. Ravi kannte ihn. Das war Slobodan Cvetkovic, von dem nicht wenige behaupteten, dass bei ihm die Fäden der Mainzer Unterwelt zusammenliefen, obwohl er nach außen den gesetzestreuen und erfolgreichen Unternehmer mimte. Vor ein paar Wochen erst hatte der Ticker der Mainzer Zeitung, den er abonniert hatte, über Cvetkovics großzügige Spende an das Museum für Antike Schifffahrt berichtet.

Als Ravi sich gleich darauf wieder das Handy ans Ohr presste, war Christian schon nicht mehr in der Leitung.

19

»Was soll das?«, zischte Harro sein Gegenüber ungehalten an. »Warum bestellst du mich hierher?«

Starinski grinste breit. »Du bist doch morgens sowieso immer mal hier, zum Tanken.« Er warf einen schnellen Blick auf seine Armbanduhr, die ihren Wert durch ihre Größe und den verschwenderischen Einsatz von Gold protzig zur Schau stellte. »Chantré, soweit ich weiß.« Er blickte ihn herausfordernd an. »An welcher Zapfsäule gibt es den denn? Weinbrand dürfte ja mittlerweile sogar günstiger als Diesel sein.«

Harro ging das Getue gehörig auf die Nerven. Er hatte noch immer keinen Schimmer, was der Serbe von ihm wollte, und es gefiel ihm nicht, dass ihn einer seiner Lakaien mit unverhohlenen Drohungen hierherbeordert hatte.

Der Motor des schweren Geländewagens surrte weiter leise vor sich hin. Er hatte ihn einfach angelassen. Wer sie nicht kannte, würde meinen, dass sie zufällig in der Schlange an der Zapfsäule ins Gespräch gekommen waren. Dass man hier während des Berufsverkehrs anstehen musste, kam durchaus häufig vor. Die freie Tankstelle war gut frequentiert und der Sprit meistens ein paar Cent günstiger als in der Innenstadt oder bei den großen Konzernen.

Starinski hingegen schien Gefallen an seinen provozierenden Bemerkungen zu finden. Er wirkte aufgewühlt und erregt auf Harro. Seine Stimme war höher als sonst und etwas dünn. Fast feindselig funkelte er ihn an. Wenn er das Ventil für Starinskis aufgestauten Ärger innerhalb der Familie sein sollte, nur zu. Aber dafür mussten sie sich nicht in aller Öffentlichkeit an einer Tankstelle und noch dazu im Berufsverkehr treffen. Harro schaute sich verstohlen um. Bekannte Gesichter vermochte er nirgends auszumachen. Außerdem konnte er sich als Kripobeamter treffen, mit wem er wollte.

Entscheidend war nur, ob er auf Nachfrage eine gute Begründung zusammengebastelt bekam. Im Fall Oberländer lag sie auf der Hand. Cvetkovic hatte ihm Auskunft über den Enkel der beiden Opfer gegeben und bestätigt, dass Kilian Oberländer als Stammkunde des Antiquitätenhandels gelten konnte.

»Der Pächter der Tankstelle ist ein Geschäftspartner von mir.« Starinskis Blick wanderte in Richtung des Einkaufszentrums, das einen morbiden Charme ausstrahlte. »Und er ist nicht der einzige hier. Da erhält man die eine oder andere brauchbare Information ganz nebenbei, wenn man den guten Freunden einen Besuch abstattet.«

Sein Grinsen nervte Harro immer mehr. »Das freut mich. Aber jetzt ist es genug.« Er stieß die Worte geflüstert hervor. »Was soll das hier werden? Wollen wir uns jetzt jeden Morgen auf dem Weg zur Arbeit zusammen einen Flachmann reinziehen? Könnte ganz witzig werden.«

»Komm mit rein. Ich will nicht, dass uns jemand hören kann.« Cvetkovic hatte sich schon umgedreht und die Tür seines Wagens aufgezogen. Harro nahm auf dem weißen Leder des Beifahrersitzes Platz, der eine wohlige Wärme ausstrahlte. Die Sitzheizung lief auf vollen Touren. Vermutlich hatte er deswegen den Motor nicht ausgemacht. Schon nach wenigen Momenten spürte Harro diese unnatürliche Hitze im unteren Körperbereich, die bei ihm stets das Schreckgefühl auslöste, in die Hosen gepinkelt zu haben.

Die Scheiben des SUV waren dunkel getönt. Vor neugierigen Blicken waren sie jetzt geschützt. Ganz wohl fühlte sich Harro trotzdem nicht. Hier herrschte einfach zu viel Betrieb. Warum ging der Alte ein solches Risiko ein?

Das Schließen der Autotüren tauchte den Innenraum in absolute Stille. Selbst der weiterhin summende Motor war kaum wahrnehmbar.

»Sie haben ihn letzte Nacht umgebracht.« Starinskis Stimme hörte sich matt an. Er wirkte schlagartig müde und um Jahre gealtert. Die Kampfeslust war aus seinem Blick verschwunden.

»Wen?«

Harro konnte sein tiefes Ein- und Ausatmen vernehmen, bevor er antwortete. »Rocco Werner, meinen Mitarbeiter, den du gestern noch im Möbellager gesehen hast.« Er griff mit seinen dünnen, knochigen Händen an das Lenkrad und hielt es fest umklammert. »Weißt du davon noch nichts?«

Harro schüttelte den Kopf.

»Ich weiß nicht, was er dort unten am Rhein gemacht hat«, fuhr Starinski fort. »Vielleicht hatte er eine Verabredung mit einem Dealer.« Er schwieg. »Ich glaube, dass sie ihn gezielt dorthin gelockt haben. Es muss eine Falle gewesen sein.« Er ballte seine Rechte und drückte sie auf das Lenkrad. »Sonst hätte er doch noch jemanden mitgenommen. Er war immer vorsichtig und besonnen. Gerade jetzt, wo die uns genau beobachten.«

Harro meinte, eine ungewohnte Unsicherheit aus Cvetkovics Worten heraushören zu können. Er schien alles in Frage zu stellen. Nichts passte für ihn mehr zusammen.

»Wer?« Harro, der bereits eins und eins zusammengezählt hatte, wusste, was der Alte antworten würde. Kannte man sich wie er ein wenig in der Szene aus, blieben einem die winzigen Veränderungen, die sich während der letzten Monate eingestellt hatten, nicht verborgen. Sie erschienen unbedeutend und ließen sich kleinreden, aber den Alten hatten sie bereits in erhöhte Alarmbereitschaft versetzt. Die Sicherheitsvorkehrungen an seinem Möbellager, eine verstärkte Präsenz seiner Leute in der Innenstadt und nicht zuletzt die Tatsache, dass nicht wenige von ihnen mittlerweile demonstrativ ihre Waffe trugen, waren nur die sichtbaren Reaktionen auf das fast lautlose Einsickern der Leute vom Findik-Clan in seinen angestammten Einflussbereich.

Wobei das nur bedingt zutraf. Ganz so zurückhaltend, wie es den Anschein hatte, verhielten sich die Eindringlinge nicht. Vor knapp zwei Monaten hatte es einen ersten ernsteren Zwischenfall auf dem Gelände der Universität gegeben. Beim dortigen Sommerfest auf dem Campus hatten in der Nacht in einem der schlecht beleuchteten Seitenwege des weitläufigen Geländes ein paar Jugendliche ihren Opfern aufgelauert. Feiernden, die sich auf dem Heimweg von der Party befanden, wurden recht rabiat die Mobiltelefone abgezogen. Der erste Streifenwagen war schon nach wenigen Minuten vor Ort gewesen und konnte zumindest zwei der mutmaßlichen Täter festsetzen. Während die Kollegin und der Kollege noch versuchten, die Identität der beiden zu ermitteln, die sich zwar still verhielten, aber nicht außerordentlich kooperativ, was Name und Wohnsitz anging, wurden sie auf einmal von fast fünfzig weiteren Personen umringt, die zum größten Teil auch auf dem Fest gewesen waren. Später stellte sich heraus, dass ihre Autos mit Offenbacher und Frankfurter Nummernschildern auf dem Unigelände parkten.

Innerhalb kürzester Zeit war die Situation vollkommen aus dem Ruder gelaufen. Die Polizisten wurden bedrängt und auf das Wüsteste beschimpft. Mit gezogener Waffe suchten sie Schutz im Eingang einer der Abrissbaracken auf dem Gelände. Der Tonmitschnitt der Bodycam der Kollegin vermittelte einen Eindruck von der Todesangst, die die beiden ausstanden, weil die Verstärkung nicht schnell genug zu ihnen durchdringen konnte und in der Menge Pistolen zu erkennen waren. Die beiden Handydiebe verschwanden im Getümmel, das sich fast ebenso schnell wieder auflöste, wie es sich gebildet hatte, als das Geräusch sich nähernder Sirenen einen massiven Polizeieinsatz ankündigte. Das Ermittlungsergebnis im Nachgang war ebenso dürr wie die Mitteilung der Pressestelle des Präsidiums: »Diebstahl von zwei Mobiltelefonen auf dem Sommerfest am Unicampus. Die Täter konnten nicht ermittelt werden.«

»Du weißt, wer!« Der Alte hieb mit der Faust auf das Lenkrad, in das ein Streifen poliertes Edelholz eingelassen war. Er starrte Harro an. In seinen Schläfen pulsierte in hervorgetretenen Adern das Blut. »Sie hätten mir im Frühjahr fast ein Fitnessstudio abgefackelt, und jetzt lauern sie regelmäßig meinen Straßenverkäufern auf, die um den Bahnhof herum aktiv sind. Hinzu kommen kleine Überfälle, bei denen es so aussieht, als ob sie es vor allem auf meine Geschäftspartner abgesehen hätten. Der gesprengte Geldautomat in Drais zum Beispiel. Das solltest du alles wissen. Die holen sich auch nicht mehr nur das Kindergeld mit gefälschten Geburtsurkunden, die setzen mittlerweile hilflose Alte unter Druck, um sie auszunehmen.«

Für einen Moment herrschte Stille. Harro klappte die Sonnenblende nach unten, weil der Kunde an der Zapfsäule zu ihnen herüberstarrte. Er rieb sich über die Augen und verdeckte so den größten Teil seines Gesichts. Er versuchte sich zu erinnern, ob er den Mann schon einmal irgendwo gesehen hatte.

»Du kannst denen nicht jedes Verbrechen zurechnen, das in den letzten Monaten hier passiert ist.« Er wusste schon, dass Cvetkovic nicht auf diesen Einwand eingehen würde.

»Die haben ihm am Rhein aufgelauert und ihn umgebracht, weil sie genau wussten, wie hart sie mich damit treffen würden.« Er sagte das nachdrücklich, so als ob er den Satz am liebsten noch mehrmals wie ein Mantra wiederholt hätte, um die Aussage zu untermauern. Ganz sicher wirkte er nicht.

Harro wusste, dass die Frage den Unmut des Alten erregen könnte, aber stellen musste er sie dennoch. »Kann es sein, dass er wusste, wen er dort treffen würde? Dass er mit denen in Kontakt stand?«

»Das hätte er mir gesagt, und er wäre nicht allein dorthin gefahren.« Starinski atmete geräuschvoll ein. Seine Nasenflügel gingen dabei auf. Er starrte Harro fordernd an und flüsterte: »Jetzt musst du liefern! Ich will alles wissen, was ihr herausbekommt. Rocco war wie ein weiterer Sohn für mich. Ich bekomme seinen Mörder, und du sorgst dafür!«

20

»Na, mit wem haben wir denn heute Morgen zusammen gefrühstückt?« Ravi blickte herausfordernd in Harros rot unterlaufene Augen und musterte den Chef eingehend. Trotzdem konnte er keine erkennbare Reaktion ausmachen. Harro wich ihm aus und drehte sich weg in Richtung Rhein.

In Ravis Schädel dröhnte es. Sein Rücken fühlte sich klatschnass und dennoch eisig an. Er bekam das alles nicht sortiert. Da Harro verspätet ins Präsidium gekommen war, hatte er ihn nicht zu seinem morgendlichen Treffen an der Tankstelle befragen können. Jeder war mit einem eigenen Fahrzeug hierhergekommen. Der Chef erweckte jetzt nicht den Eindruck, als ob er sie freiwillig über das Gespräch mit Cvetkovic informieren wollte. Ravi sah den kleinen Drogendealer vor sich, den sie gestern festgenommen hatten und der im Verdacht stand, seine Großeltern wegen ein paar Euro erschlagen zu haben. Er hörte Sandra lachen, die sich nicht vorstellen konnte, dass der Jugendfreund zu einer solchen Gewalttat fähig war. Harro hatte sich eben gerade mit dem Mann getroffen, der Kilian Oberländer mutmaßlich mit Stoff versorgt und ihn reichlich hatte anschreiben lassen. So lange, bis sie ihm den Kredit aufkündigten und die Daumenschrauben festzogen, damit er seine Schulden beglich. Wie passte das zusammen, und welches Spielchen trieb der Chef mit ihnen?

Ihr Tagesplan lag in Trümmern. Tobias war noch immer nicht eingetroffen. Er stand im Stau. Die Morgenrunde war verschoben, ebenso wie die Befragung des Tatverdächtigen. Weil die Kollegen vom Kriminaldauerdienst einen Leichenfund in Alzey untersuchten und der Krankenstand schwindelnde Höhen erreicht hatte, hatten sie zwangsläufig hierher zum Fundort des Toten am Rheinufer gemusst, um zu überprüfen, ob sich der Besoffene allein oder unter Fremdeinwirkung das Genick gebrochen hatte.

Ravi verspürte große Lust, die Bierdose vor seinen Füßen mit einem gewaltigen Tritt ins nahe Wasser zu befördern. In Kenntnis seiner praktischen fußballerischen Fähigkeiten nahm er aber davon Abstand. Die Wahrscheinlichkeit, dass er Christian oder Olaf von der Kriminaltechnik traf, die in ihren weißen Schutzanzügen um das Opfer herum Spuren markierten, schätzte er recht hoch ein.

Er musste sich nachher dringend mit Tobias besprechen. Der verfügte über mehr Erfahrung und arbeitete zudem schon länger mit Harro zusammen. Der Diebstahl gestern am Tatort und nun das Treffen mit dem Paten von Mainz – das musste doch auch für den harmoniebedürftigen und stets um Ausgleich bemühten Kollegen zu viel sein. Der Laden flog ihnen hier bald um die Ohren, und dann säßen sie mit im Boot, wenn intern ermittelt würde. Er rieb sich den Schweiß von der Stirn und steuerte, Harro folgend, auf den abgedeckten Leichnam zu.

Christian sah auf, als er sie bemerkte. Seinem Gesicht konnte man die Freude darüber ansehen, dass er weitere Gesellschaft bekam.

»So schnell hört und sieht man sich wieder.« Er reckte sich in die Höhe und drückte demonstrativ stöhnend seinen Rücken durch. »Die lieben Kollegen haben zur Hebung der Stimmung am Arbeitsplatz nicht zufälligerweise einen Kaffee mit Milch und zwei gehäuften Löffeln Zucker dabei?« Er blickte mit auffordernden Lächeln zwischen Ravi und Harro hin und her.

Die gute Laune des Kollegen wollte nicht überspringen. Ravi empfand Fremdheit. Eine Distanz, die ihm das Gefühl gab, nur Beobachter einer Situation zu sein, erfasste ihn. Käme von Harro gleich die große Auflösung? Ein beiläufiger Hinweis, ruhig formuliert und kaum der Erwähnung wert? Etwa dass er über einen Informanten den Kontakt zu Slobodan

Cvetkovic hergestellt und ihn zu Kilian Oberländer befragt habe? Das klang noch viel abwegiger als jede andere denkbare Erklärung für die Situation an der Tankstelle, die er vorhin im Vorbeifahren beobachtet hatte.

»Nun ja, keine Antwort ist bekanntlich auch eine Antwort.« Christian beugte sich wieder hinab und schlug die dünne Plane zurück. »Prominenz!« Es fehlte nur noch der Tusch. Er lächelte jetzt wieder. »Aber das ist nun euer Problem.«

Ravi starrte in das graue Gesicht mit dem rötlich schimmernden Bart, in dem ein dünner Faden Blut klebte. Der kahle Schädel zeigte deutliche Abschürfungen. Unwesentliche Verletzungen im Vergleich zu der klaffenden Wunde auf der Rückseite, die sie aus ihrer Position nur erahnen konnten.

»Wer ist das?« Der Ledermantel des Mannes glänzte neu. Er reichte weit hinab, bis fast an die Knie. Sein Mund stand offen. Die Schneidezähne zeigten eine schwache gelbliche Färbung. Seine Nase war breit und nicht ganz gerade, wie bei einem Boxer. Dazu passte der kräftige Brustkorb, der nach Kraftsport und gezieltem Muskelaufbau aussah.

»Das ist Rocco Werner«, antwortete Harro dumpf. »Er war die rechte Hand von Slobodan Cvetkovic, den du sicher kennst.«

21

Ravi nervte. Und mit Tobias musste er nachher unbedingt Klartext reden. Der konnte nicht jeden Tag später kommen und dann immer irgendeinen Stau vorschieben. Sollte er sich doch gefälligst rechtzeitig ins Auto setzen und für die Unwägbarkeiten der Fahrt über Land mehr Zeit einrechnen.

Über Tobias konnte er sich aufregen, aber sein Problem war der jüngere Kollege, der ihn anstarrte, als ob er ihm nicht mehr über den Weg traute. Ravi musste gestern mehr gesehen haben als den Griff nach dem Hennessy. Der Gedanke verursachte ihm Übelkeit. Schon seit der Begegnung mit Cvetkovic würde er gerne kotzen. In seinem Magen braute sich eine Mischung zusammen, die nach oben drängte. Aber früher oder später hatte es wohl so weit kommen müssen.

Harro schob die Gedanken beiseite. Er musste sich zusammenreißen und die Fassade des souveränen Ermittlers wahren, damit er nicht unter die Räder geriet. Noch war nichts passiert, und es würde auch nichts geschehen, wenn er nur die Oberhand behielt und sich nicht verunsichern ließ.

»Die Lieberknecht und unser Tobias. Je früher der Morgen, desto schöner die Gäste.« Christian grinste schon wieder nervtötend launig. »Müssen wir uns Gedanken machen, wenn beide zu spät und auch noch gemeinsam am Tatort auflaufen?« Lachen konnte nur er darüber. Harro wollte zu gerne wissen, was sie sich in der Kriminaltechnik zum Frühstück einwarfen, um so munter unterwegs zu sein.

»Guten Morgen, die Herren, wie schön, dass ich heute mit dabei sein darf.« Frauke Lieberknecht lächelte. Sie war Ende vierzig und alles andere als ein gern gesehener Gast an ihren Tatorten. Mit ihrer durchdringenden spitzen Stimme und der Hektik, die sie verbreitete, nahm sie jeden Ort polizeilicher Ermittlungen augenblicklich in Beschlag. Tobias schaute gequält in seine Richtung. Harro konnte nicht genau einordnen, ob dieser Gemütszustand ein Resultat des kurzen gemeinsamen Fußwegs mit der Rechtsmedizinerin oder der erneuten Verspätung war. Vielleicht merkte er selbst ja auch, dass es langsam reichte.

Die Lieberknecht war wie immer im adretten, farblosen Hosenanzug aufgelaufen. Dezente Schattierungen zwischen Dunkelgrau und Schwarz, die auch für Beerdigungen taugten. Ihre kinnlangen blonden Haare inklusive der eingedrehten Locke vorne rechts waren zu jeder Tages- und Nachtzeit perfekt frisiert und geföhnt.

»Herr Schmahl, bitte halten Sie Abstand, bis Sie die Schutzkleidung angezogen haben.«

Sie schien in Form zu sein. Das versprach heute noch lustig zu werden, und ihren Rotariern konnte sie dann wieder aus dem prallen Leben ganz nah am großen Verbrechen berichten.

Jeder der Anwesenden verzog sich schnellstmöglich an seine Arbeit. Harro spürte, dass Ravis Blicke ihm folgten, egal wohin er sich bewegte. Auch jetzt, als er sich in der Umgebung umsah, um den Fundort des Leichnams im Gesamtbild zu betrachten, fühlte er sich beobachtet.

Er kannte die Stelle hier am Rhein nur zu gut. Der Lärm der Autos, die die Theodor-Heuss-Brücke überquerten, um nach Kastel zu gelangen, bildete ein gleichmäßiges Hintergrundrauschen. Es war die untere Promenade am Wasser und genau der Ort, an den man nach der abendlichen Kontaktaufnahme in der Disco im Zentrum gerne Arm in Arm spazierte, bevor man sich bereit für den ersten gedehnten Kuss fühlte. Hier herrschte, abgeschirmt durch zwei Reihen dichter Bäume, die dazu benötigte Ruhe und Abgeschiedenheit, die zur Not auch Raum für mehr bot. Carmen hatte er hier auch zum ersten Mal geküsst. Danach waren sie aber erst einmal zum Fastnachtsball in der fünfhundert Meter entfernten Rheingoldhalle zurückgekehrt.

Die Lieberknecht drehte den schweren Leichnam gerade zusammen mit Christian Schweickhart auf den Bauch, um die Wunde genauer zu betrachten, die waagerecht fast von Ohr zu Ohr verlief. Sie steckte jetzt auch im Schutzanzug, der natürlich perfekt saß und keinen Anlass zur Beschwerde bot. Harro empfand eine zarte Beruhigung in seiner Magengegend. Die Routine tat gut. Er wusste, wie er sich zu verhalten hatte. Sie würden ihm nicht ansehen, dass es tief drinnen in ihm rundging. Festen Schrittes steuerte er auf die über den Toten gebeugte Rechtsmedizinerin zu.

»Unter den Fingernägeln gibt es reichlich Material. Das kann Herr Schweickhart für ein erstes schnelles Ergebnis direkt entnehmen. Ich sehe mir das aber zur Sicherheit auch noch einmal an. Vielleicht kann ich schon heute Abend, aber spätestens morgen mehr sagen. Das am Hinterkopf scheint eine massive Schädelfraktur zu sein. Genau weiß ich es, wenn ich ihn im Institut untersucht habe.« Sie sah kurz zu Harro auf. Aus ihrem Blick sprach die Arroganz der Wissenden, die erst dann weitere Erkenntnisse in wohldosierten Häppchen von sich gaben, wenn sie die ihnen gebührende Anerkennung empfingen.

Die Lieberknecht begnügte sich heute ausnahmsweise mit seinem Nicken und ließ sich nicht noch länger bitten. »Schicken Sie Ihre Leute los.« Sie deutete mit ihrem in blauen Einweghandschuhen steckenden Zeigefinger auf den blutigen Wulst am Hinterkopf des Toten. »Dies scheint mir nämlich nicht der Ort zu sein, an dem er zu Schaden kam. Der Mann ist rückwärts auf den Boden aufgeschlagen. Mit großer Wucht, die von einem Stoß oder schlicht von der Fallhöhe herrührte, traf sein Kopf vielleicht auf eine Kante. Kleiner roter Splitt ist in der Wunde zu sehen, wie er beim Verlegen von Kopfsteinpflaster verwendet wird. Hier wurde es auch verbaut, aber schon vor längerer Zeit. Die Fugen sind aufgefüllt, und es ist dadurch kein Splitt mehr lose. Weiter hinten am Bootsanleger wird aktuell gearbeitet.« Sie deutete die Richtung an, in der mehrere Baumaschinen und ein Absperrgitter zu sehen waren.

Harro setzte sich in Bewegung und gab im Laufen die nötigen Anweisungen. »Ravi, schau dich bitte oben bei den Bänken um. Tobias kommt mit mir. Wir überprüfen, ob Frau Dr. Lieberknecht mit ihrer Einschätzung richtigliegt.« Er sah, dass dem jungen Kollegen die Aufgabenverteilung nicht zusagte. Aber das war sein Problem. Tobias, der sich seinen Schutzanzug nur so weit zugezogen hatte, dass man seinen weißen Pullunder mit dem ungelenken Zopfmuster von gestern noch erkennen konnte, folgte ihm. War es ihre Aufgabe, ihm zu sagen, dass diese Dinger schrecklich hässlich waren? Die lauten Rufe einer Horde Krähen begleiteten sie auf dem kurzen Marsch. Die Geräusche von der Brücke waren kaum noch zu hören.

Um den schmalen, vergitterten Anleger für kleinere Sportboote, der über das Wasser ragte und dessen Ende auf einer schwimmenden Tonne auflag, war eine große Fläche mit blauem Basalt neu gepflastert worden. Die Fugen waren mit dem kleinen roten Split aufgefüllt, von dem die Lieberknecht gesprochen hatte. So weit lag die Rechtsmedizinerin also schon mal richtig. Sie schlichen ganz langsam weiter und hielten den Blick starr auf den Boden gerichtet. Für Passanten sah das jetzt vermutlich so aus, als ob zwei weiß gekleidete Pflegekräfte die verlorenen Kontaktlinsen ihres Patienten suchten.

»Hier ist etwas.« Tobias ging rechts neben ihm in die Knie und beugte sich hinab. »Das ist Blut, eindeutig.«

Harro wollte sich gerade zu ihm hinwenden, als sein Blick an etwas hängen blieb. In der an dieser Stelle etwas breiter geratenen Fuge steckte es zwischen den körnigen Steinchen. Nichts ahnende Fußgänger hatten es tief in den Zwischenraum hineingetreten. Er kniete nieder und sah sich noch einmal schnell zu Tobias um, der ihm den Rücken zukehrte. Der Kollege starrte gebannt auf den Blutfleck, der mehrere

Steine brüchig überzog und auch in die Zwischenräume gesickert war. Mit einer schnellen Handbewegung pulte er fast geräuschlos den Gegenstand heraus und ließ ihn in der Innentasche seiner Lederjacke verschwinden.

22

Tobias steuerte den Wagen durch die nach großen Malern benannten Straßen auf dem Mainzer Lerchenberg. Die Siedlung war in der Mitte der 1960er Jahre auf der grünen Wiese errichtet worden, um das drückende Wohnraumproblem der Stadt abzumildern. Die meisten Häuser waren dicht eingewachsen. Fußläufig erreichte man den Ober-Olmer-Wald schon nach kurzem Marsch. Er fühlte die wohlige Wärme, die von den Gedanken an eine Zukunft hier ausging. Sara und die Kinder würden sich in dieser Umgebung sehr wohlfühlen. Er hatte ihr gestern Abend nicht zu viel versprochen, auch wenn noch längst nicht alles in trockenen Tüchern war. Vielleicht konnte es ja trotzdem ganz schnell gehen. Das Haus sah viel besser aus, als er es sich vorgestellt hatte. Er musste dranbleiben. Sara taten diese Perspektiven gut. Sie hatte heute Morgen viel gelacht und sich zum Frühstück mit den Kindern richtig angezogen. Kein achtlos übergeworfener Bademantel über dem Nachthemd. Er wusste nicht einzuordnen, ob das nur ein kurzes Stimmungshoch gewesen war. Vielleicht hielt es ja bis zur nächsten Therapiesitzung am Freitag an.

An der gepflegten, gelb gestrichenen Kirche bog er nach rechts auf die Rubensallee ab und folgte ihr aus dem Stadtteil hinaus. Zu sehr durfte er den dienstlichen Ausflug nach Laubenheim und seinen kleinen privaten Abstecher auf dem Rückweg zum Präsidium nicht in die Länge ziehen, sonst fiel es auf. Die Stimmung unten am Rhein war eisig gewesen, von dem Moment an, als er dort zusammen mit der Lieberknecht eingetroffen war. Zunächst hatte er geglaubt, dass es an ihr oder womöglich an ihm lag. Sein Schuldgefühl quälte ihn. Er musste versuchen, pünktlicher zu sein, was aber ein Ding der Unmöglichkeit war, wenn er morgens beide Kinder noch in der Schule beziehungsweise im Kindergarten abliefern musste.

Da hatte er automatisch schon Verspätung, wenn er sich auf den Weg zur Arbeit machte.

Die Probleme lagen aber an ganz anderer Stelle, wie er schnell feststellen konnte. Zwischen Ravi und dem Chef knisterte es. Die beäugten sich so aufmerksam, als ob der eine dem anderen nicht mehr über den Weg traute. Geredet wurde kaum noch, und wenn, gab Harro kurze Anweisungen, die den Eindruck vermittelten, dass er den Kollegen gerne möglichst weit entfernt von sich selbst beschäftigen wollte. Auch Christian war die miese Stimmung aufgefallen. Er hatte Olaf für die Restarbeiten, die sich noch mehrere Stunden hinziehen würden, am Rhein zurückgelassen und sich sehr schnell verabschiedet. Angeblich, weil er möglichst zügig erste Ergebnisse zu den Spuren unter den Fingernägeln des Toten und den Fasern an der Leiche liefern wollte. Das gehe nur am Mikroskop im Präsidium.

Harros Verhalten konnte nur die Retourkutsche für Ravis Beobachtungen gestern in Laubenheim sein. Eine andere Erklärung hatte Tobias nicht. Der Chef wollte Ravi damit zu verstehen geben, dass er das Maul zu halten hatte. Ihm war es schon ähnlich ergangen. Das lag bereits einige Zeit zurück. In Ingelheim war ein Zwanzigjähriger von Freunden tot in der Wohnung aufgefunden worden. Durch eine Überdosis hatte er sein Leben ausgehaucht. Bei der ersten Bestandsaufnahme fand er in der Jacke des Opfers, die an der Garderobe hing, mehrere Drogenbriefchen und ein paar Scheine. Um die Klamotten hatte sich Harro später gekümmert. Von dem Geld in der Jacke und dem Stoff war in den Akten später nichts zu lesen gewesen. Seinen zarten Hinweis, den er bewusst unter vier Augen anbrachte, hatte der Chef schroff zurückgewiesen und ihn in den darauffolgenden Wochen mit unangenehmen Sonderaufträgen versorgt, die als Abschreckung für weitere Nachfragen ausreichten.

Irgendwann würde dem Chef eine solche Aktion um die Ohren fliegen, aber das war dann Harros Problem und nicht seins. Er hielt sich da raus, schon aus Prinzip. Den engsten Kollegen, mit dem man seit so vielen Jahren alles durchstand, lieferte man nicht wegen so etwas ans Messer. Das war Selbstmord. Am Ende stand Aussage gegen Aussage, und wer seinem Kollegen in den Rücken fiel, durfte dafür kaum mit der Dankbarkeit der Mannschaft rechnen.

Tobias schob diese Gedanken von sich. Er hatte genug eigene Baustellen. Vielleicht war es aus dieser Warte gar nicht schlecht, wenn der Chef mit Ravi beschäftigt war. Er fuhr an Drais vorbei und wenig später auf die Saarstraße, die ihn wieder zurück ins Präsidium führte. Wahrscheinlich kamen die anderen auch gleich dort an, und sie konnten zusammen zum Mittagessen in die Kantine gehen. Ein warmes Essen versöhnte. Sein Magen zeigte grummelnd an, dass zumindest er das für eine gute Idee hielt. Ob die Kollegen da mitspielten? Eisiges Schweigen beim Schnitzel war jetzt nicht das, was er unbedingt brauchte. Sollten sie das untereinander klären. Wegen einer Flasche Schnaps vom Tatort musste man kein Fass aufmachen.

Während er seinen Wagen am Unigelände vorbeisteuerte, sortierte er die Informationen, die er gleich weitergeben musste. Das war der Nachteil, wenn es Reibungen im Team gab. Jeder machte für sich weiter, und man erhielt kaum Informationen über das, was die andern herausbekamen. Nun durften sie auch noch an zwei Fällen parallel arbeiten. Da in der gestrigen Mordsache ja mutmaßlich nur noch das Geständnis des Enkels fehlte, schien man die kleine Zugabe oben im Präsidium vertreten zu können. Zumal im Fall Rocco Werner nach Ansicht der Lieberknecht ein Unfall noch immer nicht gänzlich auszuschließen war. Er könnte sich nach dem Sturz trotz der Fraktur und den damit verbundenen Einblutungen ins Gehirn noch ein Stück weit am Fluss entlanggeschleppt haben und dann erst tot zusammengebrochen sein.

Vom Hausmeister der Sporthalle in Laubenheim hatte er gerade eben eine vergleichsweise sinnlose Information erhalten, wie sie sich im Kontext einer ausgedehnten Ermittlung leider zwangsläufig ansammelten. Manchmal gab es davon sogar weitaus mehr als von den sinnvollen. Die Kunst lag darin, seine Zeit in die richtigen zu investieren.

Der Hausmeister hatte ihm während des Gesprächs unablässig warmen Kaffeeatem, der mit reichlich altem Tabakrauch durchsetzt war, ins Gesicht geblasen. Es gab Menschen, die konnten einem keine zwei Sätze erzählen, ohne ständig die Nähe zum Gesprächspartner zu suchen.

Auf dem weitläufigen Parkplatz an der Sporthalle, den neben den Sportlern auch Spaziergänger und Anwohner nutzten, um vorübergehend ihre Fahrzeuge abzustellen, waren dem Hausmeister kürzlich zwei junge Männer aufgefallen, die Polizeiuniformen trugen. Da ein Teil des Parkplatzes aufgrund dichten Bewuchses nicht sonderlich gut einzusehen war, gab es immer mal wieder Ärger wegen eingeschlagener Fensterscheiben und geklauter Taschen und Portemonnaies. Er fand es daher nicht sonderlich verwunderlich, dass sich Polizisten in einem Zivilfahrzeug dort aufhielten. Selbst wenn sie nur ihre Mittagspause dort verbrachten, war es doch vielleicht von Nutzen. Stutzig geworden war der Hausmeister erst später, als ihm bewusst geworden war, dass die Polizei ja schon seit geraumer Zeit gar keine grünen Uniformen mehr trug.

So richtig etwas anzufangen wusste der Mann mit dieser Erkenntnis aber offenbar nicht. Im Gespräch mit Tobias hatte er nach immer neuen Erklärungen für die falsche Farbe gesucht. Vielleicht wurden die alten Jacken doch noch genutzt, wenn das Material knapp war? Oder mussten die jungen Polizisten sich erst bewähren, bevor sie eine neue blaue Uniform bekamen? Das Gefasel und die Mutmaßungen des Hausmeisters hatten immer skurrilere Züge angenommen. Nach einigen Nachfragen war er zudem unsicher geworden, ob es sich wirklich um Uniformen der Polizei gehandelt hatte oder vielleicht einfach nur um die grünen Jacken einer Gartenbaufirma. Außerdem konnte er sich nicht erinnern, wann genau ihm das alles aufgefallen war. Selbst den Zeitraum grob einzugrenzen, war ihm kaum gelungen. Irgendwann in der letzten Woche sollte es gewesen sein.

Im Rückblick wirkte es auf Tobias so, als ob hier jemand nach dem Doppelmord in der Nachbarschaft Redebedarf besaß. Allzu oft nahmen selbst ernannte Zeugen grundlos ihre Zeit in Anspruch, um anschließend im Bekanntenkreis prahlen zu können, dass man der Polizei bei den Ermittlungen mit wichtigen Informationen weitergeholfen habe. Tobias hatte Erleichterung empfunden, als ein genervter und abgekämpft wirkender Fußballer in Stollenschuhen aufgetaucht war und den Hausmeister in Beschlag genommen hatte, weil das Duschwasser anscheinend nicht warm wurde.

Die sich anschließenden Erklärungen des Hausmeisters über die Strategie der Stadt Mainz zur Energieeinsparung und die Vorzüge eines erfrischend kühlen Wasserstrahls nach dem Training brauchte er sich zum Glück nicht mehr anzuhören. Nebenbei schien der Mann nämlich auch noch ausgewiesener Fachmann für Kneipp-Kuren zu sein.

23

Harro zog die Tür seines Büros leise hinter sich zu. Er brauchte einen Moment zum Durchatmen. Er konnte auf ein gut gemeintes und einfühlsames Gespräch mit Ravi, das doch nur darin münden würde, dass er sich professionelle Hilfe suchen sollte, gerne verzichten.

Hastig zog er die obere Schublade seines Schreibtischs auf, weil er dort noch einzelne Hustenbonbons vermutete, die seinem Atem zu Frische verhelfen und den Cognac überdecken konnten. Negativ, wie es schien. Er wühlte sich trotzdem genervt durch den Wust an Stiften, Büroklammern und Kupfermünzen, der sich in der flachen Schublade so hoch auftürmte, dass er das, was er jeweils benötigte, manchmal nur mit Gewalt herausgezerrt bekam.

Verdammte Scheiße! Er schleuderte das Ding schwungvoll zu.

Schnaufend ließ er sich auf den Stuhl sinken, der unter seinem Gewicht ein Stück nachgab. Gleich, wenn alle vom Tatort am Rhein zurück waren, mussten sie sich zusammensetzen, damit jeder wusste, was der Stand der Dinge war. Kurz überlegte er, ob er sein Fundstück aus den Fugen im Kopfsteinpflaster der Rheinpromenade im Durcheinander seiner Schreibtischschubladen verschwinden lassen sollte. Zwischen dem gesammelten Gerümpel dort drinnen fiele es nicht weiter auf, solange niemand gezielt nach Dingen suchte, die ihn belasteten.

Er gestand sich ein, dass er genau das nicht mehr mit letzter Sicherheit auszuschließen vermochte. Und was sollte er dann mit dem Bündel Bargeld anstellen, das er gestern in seiner Gonsenheimer Souterrainwohnung unter die Matratze geschoben hatte? Einem erfahrenen Ermittler sollte doch eigentlich ohne großes Nachdenken ein besseres Versteck einfallen.

Es war gerade nicht die Zeit, um daheim dicke Reserven zu deponieren, die unkalkulierbare Gefahr bedeuteten. Zumal für ihn nicht zu überblicken war, wie es nun weiterging und welche Risiken sich wegen der Sache am Rhein noch entwickeln konnten. Auch die Zuversicht des Alten zeigte erste Risse. Starinski stand mit dem Rücken schon zur Wand, obwohl er noch immer glaubte, voll im Spiel zu sein. Mit den Bulgaren war er leicht und geräuschlos fertiggeworden, ein Kinderspiel, bei dem er nur kurz seine Muskeln hatte spielen lassen müssen. Das mit dem Findik-Clan wuchs sich zu einer anderen Nummer aus. Und seiner Ansicht nach focht er jetzt schon ein aussichtsloses Rückzugsgefecht. Fraglich war nur, wann sich die Findiks durchsetzen und wie weit sie gehen würden, wenn es Widerstand gab.

Hatte der Rotbart die Lage sondieren sollen und Kontakt mit den neuen Konkurrenten aufgenommen? Harro war klar, dass ihm Cvetkovic das nicht auf die Nase binden würde. Oder wusste der Alte am Ende gar nichts davon? Hatte sein engster Vertrauter auf eigene Faust gehandelt und vielleicht nur für sich selbst alle Möglichkeiten ausgelotet? Womöglich verließen die Ratten also schon das sinkende Schiff – und wie man mit Verrätern umging, das brauchte ihm niemand zu erklären. Dann hatte Starinski heute Morgen an der Tankstelle seine Rolle entweder verdammt gut gespielt, oder es lief bereits vieles an ihm vorbei. Zusammen mit seinem Zufallsfund von vorhin ergab das für Harro jetzt schlagartig einen Sinn.

Ein entschlossenes Klopfen an seiner Bürotür ließ ihn auffahren. Noch bevor er irgendetwas gesagt hatte, schob sich schon Schweickharts Kopf durch den Spalt.

»Dachte ich es mir doch, dass ich dich hier finde.« Er lächelte vielsagend. »Olaf hat gerade angerufen. Er und Ravi sind fertig und kommen jetzt zurück. Da könnte ich mir vorstellen, dass du vielleicht ein paar kleine Vorabinformationen für die Runde haben möchtest.« Aus den Augen des Kriminaltechnikers sprach der unverhohlene Stolz, dass er schon nach so kurzer Zeit liefern konnte. »Wir haben tüchtig Gas gegeben.« Er trat ein und schloss die Tür hinter sich. Dann rieb er sich demonstrativ über die Augen. »Die brennen. Ich sehe nur noch verschwommene Fasern vor mir. Bestimmt träume ich heute Nacht auch davon.« Er lachte auf. »Im Labor haben sie zwar laut gestöhnt, aber dann doch eingesehen, dass es notwendig ist. Wir wollten einfach schneller sein als die Lieberknecht.« Er grinste jetzt so breit, dass Harro befürchtete, seine Gesichtszüge könnten dauerhaften Schaden nehmen.

»Nach der vollmundigen Ankündigung erwarte ich nun aber auch einiges.« Harro roch seinen eigenen Atem, der sich irgendwo zwischen Stehbierhalle kurz vor Morgengrauen und Rosenmontag während der Straßenreinigung nach dem Zug einordnen ließ. Christian schien davon nichts wahrzunehmen. Er zeigte sich von sich selbst und den Ergebnissen fasziniert. Für mehr gab es vorerst keinen Platz.

»Kriegst du.« Er nickte bedeutungsvoll. »Die Spuren unter den Fingernägeln unseres heutigen Opfers haben wir schon in der Kartei.« Er hielt kurz inne, um die Spannung ein wenig anzufachen. »Rocco Werner hat vor seinem Tod noch einen guten Bekannten getroffen.« Wieder grinste er, schien sich dabei aber bewusst zu sein, dass er es auch nicht übertreiben durfte. »Die Hautschuppen stammen von Rajko Cvetkovic. Frau Lieberknecht wird dir mit Sicherheit später mehr dazu sagen können, wie sie dorthin gekommen sind.«

Harro bemühte sich, erstaunt zu schauen, obwohl er das bereits geahnt hatte. Der Kollege nahm ihm das Schauspiel ab und fuhr zufrieden fort.

»Rajko Cvetkovic war Verdächtiger in einem Fall von Körperverletzung, ursächlich war eine Auseinandersetzung vor einem Club in der Rheinallee. Er soll dem Beschädigten mehrere Zähne ausgeschlagen haben.« Er freute sich über den gelungenen Wortwitz und lachte auf. »Als es ihm an den

Kragen gehen sollte, hat einer seiner Freunde die Hand gehoben und die Schuld auf sich genommen. Damit war er fein raus.«

»Was noch?«, fragte Harro ungeduldig.

»Am Kunstledermantel von Rocco Werner hingen Massen an Fasern.« Christian stöhnte. »An dem Material ist wirklich alles haften geblieben, was in die Nähe kam. Soweit ich das zum jetzigen Zeitpunkt sagen kann, stammt das meiste von einer groben Bundeswehrdecke.«

»Lag die auf ihm?«

»Ja, könnte sein. Er ist anscheinend gestürzt oder wurde umgestoßen, ein Hieb in die Magengegend ist auch denkbar, jedenfalls fiel er nach hinten und schlug mit dem Schädel hart auf die Kante des etwas hochstehenden Pflastersteins auf. Die Frau Doktor wird noch herausbekommen, ob er direkt gestorben ist und ihn jemand bis zur Bank am Fundort schleppte. Er kann es vielleicht auch aus eigener Kraft bis dorthin geschafft haben. Die kleinen Abschürfungen auf der Stirn und im Gesicht sowie die Tatsache, dass wir zwischen der Stelle am Anleger und der Bank winzige Blutspuren entdecken konnten, sprechen dafür, dass er selbst oder durch Fremdeinwirkung dorthin gelangt ist, sich gesetzt oder hingelegt hat, aber dann von der Bank gerollt ist oder gezogen wurde, woraufhin er dort landete, wo wir ihn dann gefunden haben.« Christian Schweickhart holte tief Luft. Er wirkte regelrecht außer Atem. »An diesem Punkt und beim genauen Ablauf darf sich unsere geschätzte Gerichtsmedizinerin mit ihrem Sachverstand gerne klärend einbringen.«

Harro versuchte, die Informationen zu sortieren, sodass sie zu dem passten, was er schon wusste. Zusammen ergab es ein schlüssiges Bild. »Ich vermute, dass es Fremdeinwirkung war und der Täter ihn ganz bewusst dort abgelegt und zugedeckt hat, um sich ausreichend Zeit für die Flucht zu verschaffen. Er wollte ein paar Stunden Vorsprung, und die hat er bekommen.«

»Wir wissen doch beide, welchem Umfeld das Opfer zuzurechnen ist«, sagte Christian lapidar.

Harro versuchte, in den Gesichtszügen des Kollegen etwas Lauerndes zu erkennen. Er empfand Misstrauen, auch wenn er nicht genau wusste, woraus es resultierte. Schweickhart setzte unterdessen seine Mutmaßungen fort.

»Vielleicht war es eine Art Abrechnung. Der Ablageort der Leiche hat Symbolik. Die bringen ihn um und legen ihn auf die Bank am Rheinufer. Mit der Decke darüber sieht er aus wie ein Penner. Eine Mahnung an alle anderen, die Geschäfte auf eigene Faust machen oder den Ausstieg versuchen. Man verrät die Familie nicht.«

»Ich glaube, an diesem Punkt kommen wir ohne die Ergebnisse aus der Rechtsmedizin nicht weiter.«

»Egal, was genau passiert ist, wenn er dorthin getragen wurde, muss der Täter recht stark gewesen sein. Du hast gesehen, wie die Lieberknecht und ich uns abgemüht haben, als wir ihn umdrehten.«

»Wo ist die Decke?«

Schweickhart schüttelte den Kopf. »Nicht vor Ort.«

»Dem scheinbar schlafenden Penner geklaut?«

»Gut möglich. Die Fasern vermitteln den Eindruck, dass sie recht neu war. Es ist zwar noch mild, ausgesprochen warm für Ende Oktober, aber der Winter kommt.«

Harro konnte seinem Gegenüber ansehen, dass das keine weitere Pointe werden sollte. Abwegig erschien ihm diese Deutung nicht. So eingetrocknet, wie das Blut gewesen war, hatte er etliche Stunden da gelegen. Am Wasser waren Nachtschwärmer unterwegs und manch einer von denen, für die eine Decke wertvoller als vieles andere war. Da konnte die Verlockung groß gewesen sein, die Chance zu nutzen und zuzugreifen. Vielleicht war er dadurch erst von der Bank gerollt.

»Jetzt kommen wir zu den Kleinigkeiten«, fuhr Christian fort. »Eine ist besonders interessant: Ich habe zwischen dem

Faserfiasko von der Bundeswehrdecke etwas gefunden, das da nicht hingehörte. Eine synthetische Faser, die verdammt denen ähnelt, die wir in der Wohnung der Oberländers sichern konnten.« Er blickte ihn erwartungsvoll an.

»Und was sagt uns das?«, fragte Harro genervt, als der Kriminaltechniker nicht weitersprach.

»Unter dem Mikroskop sehen die Fasern wirklich sehr ähnlich aus. Ich habe daher zur Sicherheit beide Faserspuren an das LKA weitergegeben. Mal sehen, ob die mehr sagen können. Nicht dass wir hier eine Verbindung zwischen dem Mord am Ehepaar Oberländer und dem Ableben von Rocco Werner haben. Wahrscheinlicher ist aber, dass es dafür eine einfache Erklärung gibt.« Schweickhart grinste Harro an.

»Kontamination?«

Er nickte anerkennend. »Das dürft ihr aber die gute Frau Doktor nicht wissen lassen. Wo sie euch doch jedes Mal ausdrücklich darauf hinweist, wie wichtig der richtige Sitz der Schutzkleidung ist und dass sie als Einwegprodukt nicht geeignet ist, um sie wie die Unterhose die ganze Woche über zu tragen.« Er lächelte süffisant. Dann besann er sich wieder. »Ja, es ist gut möglich, dass die grüne Faser mit euch von einem zum anderen Ort gewandert ist.«

Christian Schweickhart war mit seinen Ausführungen fertig, er drückte Harro die Papiere in die Hand und machte sich zum Abmarsch bereit.

»Falls du das Thema Kontamination tatsächlich ansprechen willst«, sagte er auf dem Weg zur Tür, »dann gib bitte auch dem Kollegen Schmahl einen kleinen Hinweis, dass er den Reißverschluss am Schutzanzug bis ganz nach oben zuzieht. Dann kann ich mir nämlich die sinnlose Arbeit sparen, die Fusseln von seinem Pullunder mit den Fasermustern abzugleichen, die sich über die Jahre bei mir angesammelt haben.«

Der Kriminaltechniker schien, seinem Grinsen nach zu urteilen, an dieser Stichelei ganz besondere Freude zu empfinden. Wenigstens gab es noch einen Menschen im Präsidium, dem bisher nichts den Spaß verdorben hatte.

Harro nickte ihm zu. »Gute Arbeit, Christian. Den Bericht brauchst du nicht zu schicken. Ich informiere die Kollegen und kopiere ihnen alles Wichtige. Mal schauen, was die Lieberknecht noch herausbekommt.«

Er sank in seinen Schreibtischstuhl zurück und wünschte sich, dass dieser Tag schon zu Ende wäre. Die Zettel von Schweikhart ließ er in der unteren Schublade seines Schreibtischs verschwinden. Er wusste, dass er sich damit nur ein klein wenig Zeit erkaufte. Gelöst hatte er noch keines seiner Probleme. Das Geld unter seiner Matratze musste schleunigst weg. Er brauchte sich heute Nacht also nicht zurückzuhalten. Wenigstens diese Aussicht ließ eine zarte Vorfreude in ihm aufkommen. Bis dahin gab es aber noch einiges zu tun. Den Enkel würde er gleich nach dem Mittagessen befragen. Inzwischen müsste der Junge ausgeschlafen sein, und viel länger würden sie ihn ohne die Zustimmung des Haftrichters mit gutem Gewissen sowieso nicht festhalten können.

24

Wenigstens hier waren sie nun alle wieder versammelt. Ravi reihte sich mit den anderen in die Schlange am Zugang zur Polizeikantine ein. Jeder aus dem Präsidium schien ausgerechnet jetzt essen zu wollen.

»Mahlzeit.« Stephanie Niebergall gesellte sich zu ihnen. Sie konnten die ausgefallene Morgenrunde also gleich hier, zwischen Königsberger Klopsen und Seelachsfilet »Flipper«, nachholen.

»Mahlzeit.« Er lächelte ihr zu. Harro wich seinem Blick konsequent aus und hielt sich an Tobias neben ihm. Das hatte er auch nicht anders erwartet. Ob der Chef von nun an in direktem telefonischem Kontakt mit Cvetkovic stand, um ihn über jede neue Entwicklung im Fall Rocco Werner auf dem Laufenden zu halten?

Das zunächst nur murmelnd unter den Kollegen geäußerte Missfallen über den stockenden Zugang zur Kantine schwoll hörbar an. Das gab es doch sonst nicht, dass man schon vor der Tür anstehen musste, wie lange würde sich dann erst das Prozedere drinnen an der Ausgabe hinziehen? Die Situation erinnerte Ravi stark an den einen Tag in jedem Jahr, an dem es Gans mit Klößen und Rotkohl gab. Dafür war es jetzt aber noch zu früh. Er schob sich auf die Zehenspitzen und konnte erkennen, dass sich der Stau vor der Staffelei gebildet hatte, auf der gleich hinter der Flügeltür das Tagesmenü angeschlagen war. Die ersten Kollegen kamen ihnen nun wieder entgegen. Ihnen war deutlich anzusehen, dass die Auswahl nicht ihren Erwartungen entsprach. Hans Hammacher von der Sitte gehörte dazu. Der Kollege, der jedem immer wieder erzählte, dass er nur noch zwei Jahre bis zum Ruhestand hatte, stammte aus dem Westerwald. Er rollte das R wie ein Cowboy aus dem Mittleren Westen der USA.

»Wir rücken ab«, verkündete er den Wartenden. »Der Dönerladen verdient sich heute reich.« Ohne weitere Erklärung zog er von dannen. Ihm folgten fast alle anderen, die schon drinnen gewesen waren, sodass sie jetzt ziemlich allein vor dem stets blumig ausformulierten Essensangebot standen.

»Sind die jetzt vollkommen durchgeknallt?« Harro schüttelte ungläubig den Kopf. Seine Unmutsäußerung stand im Widerspruch zum zufriedenen, aber stillen Lächeln der Kollegin Niebergall, die mit ihrem kurzen Pagenschnitt so jung wie eine gerade aus der Schule verabschiedete Abiturientin wirkte.

»Was nun? Wenn die ganze Sitte dort abhängt, ist der Dönerladen für mich keine Alternative«, meldete sich Tobias zu Wort.

Ravi verstand noch immer nicht, wo das Problem lag. Er sparte sich jedoch den Kommentar, der ihm auf den Lippen lag und der zumindest zu Harros Reaktion gepasst hätte: Kommt man nur noch mit erfolgreich bestandenem Alkoholtest und null Promille an warme Hauptgerichte? Für den Chef würden harte Zeiten anbrechen.

»Ich weiß nicht, was ihr habt.« Stephanies Blick wanderte vom einen zum anderen. »So leer sehen wir die Kantine nie wieder, und wir können später gegenüber der neuen Generation Kollegen voller Stolz behaupten: Wir waren damals dabei, als alles angefangen hat!«

Ravi konnte nun endlich einen Blick auf die Staffelei und die geschwungene Überschrift erhaschen, die »vegane Herbsttage« in der Kantine des Präsidiums ankündigte.

Er musste lachen. »Stellt euch nicht so an. Stephanie hat recht. Ich bin dabei. Wir werden die Ersten sein!« Er würde den anderen lieber nicht berichten, dass er bei seiner Mutter gestern mit Grillsteaks bis zum absoluten Anschlag gemästet worden war und ein halbgegarter Spießbraten in seinem Kühlschrank nur darauf wartete, endlich geschmort zu werden.

Die Kollegin war schon vorausgeeilt und peilte das Chili

sin carne an. Die anderen kamen nur sehr zögerlich in die Gänge. Tobias wollte auf Nummer sicher gehen und bog zügig in Richtung Salatbuffet ab, merkte aber wohl recht schnell, dass der Thunfisch, unter dem er sonst die wenigen grünen Salatblätter zu ersticken pflegte, als Ersatz ausschied. Das Kichererbsen-Gemüse-Curry schien ihm eine essbare Alternative zu sein.

Harro wirkte vollkommen verloren. Es fand sich niemand, der ihn an der Hand nahm und ihn bei der schwierigen Entscheidung zwischen Tofu-Bällchen, Linsen-Bratlingen und geräucherten Saitan-Buletten unterstützte. Mit Möhren-Lauch-Gemüse und Schwarzwurzelragout reihte sich die nächste unlösbare Aufgabe direkt dahinter ein.

Ravi begutachtete die wenigen Teller, die an ihm vorbeigetragen wurden, und steuerte dann zielstrebig zum Jackfruit-Gulasch mit Klößen und Rotkohl. Den Ausschlag hatte schlicht die Menge gegeben. Obwohl er gestern nach der Völlerei bei Gisela noch glaubte, mindestens drei Tage lang nichts mehr essen zu müssen, hatte er jetzt einen Mörderhunger.

Nach und nach fanden sie sich alle um einen großen Tisch am hinteren Ende ein und beäugten mehr oder weniger auffällig die Beute der anderen, um schließlich ein erstes Urteil über den eigenen Jagderfolg im fleischlosen Niemandsland zu fällen. Wobei Ravi überlegte, ob Stephanie nicht sogar sowieso Vegetarierin war.

Harro hatte sich für die Saitan-Buletten entschieden und die maulfaule Dame an der Essensausgabe anscheinend so lange bearbeitet, bis sie ihm von irgendwoher noch eine Kelle Nudeln besorgt hatte. Ausschlaggebend war dabei sicherlich die Ähnlichkeit mit dem fleischhaltigen Vorbild gewesen, auch wenn die Kombination ohne jede Soße reichlich trocken anmutete.

»Die ersten Ergebnisse liegen vor.« Harro hatte sich hastig eine halbe Bulette in den Mund gesteckt und redete während des Kauens recht undeutlich weiter. »Ich glaube, mit Rocco

Werner beschäftigen wir uns, wenn von der Kriminaltechnik und der Lieberknecht Genaueres vorliegt. Christian hat durchblicken lassen, dass er Faserspuren einer Bundeswehrdecke an der Kleidung des Toten gefunden hat.« Mit dem nächsten Happen war die Bulette ganz verschwunden. Der Chef kaute konzentriert. Alle anderen nutzten die Zeit, um sich mit den eigenen Gerichten zu beschäftigen.

Das Gulasch aus den saftigen Würfeln der Jackfruit war richtig gut. Es hatte eine gewisse Ähnlichkeit mit lange geschmortem Rindfleisch, das auf der Zunge zerfiel. Wie sie aber hinter den Kulissen die Soße so täuschend echt hinbekommen hatten, das wollte Ravi vielleicht gar nicht wissen. Den kräftigen Schuss Rotwein schmeckte er deutlich heraus. Daran allein konnte es aber nicht liegen, dass das auf seinem Teller einem Rindergulasch geschmacklich wirklich verdammt nahekam. Es würde ihn nicht wundern, wenn der vegan unerfahrene Koch mit reichlich Fleischbrühe nachgeholfen hatte.

»Im Doppelmord am Ehepaar Oberländer deutet nach wie vor alles auf den Enkel hin. Ich hoffe, dass wir ihn trotz der dürftigen Spurenlage am Tatort durch ein Geständnis überführen können. Was gibt es sonst noch dazu?« Harro erwartete keine Antworten von ihnen. Das war der übliche Ablauf bei ihren Runden. Erst führte der Chef aus, was ihm bekannt war, dann steuerten sie ihre Erkenntnisse bei. »Vor Ort war alles viel zu sauber. Ich glaube aber, dass sie schlicht und ergreifend am Samstagvormittag die Wohnung geputzt hat. Wäre unser Täter planvoll vorgegangen, hätte er nach dem Geld gesucht, das ja zweifelsohne vorhanden war. Olaf hat es im Wohnzimmerbuffet gefunden. Ob die Sammlung alter Verpackungen von Haushaltsgeräten ein gutes Versteck für ein paar Tausend Euro ist, bleibt dahingestellt. Wenn wir aber unterstellen, dass Kilian Oberländer mit dem Vorsatz zu seinen Großeltern gegangen ist, möglichst viel Geld abzugreifen, dann passt das nicht recht zur späteren Ausbeute, die wahrscheinlich in einem oder zwei Portemonnaies bestand.«

Ravi spürte Harros Blick. Er sah auf und ihm direkt in die Augen. Ist deine Beute größer gewesen als die des Jungen? Wie würden sie alle erschrocken gaffen, wenn er das jetzt laut ausspräche. Ganz ruhig und leise jedes einzelne Wort sich entfalten ließe, im sicheren Bewusstsein, dass danach nichts mehr so wäre wie bisher. Das Erdbeben, das alles in Schutt und Asche legte, er könnte es mit nur einem Satz heraufbeschwören.

»Vielleicht war er mit ein paar Scheinen zufrieden?« Ravi wusste Harros Gesichtsausdruck nicht zu deuten. Er verzog keine Miene. Stattdessen stopfte er sich eine Gabel trockener Nudeln in den Mund und kaute eifrig. Aber was hätte er auch sagen sollen?

Alle anderen beschäftigte die vegane Nahrungsaufnahme. Die Küche schien beim Kichererbsen-Gemüse-Curry am Chilipulver nicht gespart zu haben. Tobias schwitzte wie beim Möbelschleppen im Hochsommer. Das Wasser rann ihm in großen Perlen an den Schläfen hinab. Sein ganzer Kopf glühte. Er litt sichtlich, machte aber keine Anstalten, die Nahrungszufuhr zu stoppen. Das Mitgefühl der anderen hielt sich daher in Grenzen. Stephanie lachte still in sich hinein. Sie ließ immer wieder amüsiert den Blick über alle Mitglieder der veganen Mittagsgruppe schweifen.

Ravi fuhr fort. »Womöglich müssen wir unsere Theorie auch noch mal hinterfragen, sollte er nachher beharrlich leugnen oder gar ein überprüfbares Alibi präsentieren. Es gab doch diese Synthetikfasern am Tatort. Sie könnten von einer grünen Jacke stammen oder sogar von einer gefälschten Polizeiuniform. Dazu passen die Beobachtungen des Hausmeisters, bei dem Tobias vorhin war.«

Tobias schluckte eine gehörige Portion Curry hinunter und griff zum Glas, um den dadurch vermutlich auflodernden Brand in seinem Mund mit einem Schluck Sprudelwasser zu löschen. Erfolgreich schien es nicht auszugehen. Er prustete und ächzte. »Rattenscharf ist das Zeug. Dafür brauchst du einen Waffenschein.« Er zerrte eine Serviette aus dem Halter, um sich den Schweiß aus den Augen zu reiben. »Der Hausmeister und seine Aussage sind mit Vorsicht zu genießen. Dünnes Eis. Er meint, zwei Personen in einem Zivilfahrzeug gesehen zu haben, schwarz, Stufenheck, an mehr kann er sich nicht mehr erinnern. Ebenso dunkel sieht es für den Zeitraum seiner Beobachtung aus. Es soll irgendwann letzte Woche gewesen sein. Und ob es sich um eine Uniform alten Typs oder womöglich doch um eine gewöhnliche Arbeitskleidung einer Firma gehandelt hat, darauf wollte er sich auch nicht festlegen. Alle Unsicherheiten beiseitegenommen, hat er zwei Männer in grünen Jacken in einem schwarzen Auto gesehen.« Tobias zuckte mit den Schultern. Er blickte resigniert auf seinen Teller, der noch gut gefüllt war.

Stephanie übernahm. »Ich arbeite an der Liste der Anrufer auf dem schnurlosen Telefon, das wir in der Wohnung gefunden haben. Das Gerät speichert die Nummern der letzten dreißig Tage. Ein Großteil der Anrufer ist mit Namen hinterlegt. Da ist zum einen die Tochter, die wir bis jetzt noch nicht erreicht haben. Und der Tatverdächtige, mit kurzen Anrufen mindestens zweimal pro Woche. Mit der Nachbarin hat Magda Oberländer auch telefoniert, und dann ist da noch das übliche andere: verschiedene Ärzte, der Pflegedienst und jeden Donnerstag derselbe Pizzaservice, immer um achtzehn Uhr dreißig. Am Montag vor einer Woche tauchte erstmals eine neue Nummer auf.« Stephanie legte den Löffel neben ihren noch nicht vollständig geleerten Teller. »Das Gespräch dauerte etwa fünf Minuten. Fast genauso lang sprach sie mit demselben Anrufer am Mittwoch danach. Wieder zwei Tage später, am Freitag, rief er zum dritten Mal an. Das Gespräch war kürzer, nur gut zwei Minuten lang. Am Samstag ging es gleich frühmorgens weiter. Um sechs Uhr dreißig klingelte er das erste Mal bei ihr durch und meldete sich in den darauffolgenden Stunden insgesamt noch neun Mal. Die Anrufe dauerten zum Teil nur eine halbe Minute. Zum Nachmittag hin wurden sie noch einmal kürzer. Der letzte Anruf erfolgte um fünfzehn Uhr vierundvierzig. Er dauerte genau sechs Sekunden. Danach wurde auf dem Apparat kein weiterer Anruf mehr entgegengenommen.«

»Ein anonymer Anrufer?« Ravi schnitt gerade den zweiten Kloß an.

Stephanie wiegte den Kopf hin und her. »Ja und nein.« Ihre Wangen zeigten eine zarte Rötung. »Es war die Nummer der Polizeiinspektion 1 in der Weißliliengasse.«

Harro war fertig und schob den Teller von sich. »Angst vor ihrem Enkel, der sie unter Druck setzte?«

Alle blickten Stephanie an.

»Nein, sie wurde angerufen.«

»Aber weswegen?« Harro klang ungeduldig. Satt schien er auch nicht geworden zu sein. Ravi folgte seinem Blick, mit dem er die Restmengen auf den Tellern der anderen taxierte und sich vermutlich eingestand, dass er nicht die beste Wahl getroffen hatte.

»Das habe ich versucht herauszubekommen. Die Kolleginnen und Kollegen in der Weißliliengasse erwiesen sich als sehr freundlich, aber sie haben dazu keinen Vorgang. Mit allen zu den betreffenden Zeiten im Dienst befindlichen Kolleginnen und Kollegen habe ich gesprochen. Sie kennen Frau Oberländer nicht und haben auch nicht mit ihr telefoniert. Den Dienststellenleiter Torsten Spangenberg habe ich vorhin dasselbe gefragt. Er hatte zwei Tage Urlaub, daher konnte ich ihn nicht früher erreichen. Er war sehr kurz angebunden und hat mich mit ein paar knappen Bemerkungen abgewimmelt. Als ob ihm die Nachfrage lästig gewesen wäre. Wir wüssten doch längst, dass sie dazu im Revier keinen Vorgang hätten.«

»Caller-ID Spoofing, eine vorgetäuschte Anrufnummer?«, fragte Tobias, dessen Gesichtsfarbe sich langsam normalisierte. Er schien auf dem Weg zurück zu einer erträglichen Körpertemperatur.

Stephanie nickte. »Das glaube ich mittlerweile auch. Es ist

kein sonderlich großer Aufwand, die eigene Rufnummer zu manipulieren, wenn man technisch affin ist. Auf dem Display des Angerufenen erscheint dann eine frei wählbare Phantasienummer. In unserem Fall die der Kollegen in der Innenstadt.«

»Anfrage läuft?« Harro schaute auf seine Armbanduhr, während er sprach.

»Klar, ist gestellt. Aber ihr wisst, wie es mit den Netzbetreibern ist. Schnell sind die nur, wenn es um den Abschluss eines neuen Dreijahresvertrages geht. Bei allem anderen«, sie gähnte demonstrativ, »braucht man Geduld.«

Harro stand auf und schob seinen Stuhl zurück. Es schien ihn nicht sonderlich zu interessieren, dass seine Kollegen ihre vegane Mittagsmahlzeit noch nicht vollständig aufgegessen hatten. »Dann machen wir weiter. Ich hake gleich noch mal bei Christian nach, vielleicht ist er schon ein Stück weiter mit den Spuren von heute Morgen. Die Info schicke ich dann umgehend an Tobias.« Er wandte sich kurz Tobias und Ravi zu. »Ihr beide macht vorerst mit Rocco Werner weiter. Familiäres Umfeld, Finanzen und so weiter. Ich kümmere mich zusammen mit Stephanie um Kilian Oberländer. Der wartet schon im Vernehmungsraum auf uns. Würde mich nicht wundern, wenn er das nötige technische Verständnis besitzt, um mit einer falschen Nummer bei den Großeltern anzurufen.«

25

»Ich möchte mit meinen Eltern sprechen.«

Kilian Oberländer kauerte zusammengesunken auf dem harten Stuhl im Vernehmungsraum und sah völlig fertig aus. Er steckte noch in seinem blaugrauen Overall aus der Werkstatt. Seine dunkelbraunen, dichten Haare lagen wirr durcheinander. An seinem Hinterkopf waren sie kreisrund platt gedrückt. Die roten Augen und die Blässe seines Gesichtes deuteten darauf hin, dass sein Körper zwar reichlich Zeit gehabt hatte, um die Drogen abzubauen, er letzte Nacht aber kaum ein Auge zugetan hatte.

»Das würden wir Ihnen auch gerne ermöglichen, aber bisher konnten wir Ihre Eltern nicht erreichen. Sie sind auf einer Berghütte im Fichtelgebirge. Das haben wir von einer Nachbarin Ihrer Großeltern erfahren. Sie werden es wahrscheinlich auch wissen.« Harro schwieg. Zusammen blickten sie das ihnen gegenübersitzende Häufchen Elend an. Vor Stephanie lag ein aufgeschlagener karierter Notizblock. Sie hatten sich darauf verständigt, dass sie zuerst versuchen wollten, mit dem jungen Mann ins Gespräch zu kommen, bevor sie mit seiner offiziellen Vernehmung als Tatverdächtiger begannen. So wie der aussah, würde er nicht lange durchhalten.

»Haben Sie eine Adresse vom Aufenthaltsort Ihrer Eltern? Wir könnten dann Kollegen vor Ort hinschicken, um Ihre Eltern zu informieren«, schlug Stephanie vor. Ihre Stimme klang weich und vertrauenerweckend.

Er hatte sie bewusst mit dazugenommen, weil sie trotz ihrer dreißig Jahre äußerst jung aussah. Vielleicht ließ sich dadurch eine Vertrauensbasis schaffen. Außerdem brauchte er Ravi und Tobias jetzt nicht unbedingt um sich herum. Er hatte sie mit ein paar weiteren Aufgaben und der bislang zurückgehaltenen Information versorgt. Sie waren jetzt auf dem

Weg zu Cvetkovics Sohn. Mehr konnte er erst einmal nicht tun. Es hing viel von der Aussage des Tatverdächtigen ab. Die Spannungen, die zwischen ihnen herrschten, würden eine Befragung, bei der es auf jeden Zwischenton ankam, bloß stören. Stephanies zarte Nervosität hingegen musste kein Nachteil sein. Kilian schien sich bereits in ihre Richtung zu orientieren. Er blickte Stephanie weiter an, nachdem er ihre Frage verneint hatte. Harro deutete mit einem kurzen Nicken an, dass sie gerne weitermachen konnte.

»Wann haben Sie Ihre Großeltern zuletzt gesehen?«

»Am Freitag.« Er schluchzte zitternd auf. Seine Hände wanderten unruhig auf dem Tisch umher. Harro bemerkte die vielen blutigen Stellen um die Fingernägel. Er schien wahrlich keine angenehme Nacht gehabt zu haben.

»Waren Sie bei ihnen in der Wohnung?«

»Ja, wir haben zusammen gegessen. Oma hat gekocht. Ich bin mindestens einmal pro Woche zum Abendessen bei ihnen, manchmal auch mittags, wenn ich frei habe.« Er hatte Tränen in den Augen. Ein wässriger, verschwommener Blick, der auf Stephanie geheftet blieb. Seine Finger hielt er jetzt ineinander verschlungen.

»Was hatte sie gekocht?«

Er überlegte kurz. »Dampfnudeln mit Vanillesoße. Sie weiß, dass ich das gerne mag.«

»Gab es feste Tage, an denen Sie zu den beiden fuhren?«

Er schüttelte den Kopf und fingerte ungelenk in seiner Hosentasche nach einem Taschentuch. Es dauerte einen Moment, bis er den reichlich abgenutzten, löchrigen Fetzen herausgefummelt hatte und fertig war. »Nein, wir haben regelmäßig telefoniert. Oma fühlte sich immer allein, weil Opa nicht mehr sprechen konnte. Sie brauchte Unterhaltung. Sie hat mich bei jedem Telefonat gefragt, wann ich wieder vorbeikomme. Donnerstags hat sie für sich und Opa Pizza bestellt. Davor hat sie mich meistens angerufen und gefragt, ob ich spontan kommen will.«

»Hat sie immer bei Ihnen angerufen, oder haben auch Sie sich bei ihr gemeldet?«

»Das wechselte ab. Ich habe sie auch angerufen, wenn ich in der Nähe war oder bevor ich vorbeikam. Meistens habe ich dann für sie noch ein paar Kleinigkeiten eingekauft, was eben noch so fehlte. Den großen Einkauf hat sie immer mittwochs mit meiner Mutter gemacht. Sie konnte ja kaum weg wegen Opa. Nur wenn die Frau vom Pflegedienst da war. Dann musste sie sich aber beeilen, weil die nicht gerne länger geblieben ist.« Kilian Oberländer, der zu Beginn mit erstickter Stimme gesprochen hatte, wirkte auf Harro jetzt etwas gefasster. Er lehnte gebeugt über dem Tisch und fixierte Stephanie mit tränenden Augen.

»Hat sie Ihnen bei jedem Besuch Geld zugesteckt?« Harro spürte, dass seine Worte wirkten. Die Finger des Jungen verkrampften. Die Gelenke schimmerten weiß und blutleer.

»Nein.« Er bewegte heftig den Kopf. »Manchmal hat sie mir etwas gegeben. Sie dachte immer noch, dass ich Lehrling sei, dabei verdiene ich ganz normal mein Gesellengehalt.«

»Das aber anscheinend nicht ausreicht.« Harro verzog keine Miene. Kilian Oberländer rutschte auf dem Stuhl nach vorne.

»Das stimmt nicht.« Sein Blick wanderte zwischen ihm und Stephanie hin und her. Er suchte den Ausweg. Er wollte heraus aus der Unterhaltung mit ihm und zurück zu ihr. Seine Worte kamen jetzt schneller, fast hektisch. »Ich komme gut über die Runden. Omas Geld brauche ich nicht.«

»Wie viel hat sie Ihnen üblicherweise gegeben?«

»Zwanzig, manchmal auch fünfzig Euro.«

»Wo hat sie ihr Geld aufbewahrt?« Harro war nicht gewillt, ihn aus der Umklammerung zu entlassen. Seine Fragen schlossen direkt an Oberländers Antworten an. Er schnürte ihn ein. Er sollte keinen Raum mehr zum Nachdenken haben.

»Ich weiß es nicht.«

»Wohin in der Wohnung ist sie gegangen, um das Geld für Sie zu holen?«

Es schien, als versuchte Kilian Oberländer, die lästige Frage durch eine Bewegung seines Oberkörpers abzuschütteln. Erst dann antwortete er. »Sie nahm es aus ihrem Portemonnaie, das in der Garderobe im Flur lag.«

»Finden wir das Portemonnaie, wenn wir später Ihre Wohnung durchsuchen? Finden wir dort auch die Drogen, die Sie vom Geld Ihrer Großmutter gekauft haben und für die Sie sogar Schulden machen?«

Es überraschte Harro nicht, dass die Preisgabe seines Wissens Eindruck auf sein Gegenüber machte. Es war nur schwer vorherzusehen, ob großer Druck auch zu schnellen Aussagen führen oder den Verdächtigen zum endgültigen Verstummen bringen würde. Kilians erschrockenes Gesicht gab noch keine Auskunft darüber.

»Ich habe sie nicht umgebracht!« Er hieb mit beiden Fäusten auf die Tischplatte, die das auszuhalten wusste. Er war nicht der Erste und würde auch nicht der Letzte sein, der am Mobiliar des Vernehmungsraumes seine Wut ausließ. Bisher hatte es noch aller Gewalt widerstanden.

»Dann helfen Sie uns bitte dabei, dass wir Ihnen das glauben können.« Stephanie schaltete sich wieder ein, und das tat sie unverändert sanft. Sie forderte nicht, sondern formulierte Angebote. »Haben Sie Freunde, die mit Ihnen Drogen konsumiert haben, mit zu Ihren Großeltern genommen? Haben Sie ihnen erzählt, dass Sie dort Geld bekommen?«

Er nickte zitternd.

»Sie sollten uns die Namen dieser Freunde nennen.« Stephanie wartete ab. Er signalisierte Zustimmung. »Wir schreiben sie nachher zusammen auf. Haben Sie Ihre Großmutter am Samstag im Laufe des Tages angerufen?«

»Nein.« Er schluckte.

»War das vielleicht alles nur ein dummer Scherz mit den Anrufen und gar nicht Ihre Idee? Sich als Polizisten auszugeben, ist ja ganz witzig. Wenn es dann auch noch klappt und die Person am anderen Ende der Leitung nervös wird, bekommt das sicherlich eine ganz eigene Dynamik.« Stephanie ließ nicht locker.

Harros Blick hing an Kilian Oberländers Gesicht fest. Es verriet zu wenig. Er wartete auf den Moment der Aufgabe.

»Waren Sie mit dabei, als Ihre Freunde am Samstag zu den beiden in die Wohnung gegangen sind?« Stephanie beugte sich über den Tisch. Sie sah Kilian fordernd an. »Wo waren Sie am Samstagnachmittag ab fünfzehn Uhr dreißig?«

26

»Wir wollen wieder zurück nach Mainz.« Tobias blickte vom Beifahrersitz enthusiastisch zu Ravi herüber, der das gar nicht richtig mitbekam. Zu sehr war er mit seinen eigenen Gedanken beschäftigt und der quälenden Frage, wie das alles weitergehen sollte. Wie weit wollte Harro das Spielchen treiben? Stephanie saß jetzt bei ihm in der Vernehmung, und sie übernahmen den Außendienst und damit exakt die Aufgaben, die er für sie auswählte.

Hinter jeder Entscheidung des Chefs wähnte er mittlerweile ein durchdachtes Täuschungsmanöver. Er war sehr gespannt, welches Schauspiel sie gleich bei Rajko Cvetkovic am Winterhafen erwartete. Von ihm stammten die Spuren unter den Fingernägeln von Rocco Werner. Hautschuppen, die im Allgemeinen dorthin gerieten, wenn im Streit die Fingernägel zum Einsatz kamen und tiefe Striemen beim Gegenüber hinterließen. Harro hatte Tobias vorhin angerufen, um ihm das zu sagen, und sie losgeschickt. Seit wann wusste er davon? Es würde Ravi nicht sonderlich wundern, wenn ihr Chef darüber bereits seit dem morgendlichen Treffen an der Tanke im Bilde war. Die Grenzen dessen, was er ihm alles zutraute, befanden sich längst in Auflösung. Slobodan Cvetkovic musste ihm vom Mord an Rocco Werner erzählt und vielleicht sogar erwähnt haben, dass sein Sohn ins Visier der Ermittlungen geraten könnte. Hatte Harro ihm die Zeit verschafft, die er brauchte, um die Verteidigung aufzubauen oder den Sohn aus der Schusslinie zu nehmen? Womöglich hatten sie ihn schon außer Landes gebracht, um ihn vor dem Zugriff der Polizei zu schützen.

»Ich habe mir ein Haus auf dem Lerchenberg angesehen, das zum Verkauf steht. Ich war nicht drin, aber von außen sieht es wirklich ansprechend aus, und der Beschreibung nach würde es prima passen. Sara schafft es dort draußen, wo wir jetzt wohnen, nicht aus ihrer Depression. Das ist mir in den letzten Monaten erst so richtig klar geworden. Mit der Bank habe ich schon gesprochen, unser Haus ließe sich bestimmt gut verkaufen, haben sie gesagt.« Tobias strich sich durch die Haare.

Ravi versuchte, sich aus seinen Gedanken zu winden. Er konnte das nicht alles mit sich allein austragen. Er fühlte sich gerade so weit von Tobias entfernt wie noch nie. Der Kollege beschäftigte sich nur noch mit sich selbst und fokussierte sich einzig und allein auf den nächsten Anruf daheim oder die Vorbereitung des wöchentlichen Therapeutentermins. Was im Team wirklich abging, merkte er nicht mehr.

»Ich habe Harro heute Morgen an der Tankstelle am Gutenberg-Center mit Slobodan Cvetkovic gesehen.« Ravi wusste nicht, ob es eine gute Idee war, Tobias einzuweihen. Aber er konnte das einfach nicht länger allein durchstehen.

Sie fuhren schweigend am Schifffahrtsmuseum vorbei. Tobias starrte nach vorne auf die Rheinstraße. Links ging es zum Kulturzentrum ab, das in der alten Garnisons-Waschanstalt untergebracht war, einem mächtigen Backsteingebäude aus dem späten 19. Jahrhundert. Früher hatte Ravi hier regelmäßig den größten Teil des Wochenendes verbracht. Die Partys im KUZ waren legendär.

»Bist du dir sicher?« Tobias' Stimme klang belegt.

»Ja, sie standen an seinem Wagen und haben miteinander gesprochen. Das konnte ich ganz deutlich erkennen. Ich habe auf Höhe der Tankstelle an der Ampel anhalten müssen. Eine Verwechslung ist ausgeschlossen und das Ganze kaum ein Zufall an einem Tag, an dem wir wenig später die Leiche von Cvetkovics Handlanger finden.« Ravi setzte den Blinker. Er musste abbremsen, um die entgegenkommenden Autos durchzulassen, bevor er selbst nach links in Richtung Winterhafen abbog.

»Und jetzt statten wir seinem Sohn einen Besuch ab.« Tobias schüttelte ungläubig den Kopf. »Weißt du, dass ich mich vorhin gewundert habe, warum er nicht mitkommt?«

»Die wissen längst, dass wir im Anmarsch sind.«

»Also treffen wir gleich nicht nur auf den Sohn und vermutlich den Vater, sondern auch auf zwei schmierige Anwälte, die genau darauf achten, was wir an Verdächtigungen vorbringen und wie ihr Mandant sich äußert. Das Alibi ist ausgearbeitet, und wir werden nach zehn Minuten freundlich hinauskomplimentiert, weil es nichts mehr zu sagen gibt.« Tobias fuhr sich wieder durch die Haare.

»So habe ich mir das auch in etwa ausgemalt. Wir spielen die nützlichen zwei Idioten. Für Harro ist es natürlich besser, wenn er nicht dabei ist. Er kann ja uns schicken. Dann machen wir uns zum Deppen und lassen uns ein wenig vorführen, nicht er. Das ist genau die Herausforderung, die ich als Polizist bei der Kripo gesucht habe.«

Tobias' nächste Worte trafen Ravi mit voller Wucht.

»Glaubst du, er hat die Seiten komplett gewechselt?«

27

Die zehntausend Euro unter der Matratze in seiner Wohnung mussten verschwinden, und er brauchte einen ruhigen Kopf für alles, was in den nächsten Tagen noch auf ihn zukam: Harro ging seine beiden Probleme in genau dieser Reihenfolge an.

Die Vernehmung von Kilian Oberländer hatten sie unterbrochen, nachdem der Enkel der Opfer sein Alibi für die mutmaßliche Tatzeit präsentiert hatte, um seine Angaben zu überprüfen. Von der Lieberknecht war in der Zwischenzeit der vorläufige Obduktionsbericht im Fall Oberländer eingetroffen. Der Todeszeitpunkt der Eheleute lag etwa in dem Bereich, den sie aufgrund des letzten angenommenen Telefonanrufs bereits vermutet hatten. Irgendwann zwischen drei und sechs am Samstagnachmittag waren die beiden ermordet worden. Sie durch den Hieb auf den Hinterkopf mit der Bronzebüste, er durch Ersticken. Sie war sofort tot gewesen. Er hatte sich gegen den Druck, den der Mörder mit dem Kopfkissen ausgeübt hatte, nicht wehren können, weil ihm seit dem Schlaganfall die Kraft für einfache Bewegungen fehlte.

Kilian Oberländer war zum Zeitpunkt des Mordes an seinen Großeltern im Stadion gewesen. Mainz spielte vor knapp dreißigtausend Zuschauern gegen Köln. Neben seinen Kumpels, die sich damit praktischerweise gegenseitig ein Alibi gaben, hatten ihn noch sein ehemaliger Sportlehrer und ein halbes Dutzend weiterer Dauerkarteninhaber gesehen, die ihre angestammten Stehplätze im Q-Block eisern verteidigten und sich untereinander kannten. Damit waren ein schnelles Geständnis und die Lösung des Mordfalls in weite Ferne gerückt. Entweder hatte er wirklich nichts damit zu tun, oder es steckte doch mehr Planung dahinter, als er ihm bislang zugetraut hatte. Ein Fußballspiel mit Pause war geeignet, um zwischendurch seinen Platz im Getümmel der Stehtribüne zu verlassen und nach Laubenheim zu fahren. Sein Alibi geriet dadurch zumindest leicht ins Wanken. Wenn man sich ein Motorrad dafür besorgte, konnte man sogar ziemlich nah am Stadion parken und wäre noch schneller wieder zurück. Genauso gut konnte er aber auch seine zwei Komplizen geschickt haben, die schon die Anrufe übernommen hatten und zu den Großeltern fuhren, während er im Stadion einen der seltenen Mainzer Heimsiege dieser Saison bejubelte.

Letztere Variante war sowohl mit als auch ohne Kilian Oberländers direkte Beteiligung denkbar. Es würde ihn nicht wundern, wenn sich in seinem Freundeskreis schnell herumgesprochen hätte, dass man als Enkel bei den Oberländers stets ein paar Scheine lockermachen konnte. Das Umfeld mussten sie sich genau vornehmen. Akribische Detailarbeit, die viel Zeit in Anspruch nehmen würde. Das Stakkato der Anrufe am Samstag ab dem frühen Morgen passte aber dazu. Die Großmutter war systematisch unter Druck gesetzt worden. Eine sich steigernde Intensität, die Panik schuf und den Raum für klare Gedanken nahm. Die Nummer der Polizeidienststelle und die grüne Faser am Tatort deuteten auf den Polizistentrick hin. Dazu passte auch, dass sie im Verpackungskarton im Wohnzimmer nicht nur das Geld, sondern auch den Schmuck aus dem Schlafzimmer versteckt hatte.

Die Situation war dann aus irgendeinem Grund eskaliert. Hereingelassen hatte sie den oder die Polizisten noch, weil sie in ihren grünen Jacken zunächst echt aussahen. Die Farbe hatte sich insbesondere älteren Leuten über Jahre so sehr ins Bewusstsein eingeprägt, dass die Uniformen weiterhin vertraut wirkten. Dann schien ihr klar geworden zu sein, dass das alles nur eine schlechte Verkleidung war. Vielleicht hatte sie gedroht, die echte Polizei zu rufen, und der Täter sah sich gezwungen, sie daran zu hindern.

Stephanie hatte er mit den Hintergrundrecherchen betraut.

Sie wollte auch noch einmal beim Netzbetreiber nachfassen. Er musste nicht neben ihr sitzen, wenn sie Anschriften und Uhrzeiten notierte. Tobias und Ravi waren beschäftigt. Ihm bot sich also ausreichend Freiraum, um überlebensnotwendige Erledigungen zu tätigen, bevor es zu spät war.

Die Hälfte des Geldes steckte jetzt in seiner Hosentasche. Heute Abend würde er still genießen und sich für alles entschädigen, was so urplötzlich über ihn hereingebrochen war. Den Rest hatte er in zwei Plastiktüten doppelt eingeschlagen und im Keller unter dem Lattengitter des Verschlags seiner gebrechlichen Nachbarin aus dem ersten Stock hindurchgeschoben. Sie war so unsicher auf den Beinen, dass sie schon lange nicht mehr in den Keller hinabstieg, da die Stufen schmal und viel zu hoch für sie waren. An ihrem Kellerabteil hing ein großes, rostiges Schloss, das den Zugang erschwerte. Dahinter stapelten sich mürbe Umzugskartons, in denen sie die langsam verrottenden Klamotten ihres vor etlichen Jahren verstorbenen Ehemanns bewahrte. Ob sie die stille Hoffnung hegte, dass er irgendwann von den Toten auferstand und dann nicht nackt herumlaufen wollte, blieb ihr Geheimnis. Seins war das flache Päckchen, das er so unter einen der Kartons hatte schieben können, dass es unsichtbar wurde und dennoch für ihn erreichbar blieb. Er musste die zweite Hälfte des Geldes also nicht auch noch in den nächsten Tagen hektisch auf den Kopf hauen.

Damit war das erste Problem so weit gelöst. Der Rest wog aber eindeutig schwerer. Harro stöhnte und stapfte weiter durch die Dämmerung, die sich über den Großen Sand gelegt hatte. Er war gerne in dieser Dünenlandschaft unterwegs, die sich an Gonsenheim anschloss. Mit dem Betreten des Naturschutzgebietes kam er sich vor wie in einer anderen Welt. Die sandigen Pfade schlängelten sich durch die Steppe und auf Dünenkuppen hinauf, die man hier, nicht weit vom Rhein entfernt, kaum vermutete. Jeden Moment erwartete man, hinter der nächsten Erhebung das rauschende Mittelmeer zu erblicken, auch wenn es dann bloß die Autobahn war, die das ökologisch wertvolle Terrain und die Stille durchschnitt.

Harro drehte hier gerne seine Runden, wenn er den Kopf freibekommen wollte. Seine Situation war so verfahren, dass sich im Moment kaum gangbare Auswege auftaten. Er lieferte brav, wie Cvetkovic es von ihm einforderte. Was dessen Sohn angetrieben hatte, sich mit Rocco Werner anzulegen, darüber konnte er nur spekulieren. Doch jede Theorie erschien ihm so abwegig, dass er sie umgehend wieder verwarf. Übrig blieben Vermutungen. Sie kreisten um den Alten, seinen Sohn und Rocco Werner, die sich nicht einig waren, wie der Bedrohung durch den Findik-Clan zu begegnen war. Und um Spannungen zwischen dem Sohn, der sich als Nachfolger aufspielte, und der rechten Hand des Alten, die unten am Rhein eskaliert waren.

Vorsichtig tastete Harro nach dem Fundstück, das sich noch immer in seiner Jackentasche befand. Es war sein Faustpfand. Er sah es jetzt ganz klar. Damit konnte er sich loskaufen. Es musste ausreichen, damit der Alte ihn freigab. Das war ein gutes Geschäft für Cvetkovic, das er eingehen würde, um nicht jetzt schon verloren zu haben. Er spürte die Zuversicht, die wärmend in ihm wuchs. Ein zartes Pflänzchen nur, das sich vorsichtig aus der dunklen Erde drückte. Er würde es pflegen und bewahren, damit es die Chance bekam, sich in die Höhe zu strecken. Er musste Cvetkovic nachher anrufen und ihm die Zusammenhänge erklären. Dann war der schwerste Brocken vielleicht schon aus dem Weg geräumt.

Er atmete erleichtert durch und setzte seinen Marsch durch den Sand fort. Man kam hier nie durch, ohne dass sich die Schuhe füllten. Jetzt roch es auch wie ganz nahe am Meer. Das Konzert der Grillen passte dazu. In der Stadt waren sie zu dieser Jahreszeit schon weitgehend verstummt.

Er befühlte das Bündel in seiner Hosentasche. Wenn er für Ordnung sorgte und sich aus der Umklammerung des Alten löste, dann gehörte auch das mit dazu. Heute noch nicht, aber in den nächsten Tagen galt es, auch den zweiten Schritt zu unternehmen. Er musste mit Ravi sprechen. Ihm würde er das Geld aus dem Keller geben.

Er lief jetzt schneller. Der feine gelbe Sand stob um seine Füße. Alles nahm Gestalt an, auch eine Zukunft schälte sich aus der Dunkelheit. Er legte das eigene Schicksal in Ravis Hand. Der junge Kollege hatte ihn beobachtet und gesehen, wie er das Geld eingesteckt hatte. Jetzt musste er entscheiden, wie es weitergehen sollte. Er würde alles zugeben und sich seinem Urteil fügen. Er war selbst längst zu schwach, um es allein aus dieser Sache hinauszuschaffen.

28

Der Aufzug endete im lichtdurchfluteten Wohnzimmer. Die Glasfront des Penthouse gab den Blick frei auf den Yachthafen und den Rhein. In der beginnenden Dämmerung leuchteten die ersten Lampen auf der Gegenseite des Flusses auf. Nach rechts schlossen sich die niedrigen Hallen des Rudervereins, das Bootshaus mit dem Restaurant und die Tennisplätze an. Eine Konstellation, die kaum Wünsche offenließ, solange man über das nötige Kleingeld verfügte.

»Schöne Studentenbude.« Ravi trat als Erster aus dem Aufzug und auf Rajko Cvetkovic zu, der sie bereits erwartete. Er hatte die Ärmel seines hellblauen Hemdes umgeschlagen. Die Haut auf seinen Unterarmen war gut gebräunt. Ravi versuchte, nicht zu offensichtlich dorthin zu starren und nach den Kratzern zu suchen, doch Rajko folgte seinem Blick. Er lächelte überlegen. Auf seinen hohen Wangenknochen zeichnete sich eine leichte Rötung ab. Sein Seitenscheitel war gerade. Er trug eine hellbeige Hose, die über den Knöcheln endete. Mit nackten Füßen stand er auf den dunklen Holzdielen. Die Szenerie vermittelte den Eindruck, als wären sie an Deck einer mondänen Yacht zum Sundowner zusammengekommen. Auf einem Barhocker neben dem Küchenblock saß eine weitere Person. Der Mann hatte schwarze Haare. Nur kurz blickte er von dem Laptop hoch, der vor ihm auf dem Tresen stand.

»Axel Berlepsch.« Rajko deutete eine knappe Bewegung an. »Ein guter Freund aus dem Studium. Ich gehe davon aus, dass es kein Problem darstellt, wenn er hier bei uns bleibt.« Eine Antwort darauf schien er nicht abwarten zu wollen. Er eilte ihnen voran auf die Glasfront zu, vor der mehrere Sessel mit weißem Lederbezug um einen niedrigen Tisch angeordnet standen. »Ja, wir ziehen das Leben hier in Mainz dem Studentenwohnheim im Rheingau eindeutig vor.« Er grinste und drehte sich im Laufen kurz zu ihnen um. »Da wollen Sie nicht leben. Oestrich-Winkel, der Name sagt alles. Da ist nichts mit abwechslungsreicher Clubszene und Party von Donnerstag bis Sonntag. Wer die Zeit ein wenig genießen möchte, der wohnt in Mainz, Wiesbaden oder Frankfurt. Außer beim Trainingslager für die Erstsemester geht da nicht viel. Und das war vor ein paar Jahren auch noch besser. Bis einige es übertrieben und sich dabei so bescheuert angestellt haben, dass sie von Rettungssanitätern aus den Weinbergen geholt werden mussten, um auf der Intensivstation auszunüchtern.«

Ravi war das Geplänkel jetzt schon zuwider. Er hätte ihn am liebsten gepackt und so lange geschüttelt, bis alles aus ihm heraus war. Je länger er ihn bearbeitete, desto mehr Wahrheiten sollten aus ihm herauspurzeln.

Eine kreisrunde Dome-Kamera hing neben der silbern glänzenden, mächtigen Dunstabzugshaube an der Decke. Es würde ihn nicht wundern, wenn ihre Unterhaltung in einem separaten Raum aufmerksam verfolgt würde, um einschreiten zu können, falls sie die falschen Fragen stellten oder der Junior Antworten gab, die nicht zur Verteidigungstaktik passten, für die Harro die nötigen Informationen lieferte. Saß der nebenan mit dabei und pfiff sie mit einem Anruf zurück, falls sie zu forsch vorgingen? Der Gedanke nahm in seiner Vorstellung sogleich Gestalt an: Der Chef, zusammen mit dem alten Cvetkovic und dem erfahrenen Anwalt der Familie, begleitete ihren Auftritt hier oben über den Dächern von Mainz. Ganz entspannt und in den Sesseln zurückgelehnt saßen sie bei einem leichten Grauen Burgunder und warteten auf die beiden jungen Ermittler. Nur zu gerne hätte er diese Vermutung mit bohrenden Fragen und übermütigen Blicken in Richtung des Kameraauges zu belegen versucht. Aber damit hätte er sich nur noch lächerlicher gemacht als ohnehin schon. Wenn der Chef bis vor Kurzem noch hier gewesen wäre, hätte er das außerdem gerochen. Dieser Gedanke amüsierte ihn, wenn auch nur kurz. Harro hinterließ eine Duftmarke, für die man keinen Mantrailer benötigte.

»Darf ich Ihnen beiden einen Gin Tonic anbieten? Von der Uhrzeit passt das, oder steht bei Ihnen kein Feierabend an? Haben Sie noch weitere Termine?« Er langte bereits nach einem der bereitstehenden Gläser und zog aus der reichhaltigen Auswahl auf dem Beistellwagen zielsicher eine Flasche heraus. »Ich habe hier einen regional produzierten Gin, ein Winzer auf der anderen Rheinseite stellt ihn her. Er nutzt unter anderem Traubenblüten aus seinen Weinbergen als Botanicals. Ich finde ihn wirklich sehr gelungen«, sagte er und nickte kennerhaft.

Ravi war es jetzt eindeutig zu viel. Da Tobias keinerlei Anstalten machte einzuschreiten, lag es wohl an ihm, das Palaver zu beenden.

»Nein, wir möchten es uns hier nicht gemütlich machen und auch keinen Drink. Es wird schnell gehen. Sie wissen, warum wir hier sind?«, begann Ravi schroff. Er widerstand dem Drang, erneut in die Kamera zu starren.

»Ja, es tut mir sehr leid. Der Tod unseres Mitarbeiters ist ein schwerer Verlust, vor allem für meinen Vater, der viele Jahre vertrauensvoll mit ihm zusammengearbeitet hat, aber auch für mich. Unser Mitgefühl in dieser schweren Stunde gilt Roccos Familie.«

Amen. Gerne hätte er sich jetzt demonstrativ bekreuzigt und den Blick zur Schweigeminute gesenkt. Die Zurückhaltung kostete viel Kraft. Der dunkelhaarige Kommilitone blickte kurz von seinem Bildschirm auf. Er versuchte, nicht sonderlich interessiert zu wirken. Ravi fühlte, wie Hitze und Zorn kontinuierlich weiter in ihm aufstiegen. Er wollte das hier schnellstens hinter sich bringen.

»Sie haben sicherlich eine ganz einfache und plausible Erklärung für uns, warum wir Hautschuppen von Ihnen unter den Fingernägeln von Rocco Werner finden konnten.« Er starrte Rajko Cvetkovic in die Augen. Er hegte einen Rest Hoffnung, dass sich dort eine Regung zeigen würde, die ihm bewies, dass er mit allen seinen Vermutungen richtiglag. Doch der Sohn des Paten von Mainz ließ sich nicht aus der Reserve locken. Er blieb ruhig und souverän. Seinen rechten Arm drehte er jetzt lässig ganz bewusst so, dass Ravi den knapp zehn Zentimeter langen Striemen auf der Innenseite des Unterarms erkennen konnte. Dann erst redete er mit entspannter Miene weiter.

»Das wundert mich nicht. Wir waren gestern Abend zusammen in der Riesling-Bar am Rheinufer.«

»Dafür gibt es sicherlich Zeugen?«

»Axel war auch mit dabei.« Rajko Cvetkovic hielt kurz inne und wartete, bis sein Freund pflichtschuldig nickte. »Es war intensiv.« Er lachte vielsagend auf. »Ich habe mein Weinglas umgestoßen. Rocco und ich haben gleichzeitig danach gegriffen. Ganz taufrisch waren wir da beide schon nicht mehr. Dabei muss er mir den Kratzer an meinem Arm verpasst haben. Eine ordentliche Schramme, die das Glas auch nicht gerettet hat.« Er lächelte zufrieden. »Bemerkt habe ich das erst heute Morgen. Gegen zehn haben wir alle zusammen die Bar verlassen. Axel und ich sind dann hierher und haben noch einen Absacker auf meiner Terrasse getrunken. Rocco wollte nach Hause. Was ihn dann zum Rheinufer getrieben hat, das kann ich Ihnen leider nicht sagen. Ich habe mir selbst schon den Kopf darüber zerbrochen.«

»Wie lange saßen Sie beide hier noch zusammen?« Ravi lächelte süffisant. »Die ganze Nacht wird es ja nicht gewesen sein.« Herausfordernd starrte er jetzt in die Kamera an der Decke. Sie sollten ruhig sehen, dass er das Ganze für ein Theater hielt.

»Die ersten Vögel haben schon gezwitschert, und es wurde langsam hell. Es war ja eine ganz milde, fast föhnige Nacht. Da nutzt man die Terrasse mit dem Blick auf den Rhein gerne aus. Wir haben den Gin fast ganz geleert und den neuen Tag am

Ende mit einem torfigen Whiskey begrüßt.« Rajko Cvetkovic ließ sich nicht aus der Ruhe bringen.

»Na, dann sind ja alle Unklarheiten beseitigt. Im Zuge unserer Ermittlungen werden sicherlich noch mehr Fragen auftauchen. Es kann also gut sein, dass wir uns noch mal begegnen werden.« Ravi lächelte.

»Der Besitzer der Bar, direkt am Wasser, nicht weit vom Hilton, ist ein guter Bekannter. Er wird Ihnen gerne alles bestätigen. Ich habe Ihnen seinen Namen und die Anschrift schon notiert.« Er nahm einen Zettel vom Beistelltisch und reichte ihn Ravi unverhohlen grinsend. »Wenn Sie keine weiteren Fragen an mich haben und auch keinen Gin Tonic mit uns trinken möchten, dann würde ich Sie jetzt zum Aufzug begleiten. Kommen Sie gerne wieder, wenn es noch etwas zu klären gibt oder Sie die Aussicht hier oben bei einem Drink genießen möchten.«

Ravi war froh, als sich die Aufzugtür endlich schloss und er Cvetkovics überhebliches Grinsen nicht mehr sehen musste. Er kämpfte mit sich und seinen aufgestauten Emotionen, die nach außen drängten. Zu gerne hätte er den gläsernen Innenraum der Kabine in Schutt und Asche gelegt. Seine Hände waren zu Fäusten geballt, und er bebte vor Zorn. Schweigend fuhren sie hinunter ins Erdgeschoss und liefen die wenigen Meter bis zum Wagen. Erst dann begann Tobias, gedämpft zu reden.

»Der war gut vorbereitet.«

Ravi nickte. Er knirschte mit den Zähnen. »Ja, das konnte man nicht übersehen«, entgegnete er verbissen.

»Ich kann immer noch nicht glauben, dass Harro Informationen durchsticht.« Tobias schüttelte enttäuscht den Kopf.

Ravi seufzte. Er konnte die Finger wieder bewegen. Die frische Luft tat gut. »Ich weiß einfach nicht mehr, was ich noch glauben soll. Am liebsten wäre es mir, wenn ich das alles nur geträumt hätte. Wenn ich ihn in der Schlange an der Tankstelle zwar gesehen, aber einfach die falschen Schlüsse daraus gezogen hätte. Sie sind sich zufällig begegnet, Harro und Cvetkovic kennen sich nicht. Es war schlicht ein Gespräch über den milden Oktober und die schwankenden Spritpreise.«

Sie hatten das Auto erreicht.

»Sollen wir zurück ins Präsidium oder lieber noch ein Glas Wein im Holztor trinken?« Tobias zog sein Handy heraus, das kurz aufsummte, und kontrollierte rasch die Nachrichten. »Harro hat vor ein paar Minuten geschrieben. Feierabend.« Er blickte auf. »Das ist die erste Woche bei der Kripo, die ich erlebe, wo nach Mordfällen trotzdem pünktlich Schluss gemacht wird. Allein das muss einen nachdenklich stimmen.«

Ravi suchte in seiner Hosentasche nach dem Schlüssel. Tobias redete weiter. »Wollen wir Harro mit dazunehmen?«

»Ich glaube, ich möchte heute einfach nur nach Hause. Auf den Chef habe ich keine Lust. Am Ende hat er schon Standgas, bis wir uns dort treffen, und mit zwei Promille kann er sowieso kein sinnvolles Gespräch mehr führen.« Er klang resigniert.

Tobias stimmte kaum merklich nickend zu.

29

Vier Tage zuvor

»Guten Abend, Frau Oberländer, bitte entschuldigen Sie die späte Störung.«

Er lauschte und versuchte zu ergründen, ob sie ihn inzwischen an der Stimme erkannte. Mehrmals rauschte es in seinem Ohr, weshalb er dann doch noch mal nachhakte. »Hören Sie mich, Frau Oberländer?« Er sollte nicht zu lange warten. Sie schien überhaupt nichts zu kapieren. Wahrscheinlich hätte er doch besser gleich gestern noch mal bei ihr angerufen. Die Zeitspanne war eindeutig zu groß bemessen und sie schlicht zu alt, um sich Dinge so lange merken zu können. Litt nicht das Kurzzeitgedächtnis am meisten im Alter? Jetzt konnte er also ganz von vorne anfangen und sich währenddessen schon mal überlegen, wie das noch mit dem Zeitplan zusammenpasste.

»Herr Spangenberg von der Polizei, nicht wahr?« Sie klang erfreut. »Das ist aber schön, dass Sie sich melden.«

»Sie haben mich an der Stimme erkannt?« Er tat erstaunt. »Dann bin ich bei Ihnen genau richtig.« Er schluckte so laut, dass sie es hören konnte. Umständlich räusperte er sich und reckte sich in die Höhe. »Mir wäre es eigentlich viel lieber, wenn wir uns nicht schon wieder sprechen müssten.« Er atmete betont sorgenvoll durch die Nase aus. Noch einen kleinen Moment ließ er das Gesagte Raum greifen und Wirkung entfalten. Dann schob er ein paar Papiere zur Seite, die vor ihm auf dem Tisch lagen. Das Rascheln sollte zu hören gewesen sein. Jetzt musste er zügig zum Punkt kommen, sonst klang es übertrieben. »Meine Kollegen waren heute am frühen Morgen bei Ihnen in Laubenheim.« Er unterbrach sich, weil er nicht ganz glücklich mit dieser Einleitung war. »Nur den aufmerksamen Nachbarn in der Schubertstraße ist zu verdanken, dass nicht mehr passiert ist. Sie haben das Splittern von Holz gehört und richtig reagiert. Zuerst haben sie uns informiert, dann Lärm gemacht und die Einbrecher dadurch noch rechtzeitig vertrieben, bevor sie über den Balkon in die Wohnung nebenan einsteigen konnten. Die Bewohner haben tief und fest geschlafen. Sie haben bis zu unserem Auftauchen nichts von der ganzen Sache mitbekommen und von der Gefahr, in der sie schwebten.«

»Oje. Man kann sich ja nirgendwo mehr sicher fühlen.« Sie klang wirklich betroffen und fühlte mit den Opfern.

»Da sprechen Sie uns aus der Seele. Es sind wirklich gefährliche Zeiten. Wir bei der Polizei bemühen uns nach Kräften, aber oft kommen wir, so wie auch heute Morgen, schlicht zu spät.« Er schwieg und wartete. Die Anspannung am anderen Ende der Leitung glaubte er deutlich zu spüren.

»Sie haben die Einbrecher nicht fassen können?«

»Nein, leider ist das den Kollegen nicht gelungen. Die Kriminellen waren längst verschwunden, als wir eintrafen.« Er überlegte kurz, wie er jetzt weitermachen sollte. Er durfte nicht zu weit gehen, nicht zu diesem Zeitpunkt.

»Dann sind sie noch da draußen?« Das Zittern in ihrer Stimme war unverkennbar. Sie schaffte es jedoch, gefasst zu bleiben.

»Ja, das ist natürlich beunruhigend. Es bietet sich uns dadurch aber auch die Möglichkeit, bei der nächsten Gelegenheit die ganze Bande auf einen Schlag zu fassen.« Er raschelte wieder mit den Papieren und hustete. »Wir kennen jetzt das Schema, nach dem sie vorgehen, und möchten daher die aufmerksamen Menschen, zu denen wir schon Kontakt haben, sensibilisieren.« Er blätterte die Seiten hin und her und tat geschäftig. »Günter, bitte noch einen Moment. Ich rede gerade mit Frau Oberländer, auf die wir sicher auch zählen können. Dann besprechen wir uns mit den Kollegen.« Er reckte sich noch einmal auf dem Stuhl in die Höhe und ließ dann das Blatt fallen. »Entschuldigen Sie bitte die kurze Unterbrechung. Bei uns ist jetzt natürlich jeder verfügbare Kollege im Einsatz.« Wieder musste er husten. Er schien sich eine Erkältung eingefangen zu haben. Vielleicht war es aber auch die Anspannung, die dieses trockene Empfinden in seinem Rachen verursachte, das einfach nicht abklingen wollte.

»Was kann ich tun?« Sie ging schneller darauf ein, als er für möglich gehalten hatte.

»Nun, die Verbrecher festzunehmen, bleibt schon noch unsere Aufgabe.« Er kicherte jovial. Das klang wirklich albern. Darauf sollte er in Zukunft verzichten. Schnell legte er neue Geschäftsmäßigkeit in seine Stimme. »Bitte seien Sie aufmerksam. Schließen Sie Türen und Fenster. Bleiben Sie zu Hause in Ihrer Wohnung und suchen Sie nicht den Kontakt zu anderen. Wir wissen nicht, über welche technischen Fähigkeiten diese Bande verfügt. Es kann durchaus sein, dass sie Telefone abhören und dadurch gewarnt werden. Unsere Telefonverbindung ist sicher. Ich melde mich spätestens morgen wieder bei Ihnen. Wenn wir die Einbrecher gefasst haben, gebe ich Entwarnung.« Er drückte sich aus dem Sessel in die Höhe. »Vielen Dank, Frau Oberländer, dass wir auf Sie zählen können.«

30

Ravi hatte kurz in Erwägung gezogen, vom Präsidium aus direkt zu Sandra zu fahren. Sie kam aber erst in der Nacht vom Dienst, und er wollte bis dahin nicht allein in ihrer Wohnung herumsitzen, um sich dann doch im letzten Moment dafür zu entscheiden, weiterhin niemanden außer Tobias in seine Beobachtungen und Gedanken einzuweihen. Er durfte sie nicht auch noch in den Sumpf hineinziehen, in dem er schon bis zum Hals steckte. Er brauchte Zeit für sich und Ruhe, um das Durcheinander in seinem Kopf noch einmal genau in Augenschein zu nehmen. An Ordnung war noch nicht zu denken.

Vorsichtig nippte er an dem Kräutertee, den Sandra vor ein paar Wochen mitgebracht hatte. Die Kombination aus Zitronengras, Himbeerblättern, Ingwer und grünem Pfeffer entfachte ein zunächst sanftes, dann aber anschwellendes Feuer in seinem Mundraum und auf der Zunge. Ob die Schärfe des Ingwers oder des Pfeffers dafür verantwortlich war, ließ sich nicht eindeutig feststellen. Wohlige Wärme stieg in ihm auf.

Er bereute es nicht, Tobias' Vorschlag für einen Feierabend-Schoppen in der Weinstube am Holztor abgelehnt zu haben. Wie früher wäre es doch nicht gewesen. Die gewohnt urige Umgebung dort hätte ihm nur noch deutlicher gezeigt, was alles kaputtgegangen war. Harros nach dem vierten Glas meist großspurige Ausgelassenheit hätte gefehlt. Letztlich hätte sich der ganze Abend nur um ihn und alle möglichen Mutmaßungen gedreht, die sie dabei nur geflüstert und äußerst vorsichtig hätten äußern können, weil es in der gemütlichen, alten Kneipe meist so voll war, dass man sich den Tisch mit anderen teilte. Das gehörte zur rheinhessischen Geselligkeit dazu. Hier in Mainz ging man nicht mit der Absicht in ein Gasthaus, separat und für sich allein an einem Einzeltisch zu sitzen. Gerade die launigen Unterhaltungen, die aus der jeweiligen Konstellation des Abends erwuchsen und häufig zwischen blankem Unsinn sowie philosophisch-politischem Tiefgang verliefen, lockten nicht wenige vom eigenen Sofa an den mit fremden Menschen geteilten Tisch. Genau das war es aber, was er heute Abend nicht ertragen konnte.

Er nahm noch einen Schluck aus dem großen Becher und faltete dann die zusammengerollten Blätter auseinander, die er schon beim Nachhausekommen aus seiner Jacke gezogen hatte. Der heutige Tag hatte ihm keine ruhige Minute beschert, in der er die Papiere aus Norberts Büro hätte ansehen können. Auch wenn er nicht daran glaubte, wirkliche Neuigkeiten zu erfahren, so fühlte er doch, wie sich die Anspannung seiner bemächtigte und sein Puls sich sachte beschleunigte. So ging es ihm bei jedem noch so dünnen Strohhalm, nach dem er griff, um mehr über seine Herkunft zu erfahren.

Der von Norbert unterschriebene Auftrag an die Detektei Bröhler vom Februar 1998 und mehrere handschriftliche Notizen über die Anweisung einzelner Summen für Auslagen und Honorare bewiesen, dass sein Vater sich ernsthaft darum bemüht hatte, mehr herauszubekommen, als die Adoptionspapiere und die Geburtsurkunde hergaben. Ein erster knapper Zwischenbericht vom Mai 1998, den Ravi schnell überflog, listete die Bemühungen des Privatermittlers auf. Über die deutsche und die Schweizer Botschaft in Colombo liefen Anfragen bei den lokalen Behörden, die auch nach mehrmaligem Nachfragen zunächst unbeantwortet blieben. Ein weiterer kurzer Bericht vom August 1998 vermeldete, dass die Behörden vor Ort die Richtigkeit der Geburtsurkunde und die Gültigkeit des Adoptionsverfahrens bestätigten. Als Anlage waren die Schreiben der beiden Botschaften im Original beigefügt. Norbert hatte im Bericht der Detektei mit einem roten Stift die Worte »korrekt«, »keine Beanstandungen« und den »Gesetzen entsprechend« mehrfach unterstrichen.

Ravi rieb sich über die schmerzenden Augen. Sie brannten. Die Buchstaben sah er nur noch verschwommen. In seinem

Kopf baute sich ein Druck auf, der kontinuierlich anschwoll. Die beiden kleinen, vergilbten Zeitungsausschnitte zerfielen fast unter seinen Berührungen. Der größere bestand bereits aus vier Einzelteilen. Er empfand einen wachsenden Drang, das alles zu zerreißen. Nur winzige Fetzen sollten übrig bleiben, die er hinterher die Toilette hinunterspülen oder im Hinterhof anzünden konnte.

Bevor seine Augen ihm den Dienst versagten, sprangen Ravi noch die Überschriften entgegen: »Kriminelle Adoptionspraktiken in Sri Lanka?« Das war also der Auslöser gewesen. Seinen Adoptiveltern war es nicht darum gegangen, die Herkunft ihres Sohnes aufzuklären oder einen Kontakt zur leiblichen Mutter herzustellen. Sie hatten keine Antworten auf seine drängenden Fragen gesucht. Norbert war einzig um seinen Ruf besorgt gewesen, auf den er und Gisela größten Wert gelegt hatten. Als Arzt mit einer gut gehenden Praxis in einer überschaubaren Kleinstadt konnte man sich einen Skandal nicht leisten, und schon gar keine Ermittlungen wegen gesetzwidrigem Vorgehen.

Unter dem Briefkopf der beiden Botschaften hatte man ihm die Absolution erteilt. Für Norbert und Gisela war die Welt damit wieder geradegerückt. Sie hatten ein notleidendes Kind adoptiert, das den eigenen Lebensentwurf nach dem Medizinstudium, der Übernahme der Praxis und dem Hausbau abrundete. Zum Glück war dabei alles mit rechten Dingen zugegangen. Sie brauchten sich also keine Vorwürfe zu machen. Dass ihr Sohn zu diesem Zeitpunkt schon vehement nach seiner Herkunft und der leiblichen Mutter fragte, spielte keine Rolle.

Er konnte immer mehr nachvollziehen, warum etliche der adoptierten Menschen, die er über das Netzwerk kennengelernt hatte, keinen oder nur noch einen sehr losen Kontakt zu ihren Adoptiveltern pflegten. Nur wenige von ihnen hatten sich die Mühe gemacht, das Trauma ihres Kindes ernst zu nehmen und ihm die Chance zu geben, es aufzuarbeiten. Seine

Herkunft nicht zu kennen, der leiblichen Mutter womöglich entrissen worden zu sein und das eigene Leben als eine Aneinanderreihung großer Lügen zu verstehen, waren Quellen der Unsicherheit und Verzweiflung, geeignet, um Menschen zu zerstören. Die meisten Eltern der in den achtziger und neunziger Jahren adoptierten Kinder hielten jedoch stoisch an ihrem Weltbild fest, in dem Glück und Erfolg das Ergebnis physischer und finanzieller Sicherheit waren, und erstickten die Identitätssuche ihrer Adoptivkinder so wie Gisela und Norbert mit ihren ständigen Forderungen nach Dankbarkeit jedes Mal schon im Ansatz.

31

Die Straßenlaterne gab ihm Halt. Harro lehnte sich an das schwarze Metall und drückte gleich darauf auch seinen dröhnenden Schädel dagegen. Er hoffte auf Kühlung, stattdessen übertrug das Eisen ein monotones elektrisches Surren über seine Stirn in den dumpf pochenden Innenraum dahinter. Schmerz empfand er nicht. Es herrschten Leere und eine Unwucht, die ihm alles erschwerte. Das Laufen, das Nachdenken und die Verdauung von dem, was er seinem Körper in den letzten Stunden kontinuierlich zugeführt hatte. Er atmete schwer und verharrte weiter in dieser Ruheposition, die ihm zumindest die schwierige Aufgabe, den wankenden Körper in der Senkrechten zu halten, abnahm.

Jetzt begann die Phase der Melancholie. Er kannte das zur Genüge. Sie kündigte sich immer auf die gleiche Weise an. Er bereute zunächst die Einzelentscheidungen des Abends. Wog ab, was er stattdessen alles hätte erleben und tun können, wenn er nicht an diesem oder jenem Ort gestrandet wäre. Hätte, hätte, Fahrradkette. Von wem war das noch gleich? Stromberg, in seiner Serie. Aber so richtig bekannt geworden war es erst vier Jahre später, als Peer Steinbrücks Wahlkampf gegen Angela Merkel schon reichlich ins Stottern geraten war und sein Slogan »Das Wir entscheidet« floppte. Der Spruch wurde bereits seit Jahren von einer südwestdeutschen Leiharbeitsfirma als Unternehmensmotto in der Werbung genutzt. Ein Umstand, den die TAZ damals mit der Überschrift »Zu blöd zum Googeln« betitelte und der Steinbrück im »Morgenmagazin« zu besagtem Ausspruch verleitete, der ihn medial überlebte.

Wenn der Alkohol seine Wahrnehmung sedierte, dann drangen Erinnerungen aus tieferen Schichten so klar nach oben, dass er sich manchmal selbst erstaunt die Augen reiben musste. Er hielt die Laterne weiter fest, damit sie nicht umfiel. Er kicherte wie ein krankes Legehuhn. Der Boden wankte unter seinen Füßen. Das Metall in seinen Armen bog und dehnte sich, woraufhin er es noch inniger umschlang, um die Katastrophe zu verhindern. In seinen Ohren fauchte ein Sturm. Das tiefe Horn eines Schiffs drang von fern bis in seinen Gehörgang. Zu viele Eindrücke, die alle gleichzeitig auf ihn niederprasselten. Würgend erbrach er sich auf das Pflaster der Malakoff-Terrasse. Ein platschendes Geräusch, das ihn daran erinnerte, wo er eigentlich hinwollte. Rheinkilometer 497. Er brauchte frische Luft, Bewegung und das monotone Geräusch der Wellen, die gegen die Uferbefestigung klatschten. Der Weg dorthin erschien ihm jetzt wie eine Tagesreise. Zu viele Feinde hatten sich gegen ihn verschworen. Nur auf allen vieren bestand eine realistische Aussicht, das Ziel unversehrt zu erreichen. Die Fallhöhe reduzierte er damit auf ein erträgliches Höchstmaß.

Noch einmal spuckte er aus. Viel kam aber nicht mehr. Sein Körper wollte den Rest vorerst bei sich behalten. Er versuchte, seine Gedanken zu sortieren und die Stationen der Nacht in die richtige Reihenfolge zu bringen. Wobei das eigentlich keine Rolle spielte. Er hatte in den Puff gewollt. Zu Cvetkovics Mädchen, die einen nicht über den Tisch zogen. Der Alte hatte sie doch wie ein Marktschreier angepriesen. Für all das, was er für ihn tun musste, konnte er ihn ruhig ein wenig entschädigen. Bei allen hatte er mehr als einen gut! Jetzt war es an der Zeit, auch mal etwas zurückzufordern. Er hatte brav und reichlich geliefert, gleich nachdem er sich auf den Weg gemacht hatte. Cvetkovic wusste jetzt, dass er sich schleunigst um seinen Sohn kümmern musste. Seinen Zufallsfund vom Tatort am Rheinufer behielt er vorerst. Das war seine Lebensversicherung. Die löste er erst auf, wenn Gras über die ganze Sache gewachsen war und sich der Alte an die Absprachen hielt.

Danach hatte er auf ein paar Runden in den Keller gewollt,

so lange, wie das Geld dafür ausreichte und seine Glückssträhne andauerte. Die Italiener würden sich wundern, wenn er sie mit seinen Einsätzen vor sich hertrieb. Den Abschluss hätte er in der »Nachtschicht« gemacht, wo es morgens um fünf noch etwas Warmes zu essen gab und die Klamotten hinterher so wunderbar nach Rauch stanken, dass man darüber reichlich sentimental werden konnte.

Planung war alles. Warum er es dann aber nur bis zum Holztor geschafft und sich dort in hohem Tempo ohne eines der legendären Schnitzel kontinuierlich durch die Weinkarte getrunken hatte, konnte er schlicht nicht mehr sagen. Vielleicht war es die zarte Hoffnung gewesen, dort nicht allein zu bleiben. Während der ersten beiden Stunden hatte er jedes Mal, wenn die Glocke am Eingang erklang, den Kopf zur Tür gedreht. Warum hätten sie auch kommen sollen? Das wäre ein sonderbarer Zufall gewesen, den er mit jedem weiteren Glas, das er in wenigen Zügen leerte, für abwegiger erachtete. Dumpf hatte er auf die Tischplatte gestiert und sich rechtzeitig verzogen, als ihm sein Körper die nahende Kapitulation ankündigte.

Es war noch gar nicht so spät oder früh. Er unternahm keinen Versuch, den Eindruck mit einem Blick auf seine Armbanduhr oder das Handy zu verifizieren. Auf dem nicht ganz direkten Weg hierher war ihm eine wippende Straßenbahn begegnet. Es erschien ihm jetzt wie ein Traum, weichgezeichnet und schon fast vergessen, aber es war tatsächlich genau so passiert. Sie war im Schritttempo gefahren, weil sie drohte sonst aus den Gleisen zu springen. Durch die geschlossenen Türen war unaufhaltsam italienische Schlagermusik gedrungen. Sonderfahrt. Italienische Nacht. Adriano Celentano schien den Wohnort und den Beruf gewechselt zu haben: Er verdiente sich seinen Lambrusco jetzt als Fahrtkartenkontrolleur bei den Mainzer Verkehrsbetrieben. »Azzurro, il pomeriggio è troppo azzurro e lungo per me.« – »Blau, der Nachmittag ist viel zu blau und lang für mich.« Treffender konnte sein Zustand in diesem Moment auch nicht beschrieben werden.

An der Haltestelle öffneten sich die Türen der Bahn und entließen einen Lindwurm singender Menschen. Eine Polonaise, die ihn mitzog. Er wurde gepackt und an die nackten, aufgeheizten Schultern einer Frau gepresst, mit der er kaum Schritt halten konnte. Immer wieder rutschten seine Hände von ihrer schwitzenden Haut ab. Er stolperte hinter ihr her, an der Straßenbahn entlang und durch den Hintereingang wieder hinein. Dort drinnen dröhnte die Musik. Adriano Celentano gab alles. Der Kerl war viel zu jung, keine vierzig. Wer nicht eingereiht mitzog, der stand tanzend auf den Sitzen und reckte Weinflaschen in die Höhe. Grauer Burgunder, den sie ihm unter die Nase hielten, sodass er im Vorbeimarsch hastig einen Schluck nehmen konnte. Gierig wie ein Verdurstender unter sengender Sonne. Hoffentlich hatte er sich dabei nicht die Schneidezähne ramponiert. Er strich mit der Zunge darüber. Die Front fühlte sich intakt an. Mehrere Runden war das so weitergegangen, ohne dass es ihm gelungen wäre, auszuscheren. Urplötzlich schlossen sich die Türen, die Bahn fuhr an, und es herrschte wieder Stille. Er stand allein an der Haltestelle, und der Spuk war vorbei. Ein kurzes, sehr lautes Intermezzo, das so abrupt endete, wie es angefangen hatte. In seinen Ohren hallte der singende Italiener nach.

Vorsichtig hob Harro den schweren Kopf und prüfte, ob der Seegang an Land nachgelassen hatte. Der Mond stand rund und satt leuchtend am Himmel. Das schleifende Kreischen einer Eisenbahn auf der Südbrücke drang in seine Ohren. Er atmete tief ein und ließ seinen Halt los. Erstaunlich sicher fühlte er sich jetzt auf den Beinen, nachdem er einen Teil der Alkoholreserven seines Magens losgeworden war. Die Strecke bis Rheinkilometer 497 erweckte jetzt nicht mehr den Anschein einer Tagesreise mit ungewissem Ausgang.

Konzentriert setzte er sich in Bewegung. Ganz gerade kam er noch nicht voran. Er brauchte aber zu jeder Seite nicht mehr als einen guten Meter Schwankungserweiterung. Abstriche musste man in einem solchen Zustand eben machen. Immerhin hielt er sich tapfer auf den Füßen und krabbelte nicht auf allen vieren durch die Nacht. Seine Schritte klangen hohl auf den Bohlen der Fußgängerbrücke, unter der die Motorboote aus dem Winterhafen hindurchmussten. Der Biergarten auf der Mole war noch gut besucht. Fast jeder Tisch war besetzt. Es konnte daher noch nicht Mitternacht sein. Es wunderte ihn, dass aufgrund der dichten Bebauung mit Luxuswohnungen der Biergarten überhaupt noch eine Chance hatte, nach der Tagesschau um acht geöffnet zu bleiben.

Die ersten Bänke unter den Bäumen am Rhein belegten wie immer die knutschenden Pärchen, die sich bestimmt nicht ausgelassen freuten, wenn er sich neben sie setzte, um zwei Stunden in leichtem Dämmerschlaf so weit auszunüchtern, dass der Zustand der selbst und sehr frei definierten Fahrtüchtigkeit wieder erreicht wäre. An Liesel Mettens Arche Noah musste er also noch vorbei. Das von Kindern im Sommer reichlich bespielte Kunstwerk aus Bronze war früher oft ein Anlaufziel für ihn gewesen, wenn Heike über das Wochenende oder in den Ferien zu Besuch gekommen war. Bis sie mit acht die Nase über die kleinen Hosenscheißer rümpfte, die das Boot umringten, hatte sie immer darauf bestanden, hier zu klettern. Seither wusste er, dass sich keine hundert Meter weiter der Rheinkilometer 497 befand. Das war der Zielpunkt ihrer Spaziergänge gewesen. Bis dahin hatte sie immer durchhalten müssen. Da es keine Markierung gab, konnte er das Ende stets etwas dehnen, bis sie ihm auf die Schliche gekommen war und sich geweigert hatte, auch nur einen Schritt weiterzulaufen.

Harro spürte, dass ihn die Erinnerungen, die so weit zurücklagen, traurig machten. Er hatte sich zu wenig um sie gekümmert und kaum Zeit mit ihr verbracht. Es brauchte ihn daher wenig zu wundern, dass Heike ihm selten Beachtung schenkte. Schlurfend zog er weiter. Die Gedanken, die ihn während der nächsten Stunden begleiten würden, erschienen düster und schmeckten jetzt schon bitter. Das Bündel Geld in seiner Hosentasche war kaum dünner geworden, obwohl er der Bedienung ein fettes Trinkgeld aufgenötigt hatte, das sie erst nach mehrmaligem Ablehnen annahm. Er zerrte es heraus und hielt die Scheine in das Mondlicht. Es sah noch genauso aus wie vorhin, als er es bei seinem kurzen Aufenthalt daheim hastig gefaltet hatte. Mühsam verstaute er es wieder.

Die Bank konnte er schon erkennen. Hier war es menschenleer. Ab und an kam ein Fahrrad vorbei. Der nächste Zug, der sich vom Südbahnhof und dem notdürftig ausgegrabenen und seither verrottenden römischen Theater kommend kreischend auf die eiserne Brücke schob, durchschnitt die Stille. Die Aussicht, den Rhein überqueren zu müssen, schien ihm Schmerzen zu bereiten. Er schrie spitz und ausdauernd. Dann ging alles so schnell. Harro spürte den Schlag an seiner Schulter, der ihn herumschleuderte und einknicken ließ. Im Fallen schon umschlang ihn eine wohlige Wärme, die ihn behutsam aufnahm.

32

Er wollte nicht nach Hause, obwohl der Morgen schon graute. Etwas hielt Tobias davon ab. Das kam nur sehr selten vor. Sonst drängte ihn die Angst um sie zur Eile. Oft trieb ihn schlichte Panik auf dem Heimweg dazu, die Geschwindigkeitsvorschriften zu missachten, weil er fürchtete, sie könnte sich wieder im Keller verschanzt haben und diesmal die Klinge tiefer in die Haut fahren lassen. Heute klang Sara verändert. Tobias hatte alles richtig gemacht. Auch wenn er das Haus auf dem Lerchenberg noch nicht von innen gesehen hatte, wusste er jetzt schon, dass es zu ihnen passen würde. Aus diesem Grund schaltete er den Blinker im letzten Moment wieder aus und blieb doch auf der Landstraße. Knapp zwanzig Minuten verschaffte ihm der Umweg. Er brauchte diese Zeit allein. Sie tat gut, diese kleine Gnadenfrist. Sie ermöglichte es ihm, in die weich gezeichnete Phantasiewelt nach dem Umzug einzutauchen, bevor er die traurige Tristesse der Neubausiedlung wieder ertragen musste, die er mittlerweile genauso sehr hasste, wie seine Frau es tat. Heute war er ihrer Zukunft einen großen Schritt nähergekommen.

Ravi lag richtig. Ihm war das vorher nie so deutlich aufgefallen. Erst durch seinen Hinweis konnte er die eigenen Beobachtungen in das Puzzle einfügen. Davor hatte er sie arglos beiseitegeschoben, weil er für sie keinen passenden Ansatzpunkt entdecken konnte. Jetzt ergab alles einen Sinn, und ihm öffneten sich die Augen. Das Team war aus den Fugen geraten. Es bröckelte nicht mehr nur. Dieser Zustand war längst vergangen. Große Brocken stürzten herab, und man musste sich in Acht nehmen, nicht getroffen und unter ihnen begraben zu werden. Er wollte nicht erschlagen werden. Sein Weg war richtig, auch wenn er noch vor Kurzem geschwankt hatte. Er war dabei, alles wieder zurechtzurücken, Sara und sich aus der Sackgasse herauszuführen, in die sie sich so naiv hineinmanövriert hatten. Davon brachte ihn niemand mehr ab. Er würde die zweite Chance für sie beide und die Kinder nutzen. Das war seine verdammte Pflicht. Nur er besaß die Kraft dazu.

Ganz langsam steuerte er den Wagen durch den riesigen Kreisel, auf dem eine übergroße stilisierte Schneeflocke aus glänzendem Edelstahl von Bodenstrahlern beleuchtet wurde. Wenn er es nicht besser wüsste, würde er annehmen, dass ein ortsansässiger Hersteller von Tiefkühlkost sich hier ein Denkmal gesetzt und dem Stahlbauer aus der Nachbarschaft zu einem unverhofften Geldsegen verholfen hatte. Doch das Denkmal erinnerte an die Entdeckung des Eisweins im Winter 1829/30, die sich die Gemeinde Dromersheim zuschrieb. Sara liebte das ölig-süße Getränk, das aufgrund des Klimawandels immer seltener auf den Angebotslisten der Weingüter zu finden war. Sein Großvater hatte noch fast in jedem Jahr an einem Weinberg die Trauben hängen gelassen, um den tiefen Nachtfrost im November oder Dezember abzuwarten und dann die ganze Familie zum Einsatz in den frühen Morgenstunden zusammenzutrommeln. Minus acht Grad brauchte es, damit die Beeren so weit gefroren, dass nur noch ein kleiner, süßer flüssiger Zuckerkern im Innern übrig blieb, der später als konzentriertes Aroma von der Kelter in die Saftwanne tropfte.

Tobias ließ die Erinnerung an blau gefrorene Nasen und taube Füße hinter sich. Das lag alles schon so lange zurück. Er spürte die keimende Zuversicht, die sich schnell in ihm ausbreitete. Er hätte viel früher die Initiative ergreifen sollen. Er selbst war es gewesen, der jeder Veränderung zu lange im Weg gestanden hatte. Jetzt fühlte er sich endlich stark genug und entschlossen, die Sache anzugehen.

33

Ravi überquerte gerade den Goetheplatz, als sein Handy klingelte. Im Laufen zog er es aus der Hosentasche. Eigentlich wäre er schon im Präsidium, wenn an seinem Fahrrad nicht heute Morgen das Vorderrad und der Sattel mit der rostigen Stange gefehlt hätten. Dabei hatte ihm ein kurzer Rundumblick verdeutlicht, dass er sich besser nicht beschweren sollte. Von den teuren Fahrrädern, die sonst mit mehreren schweren Schlössern gesichert im engen Innenhof standen, in dem nur der Gestank aus den Mülltonnen im Hochsommer verriet, dass er ein wenig Sonne abbekam, war keines mehr da. Einzig die abgenutzte und klapprige B- und C-Ware stand, nicht ganz unversehrt, aber doch zum größten Teil noch da.

»Hast du den Dienst gut überstanden?« Ravi wartete auf Sandras Antwort. Stattdessen gähnte sie demonstrativ und gedehnt. Es klang nach dem hungrigen Brüllen einer Raubkatze.

»Ich hätte mich gerne in ein vorgewärmtes Bett gelegt und an einen Kriminalkommissar gekuschelt, aber der scheint wohl die nächste Leiche seiner Freundin vorgezogen zu haben.«

Sandras gute Laune wirkte Wunder. Er fühlte sich deutlich besser, wenn er ihre Stimme hörte. Sie sollte einfach weiterreden. Er mochte sie nicht unterbrechen und wollte still mit geschlossenen Augen lauschen.

»Hast du die Sprache verloren?«

»Nein, ich höre dir einfach gerne zu.«

»War es spät bei dir gestern Abend?« Er hörte das Klappern von Geschirr. Sie frühstückte gerade oder bereitete es vor.

»Ja und nein, so lange war ich gar nicht im Präsidium, aber ich habe Arbeit mitgenommen und die halbe Nacht alle möglichen Tathergänge gewälzt.« Er seufzte mehr über die

Tatsache, dass das nur die halbe Wahrheit darstellte, als über die Müdigkeit. Er fühlte sich eigentlich ganz ausgeruht.

»Du brauchst Ablenkung. Sehen wir uns später?«

»Auf jeden Fall, ich melde mich zwischendurch, wenn ich absehen kann, wie der Tag verläuft. Du hast wieder spät?«

»Ja.« Sie schwieg für einen Moment. Anscheinend überlegte sie, was sie sagen sollte. »Deine Mutter hat mich angerufen.«

»Wie?«

»Mit dem Telefon.« In ihrer Stimme lag amüsiert gespieltes Erstaunen.

»Wie witzig! Gisela hat sich bei dir gemeldet?«

»Ja, gestern kurz und heute Morgen ausgiebiger.« Sie sagte das so, als wäre es die normalste Sache der Welt, und ließ die Information wirken.

Ravi wurde ungeduldig. »Wollte sie dir noch ein paar eingefrorene Grillsteaks zukommen lassen, oder hat sie dir den nächsten Vortrag über Mangelerscheinungen durch vegetarische Ernährung gehalten? In ihrer Erinnerung gibt es bestimmt noch ein gutes Dutzend weiterer Fälle von ernsthaften Erkrankungen, die sie im Rückblick fleischloser Kost zuschreiben kann.«

»Ich hatte sie nach dem Rezept für den Dattel-Dip gefragt. Den macht sie zwar mit ihrem Thermomix und besteht auch darauf, dass er nur damit herzustellen ist, aber das dürfte auch anders hinzubekommen sein.«

»Vielleicht hat sie noch einen alten im Keller, den sie dir überlassen kann.« Er stöhnte genervt bei dem Gedanken an die Sammlung noch funktionsfähiger, aber aus der Mode gekommener Elektrogeräte, die die untere Etage in Otterbach fast vollständig ausfüllten. Wahrscheinlich stand selbst die Sauna, die Norbert und Gisela früher schon kaum benutzt hatten, bis unter die Decke voll mit Kaffeevollautomaten, Eierkochern und Mehrfachwaffeleisen. Und dazwischen ein startbereiter Thermomix der ersten, zweiten und dritten

Generation, der sehnlichst darauf wartete, aus dem Dornröschenschlaf wachgeküsst zu werden.

»Ich werde sie fragen, wenn sie wieder anruft.« Sie unterbrach sich kurz und fuhr etwas unsicher fort: »Dann können wir den am Sonntag mitnehmen.«

Die Stille zwischen ihnen knisterte.

»Sie hat uns eingeladen.« Jetzt flüsterte sie fast. »Und ich habe zugesagt. Sie sagte, sie habe schon mit der Schwarzwälder-Kirsch-Torte angefangen. Da konnte ich doch nicht Nein sagen.«

»Aber du solltest mich wenigstens vorher fragen. Oder bin ich beim Kaffeeklatsch nicht mit eingeplant?«

»Natürlich bist du das.«

Ravi überquerte die Goethestraße. Autos waren keine unterwegs. Er eilte über den Valenciaplatz. Sandra schien noch auf eine Antwort zu warten.

»Ich muss Schluss machen. An meinem Fahrrad haben sie mir heute Nacht das Vorderrad und den Sattel abmontiert. Jetzt bin ich hier hochgelaufen und zu spät.«

»Du hättest doch auch mein Auto nehmen können.«

»Das habe ich gestern Abend am Einkaufszentrum abgestellt. Der Schlüssel ist im Briefkasten. Ich wusste nicht, ob du es vielleicht heute brauchst.«

»Das ist sehr freundlich. Soll ich Gisela absagen, wenn sie später wieder anruft?«

»Nein, wenn du dabei bist, stehe ich das durch.« Er hielt kurz inne. »Ich brauche trotzdem etwas Abstand zu ihr. Jede Woche ein Besuch bei ihr und in diesem Haus, das wird mir zu viel.«

»Da hast du recht. Nach der Schwarzwälder-Kirsch-Torte pausieren wir erst einmal.« Sandra hielt kurz inne. »Ich bin einfach froh, dass deine Mutter mich akzeptiert.«

Ravi beschleunigte seinen Schritt im Flur. Es roch streng nach Desinfektionsmittel. Er ärgerte sich über die Angriffsfläche, die er Harro bot, und atmete genervt aus. Der Chef würde gequält die Augen verdrehen, weil er es nicht ausstehen konnte, wenn er von zu spät kommenden Kollegen bei den Ausführungen zu einer laufenden Ermittlung unterbrochen wurde. Er brauchte in letzter Zeit deutlich länger, um den einmal verlorenen Faden wiederzufinden. Meistens machte er dann aber trotzdem nicht mehr dort weiter, wo er geendet hatte, was es wiederum für alle anderen schwer machte, ihm zu folgen. Zuspätkommer traf also neben Harros Unmut auch noch die schlechte Laune der Kollegen. Das hatte in den letzten Monaten zu einer erhöhten Morgendisziplin geführt, gegen die nur Tobias weitgehend immun zu sein schien.

Heute war alles anders. Tobias stand mitten im Flur, um ihn nachsichtig lächelnd in Empfang zu nehmen. Anscheinend war da draußen, wo er wohnte, schon der Winter im Anmarsch. Er steckte in einem jagdgrünen Rollkragenpullover, auf dessen Vorderseite sich in ungleichmäßigem Zickzack dünne Strick-Schlangen abzeichneten. Auf den ersten Blick konnte er nicht ausmachen, in welche Richtung sich die Schuppenkriechtiere bewegten und ob sie überhaupt einen Kopf besaßen.

»Wir sind mit der Morgenrunde schon durch. Harro war auch nicht da. Er hat mir eine SMS geschickt, er muss zum Arzt. Keine Ahnung, was er gestern Nacht angestellt hat.« Tobias zuckte mit den Schultern.

Er würde ersticken bei diesen Temperaturen in einem Pullover, der fast luftdicht am Hals abschloss. Insgeheim empfand Ravi große Dankbarkeit, dass Sandra um Handarbeiten jeder Art einen großen Bogen machte. Sonst müsste er sich demnächst reichlich windige Ausreden einfallen lassen, um nicht auch noch in stoffgewordenen Liebesbeweisen herumzulaufen.

»Wir müssen los.« Tobias war an Ravi vorbeigelaufen, sah sich kurz zu ihm um und eilte weiter. »Vom LKA ist die Bestätigung gekommen.«

Ravi hetzte hinter dem Kollegen her, weil er sonst nicht verstand, was er sagte.

»Die grünen Fasern, die wir bei den Eheleuten Oberländer gefunden haben, sind identisch mit einer Faser, die an Rocco Werners Mantel haftete.« Tobias keuchte. »Harro wusste das gestern schon. Da stand aber noch die Bestätigung vom LKA aus. Uns hat er kein Wort davon gesagt.« Tobias schwieg einen Moment. Zusammen liefen sie weiter. Ravi konnte das zufriedene Grinsen im Gesicht des Kollegen sehen, das signalisierte, dass er noch mehr wusste und ihn genussvoll auf die Folter spannte. »Für den großen Durchbruch in unseren Ermittlungen hat Stephanie gesorgt. Es ist anzunehmen, dass wir damit nicht nur die Täter im Fall Oberländer identifizieren, sondern ebenso den Mord an Rocco Werner aufklären können.«

34

Vier Tage zuvor, 6:22 Uhr

»Hallo Frau Oberländer, hier ist Torsten Spangenberg von der Polizei«, keuchte er gehetzt. Das Telefon presste er im Laufen an sein Ohr. Er umrundete weiter in schnellem Schritt zuerst das Sofa und gleich darauf den großen Tisch, auf dem der Milchkaffee stand, den er seinen Vollautomaten gerade hatte zubereiten lassen. Es war schon der zweite. Den ersten hatte er gebraucht, um zu dieser unchristlichen Zeit überhaupt so weit wach zu werden, dass er ein sinnvolles Telefonat führen konnte. Es passte nicht zur Situation, wenn er jede zweite Minute gähnen musste. Außer Atem durfte er aber sein. Das war plausibel. Daher lief er noch eine weitere Runde und setzte sich dann wieder auf den Stuhl. »Bitte entschuldigen Sie, dass ich Sie an einem Samstag so früh störe. Ich hoffe, ich habe Sie nicht aus dem Bett geholt?«

»Nein … ich … Das ist kein Problem.« Sie stotterte und fing sich dann doch. »Ich hatte das Telefon die ganze Nacht über zur Sicherheit auf dem Nachttisch liegen. Außerdem ist mein Mann ein Pflegefall, seit mehreren Jahren schon. Er wird ab fünf Uhr unruhig und braucht dann meine Hilfe. Der Pflegedienst kommt erst später und am Wochenende nie.«

Er hörte, dass ihr Atem bereits jetzt sehr schnell ging. Dabei würde es nicht bleiben. Zug um Zug musste er die Schlagzahl erhöhen, damit sie die Kontrolle verlor und er sie übernehmen konnte. Er hatte zum ersten Mal, seit er mit ihr angefangen hatte, das Gefühl, dass es wirklich klappen konnte. Entscheidend war es, ausreichend Informationen bei der Hand zu haben und den richtigen Zeitpunkt auszuwählen. Der Rest lief erfahrungsgemäß fast von selbst – und so reibungslos, wie er es ursprünglich nicht für möglich gehalten hätte.

»Frau Oberländer, es geht los. Wir haben die Bande vor Ort gesehen. Öffnen Sie niemandem die Tür, gehen Sie nur an Ihr Telefon, wenn Sie meine Nummer sehen. Die Leitung muss frei sein, damit wir Sie jederzeit erreichen können.«

9:02 Uhr

»Frau Oberländer, ich bin es.«

»Ja?«

»Unser Vorhaben erfordert Geduld, wir wissen nicht, wann sie zuschlagen werden.« Er sprach drohend weiter. »Sie haben nicht telefoniert?«

»Nein, das hatten Sie mir ja gesagt.« Sie klang kläglich. Schnell gewisperte Worte.

»Dann halten Sie sich bitte weiterhin an meine Anweisungen.« Er sog geräuschvoll Luft durch die Nase ein. Damit glaubte er, seine schlechte Laune zu verdeutlichen. »Es steht alles auf dem Spiel, wenn die Täter Wind davon bekommen, dass wir ihnen auf der Spur sind. Ich melde mich wieder.« Noch bevor sie etwas antworten konnte, hatte er schnell aufgelegt.

13:31 Uhr

»Frau Oberländer!«

»Ja?«

»Spangenberg am Apparat.« Er flüsterte. »Sie kundschaften aktuell den Bereich um die Carl-Diem-Straße aus. Wir haben zwei Beamte in Zivil vor Ort, mit denen ich in der Einsatzleitung in ständigem Kontakt stehe. Das bedeutet aber nicht, dass sie dort auch zuschlagen werden.« Er hielt kurz inne, um zu husten, und schob sich die Kappe noch etwas tiefer in die Stirn. »Bleiben Sie bitte vom Fenster weg.« Er glaubte, dass sie sich ertappt fühlte und schnell einen Schritt von der Jalousie weg machte. Anders wusste er den klagenden Laut nicht zu deuten. »Keine Telefonate, sonst können wir Sie nicht erreichen, wenn es ernst wird!«

14:29 Uhr

»Spangenberg am Apparat. Frau Oberländer, hören Sie mir jetzt bitte gut zu. Wir benötigen Ihre Hilfe. Hier geht alles drunter und drüber.« Er wartete einen Moment ab, damit sie Zeit hatte, um die Information zu verarbeiten. Schnell und hektisch musste er sein, aber trotzdem genügend Raum lassen, dass seine Worte auch wirklich ankamen und ihre Wirkung entfalten konnten. Sonst redete er sich hier den Mund fusselig, und am anderen Ende schaltete sie geistig ab oder kollabierte sogar, weil es schlicht zu viel für sie wurde.

»Ich habe nicht aus dem Fenster geschaut.« Es klang nicht recht überzeugt. Sie wirkte verwirrt.

»Ich weiß, dass ich mich auf Sie verlassen kann. Für uns ist die Lage schwer einzuordnen. Die Gruppe agiert in verschiedene Richtungen. Das ist uns bis jetzt nicht bewusst gewesen. Es sind mehr, als wir geglaubt haben. Sie haben vor zwanzig Minuten einen älteren Herrn in Weisenau brutal überfallen. Er hat ihnen arglos die Tür aufgemacht, weil sie sich als Paketboten ausgaben. Bargeld, Schmuck und eine goldene Taschenuhr haben sie mitgenommen. Der Mann ist auf dem Weg in die Uniklinik. Er muss genäht werden und wahrscheinlich mehrere Tage dortbleiben. Seine arme Frau müssen wir für diese Zeit in ein Heim geben.« Er hauchte sein

Mitleid hinaus und holte dann tief Luft, weil er schlicht zu schnell geredet und dabei das Atmen vergessen hatte. »Wir mussten zwei Streifenwagen und mehrere Beamte abziehen, um den Überfall aufzunehmen.«

Er wartete erneut ab und nutzte den Moment, um sich vorsichtig umzuschauen. Niemand war zu sehen. Und selbst wenn jemand hier vorbeispazierte, dann würde er kaum Verdacht schöpfen.

»Sind Sie noch dran, Herr Spangenberg?« Er konnte sie schniefen hören.

»Ja, ich kann leider nicht immer so sprechen, wie ich möchte. Bis die Kollegen aus Weisenau wieder zu uns stoßen, sind wir recht dünn besetzt. Können Sie die Straße vor Ihrem Haus im Blick behalten? Seien Sie vorsichtig dabei. Ich glaube nicht, dass sie sich in Richtung Karolingerstraße orientieren werden, daher haben wir die Beamten zunächst von dort wegbeordert. Ich werde mich in kurzen Abständen wieder bei Ihnen melden. Versuchen Sie auf keinen Fall, mich zu erreichen!« Er reckte sich in die Höhe. »Verstanden?«

15:22 Uhr

Er rief sie jetzt in einem unregelmäßigen Rhythmus an. Höchstens fünfzehn Minuten lagen zwischen den Telefonaten, in denen er sich kurz und knapp bestätigen ließ, dass vor ihrem Haus niemand aufgetaucht war. Zwischendurch hatte er jemand anderen anrufen lassen. Sie fragte prompt nach ihm. Die Angst, dass er sie allein gelassen haben könnte, sprach aus ihrer Stimme. Sie vertraute ihm blind. Hauptkommissar Weirich hatte sie beruhigt und bestätigt, dass der Kollege Spangenberg sich weiterhin im Einsatz befinde und die verdeckten Ermittlungen leite.

Mit einer knappen Handbewegung bedeutete er Weirich,

dass der sich nun auf den Weg machen konnte. Jetzt begannen die entscheidenden Minuten. Sie waren auf der Zielgeraden und mussten nun richtig Gas geben.

Er hielt das billige Mobiltelefon in der Hand und wartete genau zwei Minuten ab, dann betätigte er die Wahlwiederholung.

35

»Jetzt rede schon! Wo fahren wir hin?« Ravi spürte, wie seine Ungeduld langsam überhandnahm. Er saß am Steuer. Tobias gefiel sich in der Rolle des Navigationsgerätes, das mit knappen Anweisungen den Weg vorgab, aber keine Erläuterungen zu Sinn und Zweck ihrer Ausfahrt verlautbaren ließ.

»Hast du wirklich keine Ahnung?« Tobias grinste ihn vom Beifahrersitz aus an. Seine Laune war prächtig, auch wenn sich ein deutlicher rötlicher Schimmer der Anspannung in seinem Gesicht abzeichnete.

»Nein. Sind wir hier bei ›1, 2 oder 3‹? Ob ihr wirklich richtig steht, seht ihr, wenn das Licht angeht. Wobei der Vergleich hinkt. Da gab es drei Antworten zur Auswahl.«

»Michael Schanze! Das habe ich als Kind geliebt. Dafür bist du aber eigentlich zu jung.«

»Den Schanze kenne ich nicht. Aber die Sendung gibt es bis heute. Ich musste ja irgendetwas nehmen, was auch ältere Menschen wie du verarbeiten können.« Er lächelte grimmig und folgte Tobias' Anweisung, weiter auf der Rheinallee zu bleiben. Sie passierten das Kurfürstliche Schloss und gleich darauf den frisch sanierten Landtag mit der sich anschließenden Staatskanzlei. »Wie hätte Sandra es formuliert?« Er tat so, als würde er überlegen. »Das war ein Beispiel speziell für alte weiße Männer.«

»Haha«, machte Tobias, setzte die Frotzeleien aber fort. »Dann übernehme ich gleich auch noch die musikalische Gestaltung. Die steht bei uns ja traditionell dem Ältesten zu. Oder ist das Radio in diesem Wagen für Harro fest voreingestellt und SWR4 der einzige empfangbare Sender?«

Ravi hatte jetzt genug. Sie ließen gerade die Rheingoldhalle hinter sich. Wenn es wieder zu Rajko Cvetkovic in dessen gläsernes Penthouse ging, wollte er sich zumindest mental darauf vorbereiten. Die gestrige Show schrie nicht nach einer Wiederholung.

»Eine neuer Tatort?« Er schaute fragend.

Tobias schüttelte den Kopf. »Ein Täter.« Er zog die Augenbrauen vielsagend in die Höhe, schien aber nicht zu beabsichtigen, ihn mit weiteren Informationen zu versorgen.

»Wenn du nicht endlich redest, fahre ich keinen Meter weiter.« Ravi nahm den Fuß vom Gas und deutete damit seine Entschlossenheit an, gleich darauf beschleunigte er aber wieder, noch ehe Tobias antwortete.

»Ist ja schon gut. Du bist aber auch neugierig. Scheint eine Berufskrankheit zu sein. Wärst du pünktlich gewesen, müsste ich jetzt nicht alles extra für dich noch einmal durchkauen.« Der leicht genervte Unterton, mit dem Tobias seinen Worten Nachdruck verlieh, erinnerte Ravi an Harro. Ob der Arztbesuch nur eine Ausrede war, um ihnen aus dem Weg zu gehen und sich seinen bohrenden Nachfragen zu entziehen? Es konnte ihm nach seinen Andeutungen gestern Morgen am Rheinufer nicht entgangen sein, dass er jede seiner Bewegungen misstrauisch beobachtete. Harro musste davon ausgehen, dass sie ihm bei allem, was er im Fall Rocco Werner tat, eine ungesunde Nähe zu Cvetkovic unterstellten. War es da nicht naheliegend, dass er sich krankschreiben ließ, um damit vorerst aus der Schusslinie zu verschwinden?

Tobias hinderte ihn mit einer kleinen Geste daran, den gestrigen Weg einzuschlagen und zum Winterhafen abzubiegen. »Ich muss zugeben, die liebe Stephanie hat wertvolle Dienste geleistet. Die vielen Anrufe von ein und derselben Nummer bei den Oberländers, sie hat das alles erst vollständig entwirrt. Sie hat inzwischen die Informationen vom Mobilfunkanbieter bekommen.« Tobias lotste ihn weiter. Sie fuhren jetzt auf der Weisenauer Straße an der Bahnlinie entlang. »Es ist natürlich eine Prepaid-Karte im Einsatz gewesen. Alles andere wäre ja auch zu dumm. Stephanie hat sich angeschaut, in welchen Funkzellen die Karte eingeloggt war. In der Woche bis zum Tattag, dem Samstag, ist der Besitzer viel unterwegs gewesen. Hier in der Zelle«, er deutete eine Handbewegung nur an, »hielt er sich am häufigsten auf, daneben aber auch immer wieder in Laubenheim direkt. Sie haben also ihr Opfer ausgekundschaftet und sich bei den Anrufen zwischen den Stadtteilen hin und her bewegt.«

»Wohnt Kilian Oberländer nicht hier draußen in Weisenau?« Ravi steuerte auf den Abzweig zu, der hinauf in Richtung Volkspark führte. Im letzten Moment wies ihn Tobias an, hier abzubiegen.

»Ja, der wohnt ein Stück weiter, am Eingang von Weisenau, genau wie zwei seiner Freunde, die behaupten, am betreffenden Nachmittag ebenso wie er im Stadion gewesen zu sein, wofür wir aber keine unabhängige Bestätigung bekommen konnten. Ihre Dauerkarten waren dort. Das lässt sich über die elektronische Zugangskontrolle am Stadion belegen. Außer den eigenen Freunden hat sie aber keiner dort gesehen.«

»Gute Arbeit!«

»Ja, das war schon mal gar nicht schlecht. Ich wundere mich immer wieder, was Stephanie alles schafft, während wir unsere Arbeitszeit nutzen, um zumeist ergebnislos Hausbesuche zu erledigen, kalten Kaffee trinken und staubige Kekse hinunterwürgen.« Tobias grinste vielsagend zu ihm herüber und schien die Spannung, die er langsam aufbaute, zu genießen.

»Wärst du so nett und würdest einfach weitermachen?«, bat Ravi gereizt.

»Stephanie hat sich auch um die vollständige Anrufliste der Prepaid-Nummer gekümmert. Die ist ziemlich einseitig. Bis auf eine Ausnahme sind alle Anrufe an den Anschluss der Eheleute Oberländer gegangen. Die Karte ist also ganz gezielt nur für dieses Verbrechen angeschafft worden. Nach dem letzten Anruf bei ihnen ist die Karte nicht wieder verwendet worden. Leider verrät uns die Karte nichts über ihren Besitzer.« Erneut hielt er inne. Ravi hätte ihn jetzt am liebsten gepackt und zur Aussage gezwungen.

»Verdammt, nun sag schon!«

Tobias schnalzte tadelnd mit der Zunge. »Du bist aber ungeduldig.« Er reckte sich vorwurfsvoll in die Höhe. »Meine Kinder schicke ich in solchen Fällen immer zum Händewaschen in die Gästetoilette. Das beruhigt ungemein.«

Sie erreichten jetzt den Minigolfplatz am Volkspark. Unter großen Bäumen fand man hier selbst an heißen Sommertagen noch genug Schatten, um sich an kniffligen Neigungswinkeln abzumühen. Mit Sandra war er im August hier gewesen und hatte gegen sie auch nach drei Runden nicht den Schimmer einer Chance gehabt. Dabei gab ihm der freundliche Besitzer der Anlage zwischendurch sogar hilfreiche Tipps sowie eine kleine Einführung in Körperhaltung und Schlagtechnik. Die Anzahl seiner Fehlschläge hatte das aber eher noch erhöht, weil er danach verkrampft versucht hatte, alle Hinweise in sein Spiel einfließen zu lassen.

Tobias hatte endlich ein Einsehen mit ihm und fuhr fort. »Kommen wir zum einzigen Anruf, der nicht an die Nummer der Eheleute Oberländer ging.« Er schüttelte unwirsch den Kopf. »So professionell, wie sie sonst anscheinend gearbeitet haben, so dumm war dieser Fehler.« Ravi dauerte das alles immer noch viel zu lang.

»Sei froh, dass ich das Lenkrad festhalten muss, sonst wäre ich dir schon längst an den Rollkragenpullover gegangen.«

»Göttelmannstraße, das passt. Du kannst hier nach links abbiegen und dann gleich da vorne auf dem Parkplatz an den beiden Hochhäusern parken. Vierzehnter Stock. Bestimmt auch wieder eine schöne Aussicht. Für den Sundowner sind wir aber eindeutig zu früh.«

»Zu wem fahren wir?«

»Das hätte den beiden nicht passieren dürfen. Wahrscheinlich hat der Anrufer es im Eifer des Gefechts aber gar nicht bemerkt. Mit zwei Mobiltelefonen in der Hand, dem eigenen und dem Gerät, in dem die Prepaid-Karte steckt, kann man schon mal den Überblick verlieren. Er hat seinen Freund angerufen. Stephanie hat einfach mal versucht, die Nummer zu erreichen. Und siehe da, der Typ geht ran und meldet sich auch noch, wie es sich für gut erzogene Kinder gehört, mit seinem Namen. So ein Idiot!« Tobias zuckte mit den Schultern und wies auf eine freie Parklücke. »Stephanie hat dann auch noch das Bewegungsprofil für die zweite Rufnummer erstellt und neben das erste gelegt. Erstaunlich, wie ähnlich die beiden sich sind.«

36

Vier Tage zuvor, 15:24 Uhr

»Gut, dass Sie anrufen!« Sie atmete schnell. »Herr Spangenberg?« Sie klang so abgehetzt, als hätte sie gerade die Ziellinie des Mainz Marathons an der Rheingoldhalle erreicht und würde mit einem Mikrofon vor der Nase von einem Reporter über die Erlebnisse auf der Strecke befragt werden. Ihm gefielen der Gedanke und der Vergleich, obwohl dieser bei einer alten Frau, die kaum aus dem Haus kam, weil sie ihren bettlägerigen Mann versorgte, recht abwegig erschien.

»Ja, Frau Oberländer. Wir überlegen gerade, ob wir den Einsatz abblasen. Ich denke, die Bande ist mit der Ausbeute in Weisenau zufrieden und für heute über alle Berge.«

»Nein, nein.« Sie verhaspelte sich, sodass ihre nächsten Worte für ihn nicht zu verstehen waren, auch wenn er längst wusste, was sie ihm sagen wollte.

»Beruhigen Sie sich. Ich habe Sie nicht verstehen können.«

»Er steht gegenüber«, flüsterte sie mit zitternder Stimme. »Am Feldrand unter den Bäumen. Ich habe das Licht ausgemacht, damit er mich nicht sehen kann.«

»Das ist wahrscheinlich nur ein Spaziergänger. Beschreiben Sie ihn mir.«

»Sein Gesicht kann ich nicht sehen. Er trägt eine schwarze Schirmmütze. Schlank, enge Jacke, dunkelbraunes Leder. Ich will nicht näher ans Fenster, sonst wird er mich vielleicht bemerken.«

»Das reicht schon aus. Es ist der Kundschafter. So hat es in Weisenau auch angefangen.« Er schlug aufs Lenkrad. »Verdammt, was macht der bei Ihnen vor der Tür?« Er schnaufte ärgerlich. Er überlegte, ob er noch ein paar Ermahnungen nachschieben sollte. Es machte allerdings nicht den Eindruck, als ob sie jetzt noch groß nachdachte. Sie war so weit. »Ich melde mich gleich wieder.«

Noch bevor sie antworten konnte, legte er auf. Er fuhr sich zufrieden durch die Haare und atmete tief ein.

15:28 Uhr

Die Minuten waren quälend langsam vergangen. Er hatte sich trotzdem gezwungen, die Zeit nicht abzukürzen. Weirich saß wieder neben ihm. Er hatte die Klamotten schon gewechselt. Noch bevor der Rufton erklang, war sie bereits in der Leitung.

»Frau Oberländer, wir müssen improvisieren. Ein Teil der Mannschaft ist auf Order von oben bereits auf dem Rückweg, weil wir davon ausgingen, dass heute nichts mehr zu erwarten ist. Nach dem, was Sie mir gerade geschildert haben, sieht das nun ganz anders aus.« Er hielt inne und räusperte sich. »Steht er immer noch bei Ihnen vor dem Haus?«

»Nein, er ist gerade gegangen. Ich denke, in Richtung Kiliansgraben oder die Straße hoch. Da geht es zum Sportplatz.«

»Dann müssen wir uns beeilen. Das ist kein gutes Zeichen.« Er grinste. »Sind Sie bereit?«

»Ja.« Sie klang nervös und kurzatmig. Vielleicht sollte er es nicht übertreiben, so knapp vor dem Ziel.

»Bitte setzen Sie sich und hören Sie mir gut zu.« Er wartete so lange, wie er glaubte, ihre Schritte zu vernehmen. Sie seufzte, als sie sich auf einen Stuhl oder die Couch sinken ließ. Er konnte weitermachen. Sie brauchte Anweisungen, die sie gleich wie ferngesteuert ausführen würde. »Packen Sie alles Bargeld, Schmuck und Uhren in einen Beutel. Überlegen Sie genau, damit Sie nichts vergessen, was Sie hinterher bereuen würden.« Er überlegte, ob er das noch einmal langsamer wiederholen sollte, entschied sich aber dagegen. »Ich melde mich gleich wieder.«

15:39 Uhr

»Sind Sie so weit?«

»Ja, alles ist im Beutel.« Sie wirkte ruhiger als zuvor. Aktiv zu werden und seine Anweisungen zu befolgen, half. Sie schien zu spüren, dass der entscheidende Moment nahte und der Druck dann nachlassen würde. Jetzt wollte sie nur noch, dass alles so schnell wie möglich vorbeiging. Er würde ihr dabei behilflich sein. Sie war am Ende ihrer Kräfte. Er lächelte zufrieden und reckte sich in seiner grünen Uniformjacke in die Höhe. Es war das erste Mal, dass er so etwas durchzog, und er empfand Stolz. Sie standen kurz vor dem Ziel.

»Denken Sie noch mal in aller Ruhe nach, ob Sie auch nichts vergessen haben, was Ihnen wichtig ist: Bargeld, Schmuck, Uhren.«

»Es ist alles verstaut.« Sie stockte. Er konnte es förmlich hören, das Misstrauen, das in ihr aufstieg. Zerbrach nun alles, was er so mühevoll aufgebaut hatte? »Sie wollen das aber doch nicht mitnehmen? Ich möchte die Sachen nicht aus der Hand geben.«

Er schluckte und schloss die Augen. Behutsam sprach er weiter. »So etwas werden Sie bei der Polizei nie erleben. Wir bleiben bei Ihnen und schauen zusammen, wo wir alles verstecken können, damit es nicht zur Beute der Einbrecher wird.« Er schlug die Augen wieder auf. Vielleicht würde es doch nicht so problemlos vonstattengehen, wie er eben noch geglaubt hatte. Er ballte die Hände zu Fäusten und zwang sich, ruhig zu bleiben. Er würde sich holen, was ihm zustand, egal wie.

»Wir sollten uns jetzt beeilen, damit wir noch rechtzeitig vor denen bei Ihnen sind. Ich rufe wieder an, sobald wir vor Ort sind.«

15:44 Uhr

»Frau Oberländer, wir kommen jetzt zu Ihnen hoch.«

37

»Die Nummer gehört Axel Berlepsch. So meldete er sich auch, als Stephanie ihn angerufen hat.« Tobias beobachtete Ravis Reaktion ganz genau. Der Ermittlungserfolg entschädigte sicher auch ihn für die gestrige Bloßstellung. Ravi hatte unter dem Spießrutenlauf bei Rajko Cvetkovic ganz besonders gelitten. Das war ihm deutlich anzusehen gewesen. Für ihn brach mit Harros Beteiligung an der Sache eine Welt zusammen. Ravi hatte, bis er vor Kurzem Sandra kennenlernte, wenig Privatleben abseits der Arbeit gehabt. Für ihn stellte ihr Team eine Ersatzfamilie dar.

»Nicht dein Ernst«, sagte Ravi.

Tobias wusste, was jetzt in ihm vorging. Seine Gedanken hatten bei der Besprechung im Präsidium vorhin die gleichen Wege genommen. Es würde ihn wundern, wenn er dem Kollegen auf die Sprünge helfen müsste.

»Axel Berlepsch und Rajko Cvetkovic haben die beiden hilflosen Alten unter Druck gesetzt, bis am Ende der so kluge Plan im Chaos und dem brutalen Doppelmord endete«, fasste Ravi zusammen. »Ist Stephanie an Rajkos Bewegungsprofil dran?«

Tobias bejahte das.

»Ich übernehme einen Monat lang die Schreibarbeit, wenn sich dadurch nicht herausstellt, dass die beiden die ganze Zeit zusammen unterwegs waren. Da kommt der smarte Herr Sohn nicht so einfach raus, und wenn Papa noch so gute Strafverteidiger aufbietet.«

Tobias meinte, Genugtuung in Ravis Stimme zu hören. Der Kollege blickte kurz zu ihm herüber, dann sprach er weiter.

»Und mit der grünen Faser, die an beiden Tatorten gefunden wurde, besteht die Möglichkeit, dass unsere beiden unechten Polizisten auch etwas mit dem Mord an Rocco Werner zu tun haben. Jetzt stechen wir also in ein Wespennest und schauen, was passiert?«

Tobias nickte. »So hatte ich mir das vorgestellt. Harro ist nicht da. Es liegt bei uns. Konfrontieren wir den Berlepsch mal mit unseren Ergebnissen und schauen, wie er reagiert.«

Ravi wirkte zufrieden, er grinste grimmig. Zusammen liefen sie auf die Stelzen zu, die dem mächtigen Doppelhochhaus darüber eine filigrane Anmutung verliehen. Im Näherkommen löste sich dieser erste Eindruck beim Blick in die Höhe aber schnell auf. Die Lage direkt am Volkspark machte das Gebäude aus den frühen 1960er Jahren zu einem bevorzugten Wohnobjekt. Die Allianz hatte das Gebäude als Kapitalanlage gebaut. Es war im selben Zeitraum fertiggestellt worden, wie das ZDF zu senden begann und sich in Richtung Mainz orientierte. Weswegen damals viele, die auf dem Lerchenberg Arbeit fanden, hier einzogen.

»Eine Tante von mir hat früher hier gelebt«, erzählte Tobias, als sie auf den Eingang zuhielten. »Sie hat, wie die meisten anderen Bewohner auch, ihre ursprünglich gemietete Wohnung später sogar gekauft. Als sie starb, haben sich meine beiden Cousinen so lange erbittert um die Wohnung gestritten, dass sie einen nicht unbeträchtlichen Teil des Verkaufserlöses an die beteiligten Anwälte abgeben durften. Ich war seit fünfzehn Jahren nicht mehr hier. Ich bin sehr gespannt. Es war immer ein sehr gepflegtes Haus, in dem es nur wenige Eigentümer- und Mieterwechsel gab.«

Sie folgten einer älteren Dame mit Rollator durch den Eingang. Sie bedankte sich überschwänglich dafür, dass sie ihr auch die schwere Tür im Windfang an den Briefkastenreihen aufhielten und abwarteten, bis sie hindurch war. Schweigend fuhren sie in den vierzehnten Stock. Tobias schwitzte in dem dicken Rollkragenpullover, den er Sara zuliebe heute Morgen angezogen hatte. Sie hatte sich gefreut, weil er ihn zum ersten Mal trug. Doch die Sonne hatte sich erfolgreich durch den Frühnebel gekämpft. Es war mittlerweile viel zu warm dafür. Eine Alternative gab es aber nicht. Im Doppelrippunterhemd konnte er kaum in die Vernehmung gehen. Angestrengt bemühte er sich, die engen Ärmel mit den straffen Bündchen in die Höhe zu ziehen. Er wusste, dass ihm Sara das kaum verzeihen würde, wenn sie es sehen könnte. Inständig hoffte er, dass nachher nicht alles ausgeleiert war und ihn so seines Vergehens an ihrer zeitintensiven Handarbeit überführte.

Sie nickten einander kurz zu, als sie vor der Wohnungstür standen. Tobias fühlte die Nässe unter seinen Armen und auf dem Rücken. Die Wolle nahm die Feuchtigkeit jedoch geduldig auf, und ein schneller Kontrollblick bestätigte ihm, dass von außen nichts zu sehen war. Das schien aber nur noch eine Frage der Zeit zu sein. Ravi hatte den Dienstausweis gezückt und drückte die Klingel. Sie lauschten, ob sich in der Wohnung etwas tat. Tobias hielt die Luft an. Die gedämpften Geräusche ließen sich nicht eindeutig zuordnen. Sie konnten auch aus dem Stockwerk darunter stammen. Ravi hielt den Ausweis vor den Spion. Zur Sicherheit, falls Berlepsch sie nicht sofort erkannte. Die Tür öffnete sich langsam. Ein Schwall sehr warmer Luft, in der sich der Geruch einer alten, nicht abgewaschenen Bratpfanne und eines floralen Deos überlagerten, hieß sie willkommen.

»Kommen Sie rein.« Berlepsch schien gerade erst aufgestanden zu sein. Vielleicht hatten sie ihn auch geweckt, oder er tat nur so. Barfuß, in ausgebeulter hellgrüner Jogginghose und einem zerknitterten weißen T-Shirt lief er über das lackierte Stäbchenparkett.

Tobias folgte ihm als Erster. Er atmete schwer aus. Die Wohnung wirkte nicht nur reichlich ungelüftet, sie schien auch noch maximal aufgeheizt zu sein. Mit dem Rollkragenpullover in der Sauna, das war genau das Erlebnis im Grenzbereich, das er schon immer ersehnt hatte. »Teste deine Belastbarkeit in unwirtlicher Umgebung. Gehe bis an deine physischen

Grenzen und überwinde den inneren Schweinehund.« In Tobias' Ohren hallten die Sätze aus der Beschreibung nach, die einer seiner Nachbarn, von übertriebenen Bewegungen begleitet, auf der Geburtstagsfeier vorgelesen hatte, bei der sie einen dieser ganz normalen Spezial-Events für echte Männer verschenkt hatten, die in ihrer Siedlung gerade unheimlich angesagt waren. Er konnte sich nicht mehr erinnern, ob es die Quadfahrt oder der Tandemsprung mit dem Fallschirm gewesen war. Es hatte ihn nicht interessiert. Jetzt kam der Saunabesuch im Rollkragenpullover also neu ins Programm.

Berlepsch kickte im Laufen zusammengeknüllte und offensichtlich bereits getragene Kleidungsstücke in verschiedene Zimmer. Die Mühe, daraufhin die jeweiligen Türen zu schließen, machte er sich nicht. Die Wohnung wirkte so, als wäre sie vor nicht allzu langer Zeit gründlich renoviert worden. Das Parkett sah frisch verlegt und versiegelt aus. Die weißen Wände wirkten glatt und zeigten kaum Gebrauchsspuren, nicht einmal um die Lichtschalter. Die beiden ersten Zimmer, in die sie hineinblicken konnten, waren recht spartanisch ausgestattet. In einem stand nur ein Wäscheständer, an dem noch ein paar einzelne Socken hingen. Das nächste beherbergte zwei weitgehend leere Ikea-Regale und einen Schreibtisch, auf dem ein Laptop ruhte. Ein paar zum Teil aufgeschlagene Bücher lagen verteilt auf dem Boden.

Das Wohnzimmer war geräumig und wirkte mit einer Sitzgarnitur aus blauem Samt und einem hellen Esstisch, um den sechs dazu passende schlichte Stühle angeordnet waren, als einziger Raum zumindest einigermaßen eingerichtet. Ein Teller, auf dem Tobias eine aufgefaltete Alufolie und die Überreste eines Döners ausmachen konnte, markierte den Mittelpunkt. Der Geruch hing im Raum.

»Wie kann ich weiterhelfen?« Berlepsch wandte sich ihnen zu. Er wirkte alles andere als selbstsicher. Seine Ohren glühten. Tobias dachte, dass er gerade genauso aussehen musste. Wahrscheinlich leuchtete sein ganzer Schädel. Die körpereigene Wärmeregulierung lief auf Hochtouren. Sie sparte nicht an Kühlflüssigkeit. Er musste sich zusammenreißen. Von dem, was sie Berlepsch entlocken konnten, hing ab, wie schnell sie in diesem Fall weiterkamen.

»Herr Berlepsch, wo waren Sie vergangenen Samstag?« Tobias fühlte die Ruhe, die ihn schlagartig erfasste. Er wusste, dass er das schaffen konnte. Sie würden ihn in die Knie zwingen, auch ohne Harro.

»Wie meinen Sie das?« Die Unsicherheit konnte er ihm ansehen. Sein Gesicht unterschied sich farblich nicht mehr von der gekalkten Wand. Die Ader an seinem Hals pulsierte.

»Wie ich das meine?« Er lächelte ihn wissend an. »Eigentlich eine ganz einfache Frage. Heute ist Mittwoch. Ich möchte wissen, was Sie am Samstag gemacht haben, das war vor vier Tagen. Das wissen Sie doch noch? Wir haben alle Zeit, die Sie benötigen, um sich zu erinnern.«

»Weiß der Vater meines Freundes Rajko Cvetkovic, dass Sie hier sind?« Das klang fast flehentlich.

»Der wird Ihnen nicht helfen können. Herr Cvetkovic hat gerade genug mit seinem eigenen Sohn zu tun. Sie haben nun allerdings die Möglichkeit, Ihre Version zu erzählen, auch in Bezug auf alles andere.« Tobias ließ seine Worte kurz Wirkung entfalten. Er war jetzt froh, dass Harro nicht mit dabei war. Spätestens in diesem Moment wäre er dazwischengegangen, wenn er sie überhaupt mitgenommen hätte.

Die Andeutung schien bei Berlepsch angekommen zu sein. Seine Fingerspitzen bewegten sich unruhig. Tobias wusste, dass nicht mehr viel fehlte. Ein letzter Anstoß nur, der ihn sachte in Bewegung versetzen, aber nicht umhauen durfte. Es war ein schmaler Grat zwischen dem erlösenden Geständnis und der Totalverweigerung. Der Druck musste exakt so groß sein, dass es keinen Ausweg mehr gab, oder die Beichte als Erlösung hell leuchten. Tobias entschied sich für den Druck, weil er wusste, dass er auf diesem Gebiet momentan am stärksten war.

»Ihre Situation ist nicht berauschend. Da Sie mir keine Antwort gegeben haben, werde ich Ihnen jetzt erzählen, was Sie am Samstag gemacht haben. Sie dürfen mich gerne korrigieren, sollte mir irgendwo ein kleiner Fehler unterlaufen.« Tobias wusste nicht, ob Berlepschs kaum wahrnehmbare Reaktion ein Nicken darstellen sollte. Er deutete es als solches. »Sie und Ihr Komplize Rajko Cvetkovic haben Frau Oberländer über Tage hinweg unter Druck gesetzt. Sie haben sich zunächst am Telefon als Polizisten ausgegeben, und sie hat Ihnen geglaubt. Dann, am Samstag, suchten Sie sie als Polizisten verkleidet auf. Fasern der Uniformjacken konnten wir am Tatort sicherstellen. Zunächst klappte alles perfekt und problemlos – bis zu einem bestimmten Moment in der Wohnung in Laubenheim. Warum ist die Sache so aus dem Ruder gelaufen? Warum mussten die beiden alten Menschen sterben?«

Tobias gab ihm Zeit zum Antworten, aber Axel Berlepsch schien weiter mit sich zu kämpfen. Etwas hielt ihn noch davon ab, zu gestehen. Tobias musste weiterbohren. Er sprach lauter. »Sie hatten bereits zuvor einen Fehler gemacht. Rajko hat Sie von dem Handy mit der Prepaid-Karte aus angerufen.« Er ließ Berlepsch nun keine Zeit mehr zu reagieren. »Das Bewegungsprofil Ihres Mobiltelefons gleicht außerdem dem des Prepaid-Handys, das Sie für die Schockanrufe bei den Oberländers benutzt haben. Herr Cvetkovic kann die besten Anwälte Deutschlands anheuern, wenn er will. Die Beweislage ist eindeutig. Sie beide waren vor Ort. Es gibt Fasern und DNA-Spuren, die das belegen werden. Cvetkovic wird mit Sicherheit versuchen, den Mord am Ehepaar Oberländer Ihnen allein in die Schuhe zu schieben, um seine Strafe um ein paar Jahre zu reduzieren. Die bekommen Sie dann obendrauf.«

Berlepsch rieb sich über die Augen. Jetzt war es so weit. Tobias wusste es. Jetzt mussten sie zuhören und ertragen, was er ihnen berichtete. Teilnahmslos plätscherten die Worte aus seinem Mund.

»Er hat geschrien. So spitz und laut, in seinem Bett.« Berlepsch sprach leise und mit fast entrücktem Ausdruck. Ihm war keine Regung anzusehen. Und doch schien es eine Erlösung für ihn zu sein. »Ich hatte Angst. Ich wollte einfach nur noch, dass er damit aufhört.«

38

Es rauschte nichts mehr, und auch das Gurgeln des Flusses war eine Einbildung gewesen. Es hatte sich nur in seinem Schädel abgespielt, in dem auch jetzt noch keine Ruhe herrschte. Alles klang dumpf: sein würgendes Husten, sein verkrampftes Stöhnen, als er unter Schmerzen alles erbrochen hatte, was in seinem Magen gewesen war, und jede kleinste Bewegung, die er im Liegen vollführte. In seinen Ohren dröhnten die Geräusche, aber so, als müssten sie zunächst durch einen dichten Stoff hindurch, der ihnen die Höhen nahm und die Ankunft in seinem Schädel verzögerte. Er hustete, was diesen Eindruck erneut bestätigte, und überlegte, ob es nicht besser wäre, die Augen zu schließen, um im Schlaf alles hinter sich zu lassen.

Die Pein in den Knien, den Armen, im Nacken und überall sonst, wo in seinem Körper Knochen aufeinanderstießen, wenn er versuchte, sich zu bewegen, ließ ihn starr ausharren. Er atmete flach, um nicht wieder in Panik zu geraten, wenn es ihm nicht gelang, seine Lungen mit Luft zu füllen. Er tastete mit den Fingerspitzen über den rauen Untergrund. Es fühlte sich an wie Sand. Feines, körniges Material, das er zwischen den Fingern zerrieb. Neben ihm lag ein etwas größeres Gebilde. Seine Fingerspitzen waren schon dort gewesen und hatten es erkundet. Eine schmerzhafte Reise, weil er dafür die Muskeln in seiner Schulter benötigte. Sie leisteten seinem Willen erbitterten Widerstand. Als ob die sonst beweglichen Teile durch eine starre Rostschicht miteinander verbunden wären und rohe Gewalt notwendig wäre, um sie zu lösen. Das knirschende Geräusch, das seine Tastversuche begleitet hatte, passte gut dazu.

Seine Finger steuerten nun wieder in diese Richtung. Die Reibung in seiner Schulter ließ nicht nach, aber die Marter erschien erträglicher. Er musste sich bewegen, um den Rost zu beseitigen. Das Bruchstück fühlte sich an wie ein kleines Steinchen mit scharfen Bruchkanten. Es klang auch so, wenn er seine Hand mühsam anhob und es dann wenige Zentimeter hinabfallen ließ. Er meinte, dass es sogar noch ein wenig der Wärme ausstrahlte, die er ihm bei seiner ersten Begutachtung eingehaucht hatte. Das war natürlich Unsinn, weil es zu lange zurücklag. Außerdem war hier alles warm.

Darüber hatte er sich noch gar keine Gedanken gemacht. Er lag auf dem Boden im feinen Sand. Seine Jacke rieb an den Ärmeln darüber. Und obwohl er an so vielen Stellen seines Körpers Schmerzen empfand, fror er nicht. Er zitterte immer mal wieder. Aber das lag an der Übelkeit, die in seinem Magen weiterhin ihr Unwesen trieb, und am Durst. Sein Mund war schrecklich trocken.

Krustenkandis. Die Erinnerung war schlagartig wieder da. Genau so fühlte sich das an, was er zwischen den Fingerspitzen hin und her drehte. Harte, aber nicht allzu scharfe Kanten. Seine Großmutter hatte den immer für ihren Tee verwendet. Zwei Brocken kamen in die Tasse, aus der es dampfte, wenn sie den Tee darübergoss, und einen steckte sie sich in den Mund, um ihn in der Backentasche zergehen zu lassen. Hin und wieder hatte er auch einen bekommen, obwohl er das Aroma eines Bonbons dem Kandis vorzog. Die kleinsten Brocken hatte seine Großmutter in einer separaten Porzellandose gesammelt, um daraus im Krankheitsfall ihren eigenen Hustensaft herzustellen. Er hatte den Geschmack des klebrigen Zeugs sofort wieder auf der Zunge und schluckte. Aus dem Sand im Vorratsbehälter, der in ihrem Keller stand, suchte sie eine der dicksten Möhren heraus, höhlte sie vorsichtig so weit aus wie möglich und füllte sie dann mit den Kandisresten auf. Die sich nach einigen Stunden bildende dunkle, süße Flüssigkeit wanderte auf einem Löffel in hustende Kindermünder, die stets mehr forderten, als die Möhre hergab.

Er versank immer tiefer in diesen Erinnerungen, die wohltaten und ihn davor bewahrten, sich erneut im Dickicht der

Erklärungsversuche zu verirren. Er wusste nicht, wo er sich befand, und er hatte auch keine Ahnung, wer dafür verantwortlich zeichnete, dass er hier fast reglos in der Dunkelheit lag und verdurstete. Er spürte nur die Angst, die langsam immer tiefer in ihn hineinkroch, egal wie sehr er sich dagegen wehrte.

39

Ravi blieb am Gartenzaun stehen, von dem die weiße Farbe abblätterte. Tobias hatte hierhergewollt, nachdem sie mit Berlepsch fertig gewesen waren. Die einbestellten Kollegen hatten ihn mitgenommen. Er hatte verlangt, mit seinen Eltern zu sprechen, bevor sie ihn auf dem Revier ausführlich vernahmen. Der Vater hatte eine Führungsposition bei einem Automobilzulieferer mit Sitz bei Hanau. Es brauchte daher wenig Phantasie, um zu ermessen, dass ihnen nachher außerdem ein erfahrener Anwalt gegenübersitzen würde, der alles tun würde, um sein hoch dotiertes Mandat zu rechtfertigen.

Berlepsch hatte zugegeben, dass er dem schreienden alten Mann das Kissen aufs Gesicht gedrückt hatte, bis dieser endlich still war. Die Panik, entdeckt zu werden, und der Schrecken, den er ob dieses Schreis verspürt habe, von dem er nicht wusste, warum der alte Mann im Pflegebett ihn ausgestoßen hatte, seien sein Antrieb gewesen. Frau Oberländer hatte sich zu diesem Zeitpunkt mit Rajko Cvetkovic im Wohnzimmer aufgehalten, der sie in ein Gespräch verwickelte, um herauszubekommen, wo sie das Geld und den zusammengerafften Schmuck versteckt hatte. Bis dahin schien alles so gelaufen zu sein, wie die beiden es erwartet hatten. Dass die alte Dame den beiden wirklich vertraut hatte, wie Berlepsch immer wieder betonte, bezweifelte Ravi. Sonst hätte es kaum nur dieses einen Funkens bedurft, um die Wohnung des Ehepaars in ein solches Schlachtfeld zu verwandeln. Cvetkovic hatte sie mit der Büste niedergeschlagen, bevor sie Berlepsch erreichen konnte. Der Schock nach dem Doppelmord hatte dazu geführt, dass sie fluchtartig das Haus verließen. Cvetkovic habe im Hinauseilen noch geistesgegenwärtig nach dem Portemonnaie gegriffen, um es wie einen Raubmord aussehen zu lassen. Dann habe er ihre Verkleidung an sich genommen, um sie später in einem mit Steinen beschwerten Müllsack von der NATO-Rampe in Ginsheim aus im Altrhein zu versenken. Da sei Berlepsch aber schon nicht mehr dabei gewesen. Die Taucher waren benachrichtigt. Der Seitenarm des Rheines hatte an dieser Stelle eine schwache Strömung. Es bestand also Hoffnung, dass sie den Sack bergen konnten, der Berlepschs Aussage bestätigen würde. Eine Beteiligung am Mord an Rocco Werner hingegen leugnete er bis zum Schluss seiner Beichte hartnäckig. Vielleicht hatte er damit wirklich nichts zu tun, oder er war einfach noch nicht so weit, eine weitere Gewalttat zuzugeben.

Eigentlich hätten sie auch längst zwei Streifenwagen losschicken müssen, um Rajko Cvetkovic festzunehmen. Sie wollten davor aber zumindest kurz mit Harro sprechen. Ravi hätte dazu ein knapper Anruf ausgereicht. Er musste dem Chef nicht tief in die Augen schauen, wenn er ihm klarmachte, dass niemand – auch er nicht – sie davon abhalten könne, den Sohn seines guten Bekannten in den Knast zu bringen. Dass er sich krankgemeldet hatte, war zudem der deutliche Hinweis, dass Harro ihnen das Feld überließ. Mehr brauchte es nicht. Der Chef war raus aus diesem Fall, und das würde er ihm auch ganz deutlich sagen, wenn er doch noch auftauchen sollte.

Er beobachtete Tobias, der am Haus stand und durch die Terrassentür spähte. Er klopfte jetzt an die Scheibe und schirmte seinen Blick mit den Händen zu beiden Seiten ab, um drinnen etwas erkennen zu können.

»Ich rufe ihn einfach an. Das hat doch keinen Sinn. Der sitzt noch irgendwo im Wartezimmer oder hat schlicht keine Lust auf uns.« Ravi wollte weiter.

Tobias winkte ab. »Das habe ich schon versucht. Sein Handy ist aus.« Er drehte sich kurz zu ihm um. »Komm runter. Ich will einfach nur wissen, ob er hier ist und, wenn ja, ob es ihm gut geht. Ich mache mir langsam Sorgen!«

Ravi eilte genervt die schmale, steile Rampe hinunter, die offenbarte, dass das Souterrain des Bungalows, in dem Harro hauste, früher mal als Garage gedient hatte. Die Frage, ob Tobias gleich nach dem erstbesten Stein langen würde, um die Terrassentür einzuschlagen, beantwortete sich von selbst. Der Kollege hob mehrere Blumenkübel an, die längst verdorrten Stängeln als letzte Ruhestätte dienten. Dabei murmelte er kaum verständliche Verwünschungen, die sich gegen seine eigene Vergesslichkeit richteten.

»Wo liegt dieser beschissene Schlüssel?« Er erreichte die an der Wand hängende Gartenschlauchrolle. »Ich habe Harro vor zwei Jahren mal nachts hier abgeliefert. Der war an dem Abend so voll, dass er ohne fremde Hilfe keinen Schritt mehr tun konnte. Hier irgendwo deponiert er den Ersatzschlüssel. Ein Versteck, bei dem die Kollegen von der Prävention die Hände über dem Kopf zusammenschlagen würden.« Tobias' Hand verschwand hinter der Aufhängung aus rostigem Metall. Er tastete dort eine Weile herum. Dann kam die Erlösung. »Wusste ich es doch!« Triumphierend hielt er den Schlüssel in die Höhe und machte sich gleich darauf an der Haustür zu schaffen, die eigentlich mehr wie eine Terrassentür aussah.

Der Schlüssel schien sich nur schwer drehen zu lassen. Tobias hob die Tür leicht an und zog sie zu sich heran. Es knirschte gefährlich, aber sie ließ sich nun öffnen. Ravi wusste noch immer nicht, was sie hier sollten. Die Entschlossenheit, mit der Tobias vorging, zog ihn einfach mit. Vielleicht hatte er ja recht, und Harro brauchte ihre Hilfe dringender, als er vermutete.

Warm war die Luft, die ihnen entgegenschlug, und verbraucht. Zur dumpfen Feuchtigkeit des Kellers gesellte sich der Geruch längst verzehrter Mahlzeiten, der nie den Weg hinausgefunden hatte.

»Harro? Bist du hier?« Tobias ging langsam durch das kleine Wohnzimmer. Auf einem niedrigen Tisch, um den sich drei abgewetzte alte Ledersessel gruppierten, stand ein Teller mit den kläglichen Resten eines undefinierbaren, weitgehend eingetrockneten Nudelgerichts. Drei leere Bierflaschen leisteten ihm Gesellschaft. Zwei der drei Sessel dienten nicht mehr als Sitzgelegenheit, sondern als Ablagefläche für diverse Kleidungsstücke, denen nicht anzusehen war, ob sie aus der Waschmaschine kamen oder auf deren Einsatz warteten.

Tobias sandte ihm einen fragenden Blick, erwartete aber keine Antwort, sondern wandte sich der schmalen Tür im hinteren Bereich des Wohnzimmers zu, hinter der sich das kleine Schlafzimmer verbarg. Ravi sah sich weiter um. Aus dem Spülbecken der minimalistischen Küchenzeile wuchs ein ungleichmäßig aufgeschichteter Turm in die Höhe. Die spärliche, sich anschließende Ablagefläche bot keinen Platz mehr für schmutziges Geschirr. Zwei gut gefüllte gelbe Säcke lehnten schlapp neben der Spüle. Die Tür zum Bad stand offen. Ravi wollte lieber nicht hineinsehen. Er hatte genug. Beklommenheit ergriff ihn beim Blick in Harros Leben, unschön abgerundet vom bitteren Geschmack des eigenen Versagens. Der Boden unter seinen Füßen war klebrig. In den Ecken tanzten die Wollmäuse sanft im Luftzug, der durch die offen stehende Wohnungstür hereinkam. Warum hatten sie nicht viel eher reagiert? An Hinweisen hatte es nie gemangelt. Von Harros Alkoholproblem wussten sie schon immer. Sie hatten es still hingenommen. Kein Thema, über das sie unbedingt mit ihm sprechen wollten. Er war der Chef, und es war seine Sache, solange er das einigermaßen im Griff behielt. Sie hatten alle ihr Privatleben und ihre eigenen Probleme. Der Job brachte psychische Herausforderungen mit sich. An keinem ging das spurlos vorüber.

An welchem Punkt hätte er einschreiten müssen? Als er Harro zum ersten Mal dabei beobachtet hatte, wie er eine Flasche Schnaps an einem Tatort mitgehen ließ? An seinen Kampf damals konnte er sich noch genau erinnern. Er hatte den ganzen Tag mit sich gerungen und dann doch den Mund gehalten. Eine Lappalie bloß, wegen der man nicht die Gunst des Vorgesetzten aufs Spiel setzte und zudem noch den Zusammenhalt im Team riskierte. Es ging vorüber und war schnell vergessen. Ein Ausrutscher des Chefs, der sich wiederholte. Wahrscheinlich hatte er auch davor schon zugelangt. Gelegenheiten gab es mehr als reichlich, und das Wegschauen wurde zur Routine. Zusammen waren sie erfolgreich und er und Tobias mitunter sogar stolz darauf, dass Harros Kontakte in nicht immer ganz saubere Kreise den ein oder anderen Hinweis erbrachten, ohne den sie nicht weitergekommen wären. Dass der Chef mitunter eigenmächtig vorging und sie im Gegenzug nicht alles hinterfragten, hatte sich als Modus Vivendi in ihrem Arbeitsalltag verfestigt. Es war ein schleichender Prozess gewesen. Sie hatten sich daran gewöhnt und die feinen Verschärfungen gar nicht wahrgenommen, weil es ihnen recht erfolgreich gelang, wegzuschauen und den Problemen aus dem Weg zu gehen.

»Er ist nicht hier.« Tobias kam aus dem Schlafzimmer zurück. »Aber das habe ich gefunden. Es steckte unter der Matratze.« Er hielt ihm einen großen, abgegriffenen braunen Briefumschlag entgegen. Ravi wusste auch ohne die nachfolgenden Erklärungen, was da drin sein musste. »Das dürften gut tausend Euro sein, zusammengehalten von einem Gummiring. Im Umschlag liegen noch etliche weitere. Die haben kaum dazu gedient, das eine Bündel noch fester zu verschnüren. Und dann war da noch das.« Tobias hob seine freie Hand auf Augenhöhe und öffnete die Faust. Darin lag ein silbern glänzender Manschettenknopf, in dessen Mitte ein großer, blau schimmernder Stein prangte. »Der lag auf seinem Nachttisch.« Tobias schwieg und wartete auf eine Reaktion.

Ravi wusste nicht, was er sagen sollte. Er rief sich Harro ins Gedächtnis. Den Moment im Wohnzimmer bei den Oberländers. Sein Rücken schirmte nur notdürftig ab, was er gerade tat. Ein dickes Bündel Geld war in die Innentasche seiner speckigen Lederjacke gewandert, mehrere tausend Euro, wie es schien. Hatte er dann noch einmal in den Beutel hineingegriffen und auch einen Teil des Schmucks mitgenommen? Ravi wusste nicht mehr, ob die Bilder, die vor seinen Augen aufblitzten, seiner Erinnerung oder der Phantasie entsprangen. Er räusperte sich, seine Stimme klang belegt. »Hat er den auch am Tatort mitgehen lassen?«

»Ja, aber nicht bei den beiden Alten in der Wohnung.«

Die Stille, die nach diesen Worten zwischen ihnen entstand, wurde von einem plötzlichen Surren überlagert. Der Kühlschrank schien angesprungen zu sein. Die auf ihm stehenden Teller mit den dazwischen eingeklemmten Messern und Gabeln vibrierten mit.

»Wo dann?« Ravi fragte, obwohl er die Antwort kannte. Er wollte sie nur nicht selbst aussprechen.

»Am Rhein. Dort, wo die Lieberknecht uns hingeschickt hat, um die Stelle zu finden, an der Rocco Werner gestürzt war.« Tobias ließ den Manschettenknopf in den braunen Umschlag gleiten. »Das Blut haben wir gefunden und die Kante, an der er mit dem Kopf aufgeschlagen ist. Harro hat nahe bei mir gekniet und mir doch den Rücken zugewandt. Ich habe das gar nicht richtig wahrgenommen, weil ich auf das eingetrocknete Blut und die kleinen spitzen Steinchen fixiert war, die in der Wunde gesteckt haben. Jetzt erkenne ich, was er da gemacht hat. Harro hat irgendetwas aus den Fugen geklaubt. Es war in seiner Hand, die dann in seiner Jackentasche verschwand.« Tobias starrte ihn an. Ravi wusste nichts zu entgegnen. Es irrten zu viele Gedankenfetzen durch seinen Kopf. Ein heilloses Durcheinander, das zu entwirren er nicht bereit war. Er wollte das alles einfach nicht wahrhaben.

»Weißt du sicher, dass es dieser Manschettenknopf war?«

Tobias schüttelte kaum wahrnehmbar den Kopf. »Nichts weiß ich mit Sicherheit.« Seine Hände bewegten sich. Er schloss den Umschlag. »Wenn der Manschettenknopf vom Tatort stammt, wusste Harro schon, als er ihn gesehen hat, wem er gehört«, sagte er nahezu tonlos und so leise, als würde er befürchten, im Bad könnte sich jemand befinden, der ihnen zuhörte. »Es muss jetzt alles auf den Tisch, sonst geht es uns auch an den Kragen.«

40

Die Bäume rasten vorbei. Er versuchte gar nicht erst, seinen Blick darauf zu fokussieren. Genauso gut könnte er auch die Augen schließen. Es änderte nichts. Rajko Cvetkovic ließ sich in den Rücksitz sinken und starrte weiter nach draußen in die Landschaft, die er nicht sehen wollte. Längst hatte er das Gefühl für die Zeit und die Distanz verloren. So viele Stunden waren schon vergangen, seit sie ihn in das erste Auto verfrachtet hatten. Sein Vater hatte ihm kaum ausreichend Zeit gelassen, um die wichtigsten Dinge zusammenzupacken. Den Wagen hatte er noch nie gesehen. Fahrzeug und Fahrer wechselten sie in regelmäßigen Abständen. Er hatte es aufgegeben, Fragen zu stellen, die sie ihm ohnehin nicht beantworteten.

Rajko hätte nie gedacht, dass er einmal selbst einen dieser Pfade würde nutzen müssen: Fluchtwege für den Ernstfall mit Tauschfahrzeugen und sicheren Grenzübergängen bis auf den Balkan. Entscheidend war es, rechtzeitig aus Deutschland und Österreich hinauszukommen. Durch Ungarn mussten sie auch bald durch sein. Es brauchte nicht viel Phantasie, um das grobe Ziel der Reise abzuschätzen. Sein Vater hatte die Beziehungen zur Familie im bergigen Grenzgebiet zwischen Serbien und Nordmazedonien nie abreißen lassen. Mehrere Cousins lebten dort in abgelegenen Ortschaften und verwalteten den eigenen Besitz und die Liegenschaften, die sein Vater dort über die Jahre gekauft hatte. Dort sollte er abtauchen, zunächst für ein paar Wochen, um die Entwicklung aus sicherer Entfernung beobachten zu können. Er seufzte bei dem Gedanken an die Öde, die ihn erwartete und von der er nicht wusste, wie lange er sie zu ertragen hatte. Sein Vater hatte ihm versprochen, jemanden zu finden, der für ihn einsprang. Das hatte vor ein paar Jahren schon einmal gut funktioniert, als der Rotbart einen kleinen Dealer zusammengeschlagen hatte, der die Abreibung nicht überlebte. Über Nacht war einer aus den Bergen herbeigeschafft worden, der alles zugab und so viele Details zum Tathergang kannte, dass nur er der Täter sein konnte, auch wenn man keine verwertbaren Spuren von ihm vor Ort fand. Rocco hatte damals aber nicht in den hintersten Winkel des Balkans gemusst, um auf unbestimmte Zeit unterzutauchen. Der Bulle seines Vaters hatte das alles ganz still und schnell gelöst. Wahrscheinlich war er da mal nüchtern gewesen.

Rajko wollte grinsen, aber es gelang ihm nicht. Warum hielt Vater an diesem Typen fest? Der war doch inzwischen mehr Risiko als Hilfe. Er fühlte den Druck auf seinem Magen bei diesem Gedanken. Der Bulle wirkte ganz und gar nicht mehr so, als ob er noch alles im Griff hätte. Kaputt hatte er bei seinem letzten Besuch in der Werkstatt ausgesehen.

Er rieb sich über die Augen. Der Geschmack in seinem Mund ekelte ihn. Er würde jetzt gerne ausgiebig duschen und sich die Zähne putzen, um sich dann einen doppelten Espresso zu genehmigen und den Tag auf der Terrasse mit Blick auf den Rhein zu beginnen. Der Gedanke ließ ihn noch tiefer in sich zusammensinken. Er klammerte sich an die Hoffnung, dass sich dort im Gebirge ebenfalls jemand auf den Weg gemacht hatte, in die entgegengesetzte Richtung. Die Eltern würde er in den nächsten Wochen bestimmt kennenlernen. Man würde sie ihm vorstellen. Arme Bauern, die vor siebzehn Jahren mit einem Nachkommen gesegnet worden waren, von dem sie damals nicht ahnten, wie wertvoll er einmal für sie werden würde. Sein Vater entlohnte sie fürstlich dafür, dass ihr Sohn an seiner Stelle für den Mord an den beiden Alten und Rocco ins Gefängnis ging.

Was hatte der Rotbart sich auch einmischen müssen. Ausgelacht hatte er ihn und ihn einen kleinen Pisser genannt, als er ihn unten am Rhein zur Rede stellte. Rocco hatte ihn dorthin bestellt, ihm gedroht, seinem Vater alles zu erzählen, falls er nicht käme, und ihn dann provoziert, immer wieder. Und hätte er nicht mit leeren Händen am Bootsanleger auftauchen müssen, wäre es nie so weit gekommen. Das Problem wäre gelöst und aus der Welt geschafft. Ihr Plan mit den Oberländers war eigentlich perfekt gewesen, und alles wäre gut gegangen, wenn der Alte in seinem Pflegebett nicht plötzlich geschrien hätte wie am Spieß. Die schrillen Laute schmerzten auch jetzt noch in seinen Ohren. Sie war losgestürzt, auf Axel zu, weil sie glaubte, dass er ihrem Mann etwas antat. Er hatte sie nicht töten wollen. Sie sollte stehen bleiben. Festhalten wollte er sie nicht, weil sie dann sicher auch gebrüllt hätte. Sie brauchten sie ruhig, um ungesehen wieder verschwinden zu können. Alles war so schnell gegangen. Der Griff nach dem schweren Kopf mit den drei Gesichtern. Das Metall hatte kühl und rau in seiner Hand gelegen. Den Schlag hatte er gar nicht als fest empfunden. Sie sollte fallen, aber nicht sterben. Eine kurze Ohnmacht, die ihnen die Flucht mit der Beute ermöglichte. Rajko hielt sich die Augen zu, weil er es hören konnte. Das knackende Geräusch, das ihm schon im selben Moment offenbarte, wie schwer er sie verletzt hatte.

Die beiden hätten nicht sterben müssen. Sie hatten alles so gut vorbereitet und durchdacht. Den kurzen Hausbesuch hatte er sich als Triumphmarsch ausgemalt. Die Dankbarkeit im Blick von Frau Oberländer, als sie die Tür öffnete, war echt gewesen. Sie vertraute ihm. Er konnte ihr ansehen, dass es für sie eine Erlösung bedeutete, sie zu sehen. Sie fühlte sich sicher von dem Moment an, als sie über die Schwelle traten.

Ihr Misstrauen war erst wieder aufgeflackert, als er sie nach dem Versteck fragte. Sie hatte seine schlechte Verkleidung gemustert und ängstlich in Richtung ihres Mannes geblickt, in dessen Zimmer Axel abgebogen war. Der lärmende Fernseher überlagerte die Geräusche, die das Öffnen und Schließen der Schranktüren verursachte. Sie hatten sich auf ein Codewort geeinigt, wenn er dort fündig werden sollte. »Heinrich braucht Unterstützung in der 14.« Warum hatte sie ihm nicht einfach den Beutel mit dem Geld und dem Schmuck gegeben?

Nichts wäre passiert. Alle lebten sie noch, und er müsste sich nicht am Arsch der Welt verkriechen.

Er hatte das Geld dringend gebraucht. Rocco war aufgefallen, dass etwas in den Finanzen nicht stimmte. Zwei Konten, auf denen schon lange keine Bewegungen mehr stattgefunden hatten, waren leer geräumt. Sein Vater hätte ihm das Geld nie gegeben, wenn er gewusst hätte, dass er damit in Kryptowährungen investierte. Aber das war die Zukunft, auch wenn es aktuell nicht perfekt lief. Er fuhr Gewinne ein, wie sie mit dem Verkauf von Drogen nie zu verdienen waren, vor allem, wenn ein Teil der Dealer auch noch bei ihnen anschrieb und erst nach Wochen bezahlte. Das Problem war, dass sie ihn gelinkt hatten. Eine der Plattformen, auf der er sein schnell gewachsenes Krypto-Vermögen verwahrte, war aufgelöst worden. Die Typen hatten sich einfach aus dem Staub gemacht mit allem, was eigentlich ihm gehörte.

Rajko ballte die Fäuste und schlug sich auf die Oberschenkel. Rocco hatte ihn unter Druck gesetzt. Das Geld musste schleunigst wieder auf das Konto, bevor sein Vater es bemerkte. Der dumme Idiot hatte keine Ahnung gehabt, dass das so einfach nicht zu machen war. Der Crash der Plattform und die allgemeine Lage am Markt zog die Kurse in die Tiefe. Er konnte nicht verkaufen, nicht jetzt. Das Geld musste woanders herkommen. Axel war sofort mit dabei gewesen. Er empfand es als großen Spaß, die Sache zu planen und durchzuziehen. Und wenn alles funktionierte, konnten sie es am Ende so aussehen lassen, als ob die Türken dahintersteckten. Das hätte auch seinem Vater gefallen. Und zumindest das hätte auch noch geklappt, wenn Rocco unten am Rhein nicht so ausgerastet wäre. Dafür bezahlten sie den Bullen ja schließlich. Der sollte es so drehen, dass die Findiks eine Abreibung bekamen und verstanden, dass sie hier nichts verloren hatten. Die Polizei würde ein paar von denen für den Mord an den beiden Alten festsetzen und sie dahin abschieben, wo sie herkamen. Die Bullen hatten die Clans im Blick, spätestens seit den Einbrüchen in den Museen in Berlin und Dresden. Sie waren bestimmt froh, wenn sie auch in anderen Städten Erfolge vorweisen und sich in der Tagesschau feiern lassen konnten. Man musste denen einfach nur ein wenig auf die Sprünge helfen. Dann schauten sie nicht so genau hin, und am Ende waren alle glücklich. Hauptsache, sie hatten ihren Durchbruch im Kampf gegen die Clan-Kriminalität.

Er holte erneut zu einem ärgerlichen Schlag auf seinen rechten Oberschenkel aus. Die beiden vorne wechselten schweigend Blicke. Sollten sie doch denken, was sie wollten. Ihr Geld bekamen sie von seiner Familie. Wenn er auch nur ein Wort zu seinem Vater sagte, waren sie ihren Job los. Nur bei Rocco hatte das nicht funktioniert. Sein Vater hatte ihm blind vertraut und sich darin auch nicht beirren lassen. Er hatte bloß still gelächelt, als Rajko Andeutungen formulierte, die man nicht falsch verstehen konnte. Vielleicht war der Rotbart deswegen ausgerastet und auf ihn losgegangen. Er hatte ihn am Kragen gepackt und ihm seine Anklagen entgegengebrüllt. Er konnte das Rachenspray riechen, so nah war er. Ein künstlicher Pfefferminzgeruch, der die Augen tränen ließ. Den knappen Abstand, den er gleich darauf zwischen ihnen herstellte, hatte Rajko genutzt, um mit der harten Seitenkante seiner Ledersohle mit voller Wucht gegen seine Kniescheibe zu treten. Er traf perfekt. Rocco fiel wie ein Baum nach hinten, sein Kopf schlug ungebremst auf das frisch verlegte grobe Kopfsteinpflaster auf. Aus weit aufgerissenen Augen hatte er ihn angestarrt, hasserfüllt, und zusammenhanglose, unverständliche Wortfetzen herausgepresst. Er wirkte benommen, aber nicht ernsthaft verletzt. Nach dem, was Rocco ihm an den Kopf geworfen hatte, verspürte er wenig Motivation, dem Mann wieder auf die Beine zu helfen. Wer weiß, ob er nicht zum Gegenschlag ausgeholt hätte. Darauf hatte er keine Lust gehabt und sich schnellstens aus dem Staub gemacht. Pech, dass es Rocco auch noch erwischt hatte, aber das hätte nicht auf ihn zurückfallen müssen. Mit Axel als Alibi und der vorgeschobenen Rauferei waren die Spuren, die die Bullen unter seinen Fingernägeln hervorgekratzt hatten, nichts wert.

Auf der Flucht war er, weil sein Vater einen Hinweis von dem ständig besoffenen Bullen bekommen hatte. Sein Manschettenknopf war an der Rheinpromenade gefunden worden. An der Stelle, wo Rocco gelegen hatte. Dass er den an jenem Abend verloren hatte, war ihm auch aufgefallen. Er war sich aber eigentlich sicher gewesen, dass das nicht beim Gerangel mit dem Rotbart passiert war.

Nur zu gerne hätte er jetzt seine aufgestaute Wut an irgendetwas anderem als seinem Oberschenkel ausgelassen. Er überlegte, wie die beiden da vorne wohl reagieren würden, wenn er jetzt gegen die Scheibe oder die Kopfstütze hieb. Die sahen nicht so aus, als ob sie sich dadurch aus der Ruhe bringen ließen. Und wenn, dann verstünde er sowieso kein Wort. Das hatte er vorhin schon nicht, als sie die einzigen Sätze miteinander gewechselt hatten, die in den letzten Stunden in diesem Wagen gesprochen worden waren.

41

Seine Zeit lief ab. Er gab sich keiner Illusion hin. Das Atmen fiel ihm schwerer. Der Durst brannte in ihm. Seine Zunge klebte immer wieder in seinem Mundraum fest. Er zwang sich dazu, einen gleichmäßigen Rhythmus einzuhalten, zumindest in den Phasen, in denen er wach in der Finsternis lag. Auch dann irrten seine Gedanken wirr umher. Es tauchten Bilder auf, die er nicht zuordnen konnte. Abgehackte Erinnerungen, die grell aufblitzten, um dann sofort wieder zu verschwinden, noch bevor er Genaues erkennen konnte. Sie drückten ihn zurück in einen Dämmerzustand, von dem er immer mehr annahm, dass es schon der nahe Tod sein musste. Ein Schritt fehlte noch, den er mittlerweile sogar herbeisehnte. Gerne würde er ihn tun, wenn er Erlösung bedeutete.

Harro wusste mittlerweile, wo er sich befand. Sie hatten ihn in ein ausrangiertes riesiges Weinfass aus Kunststoff geworfen. Das war sein Gefängnis, so lange, bis es auch sein Grab werden würde. Vorhin hatte er sich, von dem quälenden Durst und der Übelkeit in seinem krampfenden Magen getrieben, um die eigene Achse gedreht und weiter um sich getastet, bis er auf Widerstand stieß. Er war mühsam an den Wänden entlanggekrochen. Ein Tier in seinem viel zu engen Gehege, das nicht mehr wusste, wie sich Freiheit anfühlte. Dabei hatte er das ovale Einstiegsloch gefunden. Es war vorschriftsmäßig verschlossen mit eingelegtem Dichtring, als ob sie schon bald mit dem Befüllen beginnen würden.

Ihm graute nicht mehr bei diesem Gedanken, würde es das Ende doch nur beschleunigen. Er hatte auf dieser Welt, die sich schon seit Jahren gegen ihn wandte, nichts mehr verloren.

Trotzdem stimmte er immer wieder ein Klagen an, das inzwischen kaum mehr als ein schwaches Wimmern war, um sich zu bestätigen, dass es noch nicht vorbei war. Alles klang dumpf hier drinnen. Auch dafür hatte er mittlerweile eine Erklärung gefunden. Das riesige Fass, in dem er lag und Qualen litt, stand schief. Diese Erkenntnis hatte ihn zur Lösung des Rätsels geführt. Er brauchte daher seine letzten Kräfte nicht in sinnlose Schreie nach Rettung zu investieren. Hier unten hörte ihn sowieso niemand. Das Fass steckte in der Erde. Sie hatten es eingegraben, und es würde ihn nicht wundern, wenn selbst die Kuppel des Tanks unter einer dicken Erdschicht steckte, die verhinderte, dass man ihn jemals wiederfand.

Das Flimmern vor seinen Augen kehrte zurück. Das gleißende Licht blendete ihn. Er drückte seine Lider noch fester zu. Die Erlösung war nah, sie rückte näher mit jeder Minute. Irgendetwas hielt ihn aber noch immer hier drinnen fest und verhinderte den Aufbruch zum letzten Gang. Er versuchte wieder erfolglos, die Bilder zu steuern, die in sein Bewusstsein drangen. Sie gehorchten ihm nicht. Seine Gedanken hetzten voran und waren ihm immer einen Schritt voraus. Er konnte einfach nicht Schritt halten. War Cvetkovic für all das verantwortlich? Er hatte seinem Sohn die Flucht ermöglicht. Der in die frischen Fugen getretene Manschettenknopf bewies Rajkos Anwesenheit am Tatort. Jetzt brachten sie den Jungen fort und suchten jemanden, der die Schuld auf sich nahm. Das Spiel kannte er, sie hatten es schon einmal gespielt, und es würde auch jetzt wieder funktionieren. Aber dazu brauchten sie ihn doch. Warum lag er dann hier in diesem Fass auf dem krümeligen Weinstein?

Starinski wollte vielleicht sichergehen, dass mit ihm auch alles Wissen verschwand. Fürchtete er ernsthaft, Harro könnte unter dem Druck einer internen Ermittlung auspacken? Das lag zwar nahe, aber dann würde er jetzt schon nicht mehr leben und triebe im Rhein in Richtung Holland. Es bräuchte doch gar nicht viel, um sein Ableben wie den Selbstmord eines verzweifelten Kripobeamten aussehen zu lassen, der am Tatort Geld mitgehen ließ. Zwischen Spielsucht und Alkohol erschien der Gang in den Fluss so manchem als letzter Ausweg.

Hielten sie ihn also hier in diesem Tank fest, weil der richtige Moment noch nicht gekommen war? Die Suche nach ihm band Kräfte, war das ihre Absicht? Das war eine absurde Vorstellung. Lebendig und im Dienst war er ungleich wertvoller für sie. Noch konnte man ihm nichts nachweisen. Aber wer blieb dann übrig?

Die Dunkelheit und die sie begleitende dumpfe Stille hüllten ihn ein. Seinen sich verlangsamenden Herzschlag konnte er spüren. Er atmete mühsam. Christian Schweickharts Worte klangen auf einmal in seinen Ohren, ohne dass er an ihn gedacht hatte. Die Spuren am Mantel des toten Rotbart. Eine Bundeswehrdecke, die nicht zu finden gewesen war. Die Kontamination durch Fasern, die sie wahrscheinlich selbst vom einen zum anderen Tatort transportiert hatten. Nachlässigkeiten in den Ermittlungen, die einfach nicht passieren durften, weil sie von den wichtigen Informationen ablenkten und unnötig viel Zeit kosteten.

Der Kriminaltechniker redete weiter auf ihn ein. Der schien es sich dort bequem eingerichtet zu haben. »Und gib deinem Kollegen einen kleinen Hinweis, dass auch er seinen Schutzanzug beim nächsten Mal richtig zuziehen soll. Dann kann ich mir nämlich die sinnlose Arbeit sparen, die Fusseln von seinem Pullunder mit den Fasermustern abzugleichen, die sich über die Jahre bei mir angesammelt haben.« So oder so ähnlich hatte er sich ausgedrückt. Oder trieb sein unterversorgtes Hirn schon Spielchen mit ihm? Phantasierte Erinnerungen konnten das sein, die nur wenig oder gar nichts mehr mit der Realität zu tun hatten. Er wusste nicht, ob es so war. Die Stimmen in seinem Kopf redeten weiter. Ihr Klang veränderte sich. Es waren mehrere, die sich dort oben tummelten, die einzelne Satzfetzen wiederholten und so wild durcheinanderquatschten, dass es ihm nicht mehr gelingen wollte, sie auseinanderzuhalten. »Das Fass, es hätte etwas Schlimmes passieren können, wenn er hineingestürzt wäre.« Er zitterte bei dem Gedanken. Kälte breitete sich in ihm aus. Sie kroch seinen Nacken entlang und von dort weiter bis in seine Fußspitzen.

Ihm fehlte die Kraft, das alles aufzulösen. Seine Erinnerung an die Ereignisse der letzten Tage war wie eine dicke, zähflüssige Suppe, die einzelnen Bestandteile kaum noch voneinander unterscheidbar. Das Nachdenken darüber schien ihn gleich einem Strudel mit in die Tiefe zu ziehen. Das war gut so. Er empfand Glück. Eine wärmende Euphorie flutete seinen Körper. Er brauchte nicht zu wissen, welcher Fehler ihn nun das Leben kostete. Es war besser, sich in diesen letzten Momenten mit den schönen Erinnerungen zu beschäftigen. Er dachte an seine Tochter und wünschte sich, dass sie ihn niemals finden würden. Heike sollte nicht erfahren, welches Ende ihn ereilt hatte. Die Wahrheit würde sich mit ihm auflösen. Besser ein verschollener Vater als einer, der sich hatte kaufen lassen, weil er nicht mit dem Leben, der Arbeit und dem Alleinsein zurechtgekommen war.

Tränen rannen ihm über die Wangen. Er zitterte immer mehr. Sein ganzer Körper bebte jetzt. Ungelenke Zuckungen schüttelten ihn. Er rang weiter krampfhaft nach Luft, obwohl er doch längst bereit war, endlich im Tod Erlösung zu finden.

42

Ravi atmete tief durch und betätigte die Wahlwiederholung. Bis die Verbindung aufgebaut war, dauerte es einen Moment. Auch ohne sein Handy laut gestellt zu haben, konnte er gleich darauf vernehmen, dass Harros Telefon nicht erreichbar war. Auf den Anrufbeantworter brauchte er nicht schon wieder zu sprechen. Er würde jetzt gerne mit ihm persönlich reden. Er malte sich die Situation aus. Im Stimmengewirr der Weinstube am Holztor, bei einem Glas Riesling, könnte er Harro zuhören, der sich ihm endlich öffnete und die Wahrheit erzählte. Dabei musste er sich Mühe geben, denn er wollte ihn wirklich verstehen. Warum war alles so gekommen? Wann hätten sie ihm helfen müssen? Er spürte, dass dieser Gedanke schwer auf ihm lastete. Eine bittere Enttäuschung drückte ihn nieder. Über Harro, aber vor allem über sich selbst. Dass es so weit gekommen war, war auch ihre Schuld. Sie hatten ihm den Eindruck vermittelt, dass er sicher war, egal was er tat, weil sie immer wegschauten.

Mit Tobias hatte er vorhin lange gesprochen. Sie waren sich einig gewesen, dass sie Harro noch diese eine Nacht geben wollten. Beide glaubten sie fest daran, dass auch er spürte, dass die Gnadenfrist nur knapp bemessen sein konnte. Sollte er sich bis morgen nicht gemeldet haben, mussten sie aktiv werden und nach oben berichten. Tobias hegte noch die naive Hoffnung, dass sich alles von allein aufklären würde. So sei der Chef doch schon immer gewesen. Er ermittele auf eigene Faust und beziehe sie nicht sofort mit ein. Das sei ganz normal, keine Situation, die sie so nicht schon einmal erlebt hätten. Er greife am Tatort zu, wenn er glaubte, keiner bekomme es mit, und er pflege Kontakte überallhin. Ravi wusste längst, dass es diesmal nicht mehr so einfach beiseitezuschieben wäre, auch wenn der Chef ihnen morgen früh einfache Erklärungen anbot und so tat, als ob nichts passiert wäre. Er war sich plötzlich sogar ganz sicher, dass das nicht eintreten würde. Harro würde auch morgen nicht erscheinen.

Er drückte sich aus seinem Stuhl in die Höhe und verließ sein Büro. Ihr Chef hatte Rajko Cvetkovic den nötigen Vorsprung besorgt, um rechtzeitig außer Landes zu gelangen. Starinski hatte den Ahnungslosen gemimt und seinen Anwalt erklären lassen, dass der Sohn volljährig sei und daher selbst entscheiden könne, wann er wohin verreise. Berlepsch hatte nach seinem ersten Geständnis nun Zeit, um sich mit seinem Vater und dem Anwalt zu besprechen. Tobias war vor einer halben Stunde nach Hause gefahren. Er begleitete seine Frau zur nächsten Therapiesitzung und stand bereit, sobald die Ergebnisse aus der Rechtsmedizin zu den Todesumständen von Rocco Werner eintrafen. Danach würden sie Berlepsch erneut verhören. Auf dem langen Flur herrschte Stille. Es wirkte alles wie ausgestorben. Die Ruhe vor dem Sturm. Sobald sie Harros Verschwinden und die mutmaßlichen Gründe dafür meldeten, würde hier ein Orkan ausbrechen. Ravi ließ der Gedanke frösteln. Er fuhr sich durch die welligen Haare und bog in Harros Büro ab. Alles hätte er dafür gegeben, ihn jetzt dort auf seinem Stuhl anzutreffen. Seinen herausfordernden Blick zu sehen, der ihm einen spitzen Kommentar ankündigte. »Warum hast du mir keinen frischen Kaffee mitgebracht? Ich könnte einen gebrauchen!«

Harros Schreibtisch zog ihn an wie ein Magnet. Vorsichtig schlich er näher. Er fühlte sich wie ein Einbrecher, der mit Blicken taxierte, was sich mitzunehmen lohnte und was er getrost dalassen konnte. Zettel lagen um die Tastatur verstreut, Notizen und Berichte. Das meiste gehörte zum Fall Oberländer. Bekanntes Material, das an sie alle gegangen war und das nur der Chef noch zusätzlich ausdruckte, weil er es hasste, am Bildschirm zu lesen.

Draußen auf dem Flur war nichts zu hören. Ravi schaute

sich kurz um und zog dann vorsichtig die große Schublade am Schreibtisch auf. Er wusste, dass Harro sie nie abschloss. Ein Wust an Blättern quoll ihm entgegen. Es wirkte so, als ob der Chef hier sein Altpapier entsorgte und der Reinigungstrupp eine Leerung nur monatlich vornahm.

Ravi beugte sich hinab und schob das obere Bündel zur Seite. Es waren Berichte zu einem längst abgeschlossenen Fall vom vergangenen Jahr. Darunter kam noch mehr altes Zeug zum Vorschein, das er anscheinend wahllos hineingestopft hatte. Vieles war zerknittert. Das konnte alles getrost in den Müll wandern. Dass der Chef kein Freund von penibler Ordnung war, hatten sie vorhin schon bei ihm zu Hause sehen können. Die Schublade fügte sich nahtlos in das Gesamtbild ein. Ravi langte nach mehreren Blättern, die frisch ausgedruckt aussahen. Er spürte, wie sich sein Herzschlag beschleunigte, als er las, was da stand. Satzfetzen vibrierten vor seinen Augen. Sie tanzten zu einem hässlichen Lied, aus dem Spott und Häme aufstiegen. Er durchwühlte die Sachen seines Kollegen, so weit war es gekommen.

Es war nur ein knapper Vorabbericht der Kriminaltechnik vom gestrigen Dienstag, der all seine bisherigen Befürchtungen bestätigte. Er kam von Christian Schweickhart, der sich, kurz nachdem die Lieberknecht am Rhein aufgelaufen war, aus dem Staub gemacht hatte, um an den Spuren vom Tatort Oberländer weiterzuarbeiten. Beim veganen Mittagessen in der Kantine hatte Harro die Fasern der Bundeswehrdecke erwähnt. Die Informationen stammten aus diesen Aufzeichnungen. Erst viel später hatte der Chef Tobias darüber in Kenntnis gesetzt, dass sich unter den Fingernägeln des Opfers Hautpartikel gefunden hatten, die eindeutig Rajko Cvetkovic zuzuordnen waren. Das stand auch schon hier drin. Harro hatte denen einen Zeitvorsprung von ein paar Stunden verschafft, damit sie sich überprüfbare Erklärungen zurechtlegen und gut instruierte Zeugen auftreiben konnten, wenn sie beim Junior auftauchten, um ihn zu befragen.

Ravi spürte einen wachsenden Zorn auf Harro. Es gab eine Verbindung zwischen den beiden Fällen, und Christian hatte die ersten Anzeichen dafür schon gestern entdeckt. Die grüne Synthetikfaser, die sie bei den beiden ermordeten Alten gefunden hatten, war auch am Ledermantel von Werner festgestellt worden. Christian hatte in Klammern dahinter »Kontamination?« notiert. Er traute dem eigenen Fund also nicht. Harro hätte ihnen das trotzdem sagen müssen. Die gleiche Anmerkung entdeckte Ravi direkt darunter, in der letzten Zeile. Eine weitere Faser, diesmal weiß und aus Wolle: »Kontamination! KHK Schmahl.«

Ravi starrte wieder in die Schublade. Er wollte nach dem nächsten Bündel Papier greifen, als sein Blick an einem Handy hängen blieb, das er bei seiner Suche freigelegt hatte. Es war eindeutig Harros Gerät. Es rauschte in seinen Ohren. Sein Herz hämmerte. Er erkannte das Telefon an der abgegriffenen dunkelblauen Schutzhülle. Er langte danach und versuchte hektisch, es anzubekommen. Das Handy blieb tot, der Akku schien leer zu sein. Kein Wunder, dass sie ihn nicht erreichen konnten.

Das Klingeln des Telefons auf Harros Schreibtisch ließ ihn zusammenfahren. Auf dem Display las er die Nummer der Rechtsmedizin. Seine Hand zitterte, als er den Hörer ans Ohr führte.

»Bingenheimer.«

Am anderen Ende der Leitung registrierte er ein kurzes, unsicheres Schweigen.

»Ich wollte eigentlich zu Ihrem Chef.« Die Lieberknecht räusperte sich umständlich. »Dr. Lieberknecht hier.«

»Der hat sich krankgemeldet.«

»Kein Wunder, dass ich ihn auch auf dem Handy nicht erreiche. Etwas Ernstes?«

»Ich habe nicht mit ihm gesprochen. Ein kleiner Unfall daheim. Er ist beim Arzt.«

»Na, dann richten Sie ihm meine Genesungswünsche

aus, wenn Sie ihn das nächste Mal sehen«, bat sie und kam auf den Grund ihres Anrufs zu sprechen. »Ich habe Ihrem Chef gerade die Ergebnisse der Untersuchung Werner zugeschickt.«

»Können Sie mir den Bericht auch zusenden?«

»Natürlich, das mache ich gerne.«

»Was müssen wir wissen?«

Er rechnete eigentlich fest damit, dass die Lieberknecht ihn kurz angebunden abwimmeln würde: *Lesen Sie den Bericht, und wenn es Fragen gibt, dann melden Sie sich bei mir. Ich habe zu tun*. Es überraschte ihn daher, dass sie seine Frage bereitwillig beantwortete.

»Wir haben etwas länger gebraucht, aber dafür sind die Ergebnisse ganz interessant.« Kurz hielt sie inne. Ravi war sich nicht sicher, ob sie jetzt schon gelobt werden wollte. Sie hatte doch noch gar nichts Brauchbares verlauten lassen. Aber da sprach sie auch schon weiter. »Rocco Werner hat einen kräftigen Tritt oder Schlag gegen die rechte Kniescheibe bekommen. Sie ist glatt gebrochen, was auf eine harte Kante hindeutet. Er ging zu Boden und ist ungebremst mit dem Hinterkopf auf dem Pflaster aufgeschlagen. Ihre Kollegen haben die Stelle ja zweifelsfrei identifiziert. Sein Atlaswirbel landete anscheinend genau auf der leicht hochstehenden Kante des Pflastersteins. Er ist in mehrere Teile zerbrochen.«

»War er also sofort tot, und jemand hat ihn das Stück bis zur Bank getragen, um ihn dort abzulegen?«

Sie ließ sich einen Moment Zeit mit ihrer Antwort. »Ich glaube nicht. Das Opfer war sicherlich benommen, vielleicht auch ohnmächtig, aber er hat noch gelebt. Er hatte sich beim Sturz auf die Unterlippe gebissen. Sie muss stark geblutet haben. Das Blut konnten wir in seinem Magen nachweisen. Er hat also weiter geschluckt und geatmet, noch eine ganze Weile. Wie lange, lässt sich schwer sagen. Vielleicht wäre er ohne rettende Hilfe im Laufe der Nacht gestorben. Reglos auf dem Rücken liegend hätte er an seinem Blut ersticken können. Auch eine Unterkühlung hätte ihn töten können. Aber das ist alles nicht passiert.« Die Lieberknecht schwieg einen Moment. Ravis Gedanken suchten Antworten. Bevor er sie sortiert bekam und fragen konnte, setzte sie ihren Bericht fort. »Es hat ihn jemand erstickt. Wir konnten Druckspuren um seinen Mund herum feststellen. Geplatzte Adern in seinen Augen und in der Lunge deuten ebenfalls darauf hin. Er war wehrlos, und das hat der Täter ausgenutzt. Ob es derselbe war, der ihm die Kniescheibe gebrochen hat, kann ich nicht sagen. Aber die Person scheint ihm an Ort und Stelle mit der Hand so lange den Mund und die Nase zugehalten zu haben, bis er tot war. Erst danach hat man ihn zur Bank getragen und wie einen Schlafenden auf die Seite gelegt, zusätzlich getarnt mit einer Decke. So hat er mehrere Stunden gelegen, wie die Leichenflecken an seiner rechten Seite zeigen. Das Blut in einem toten Körper folgt der Schwerkraft, bis es gerinnt. Erst viel später hat ihn jemand von der Bank gestoßen, und der Tote ist dort zu liegen gekommen, wo man ihn am Morgen entdeckt hat.«

»Unsere Kriminaltechnik hat identische Faserspuren sowohl am Tatort in Laubenheim als auch am Ledermantel von Rocco Werner sichergestellt. Sie scheinen vom selben Kleidungsstück zu stammen. Es könnte sich dabei um ein einfaches Imitat einer grünen Polizeijacke handeln.« Ravi hielt kurz inne und rieb sich den Schweiß von der Stirn. Dann fuhr er stockend fort. »Haben Sie an der Leiche eventuell Material gefunden, dass diese Theorie untermauert? Aktuell ist das noch sehr dürftig. Jeder Strafverteidiger zerlegt uns das, weil die Fasern natürlich auch durch uns vom einen zum anderen Tatort gelangt sein könnten.«

Ravi spürte, dass sein Handy vibrierte. Er hoffte, dass es Harro war, auch wenn das kaum möglich sein konnte. Sein Telefon lag vor ihm in der Schublade. Er warf einen kurzen Blick auf das leuchtende Display. Sandra. Das musste warten, bis er hier fertig war.

»Kontamination ist unser tägliches Geschäft und ein ewiges Ärgernis der Rechtsmedizin. Daher verweise ich immer gerne auf gut sitzende Schutzkleidung. Niemand verschwendet mit Freude mehrere Stunden kostbarer Arbeitszeit, um sich dann die Bestätigung dafür abzuholen, dass alle Kollegen von der Kriminalpolizei auch wirklich am Tatort im Einsatz waren.« Sie ließ ihre Spitze Wirkung entfalten und redete dann weiter. »Die grünen Fasern hatte Herr Schweickhart ja bekanntlich ans LKA weitergegeben. Ich habe mit ihm darüber auch schon gesprochen. Am Leichnam selbst habe ich diese Faser nicht noch einmal finden können, dafür aber Hautschuppen im Rauschebart unseres Opfers.« Sie hustete etwas gekünstelt. »Es gibt allerdings gewichtige Gründe, warum ich diesen Sachverhalt zunächst mit Ihrem Chef besprechen möchte.«

Noch bevor Ravi etwas erwidern konnte, hatte sie schon aufgelegt. Sie ließ ihn allein mit seinen hilflosen Bemühungen, herauszubekommen, worum es sich bei dieser anscheinend sensiblen Information wohl handeln mochte. Weit kam er damit nicht. Er brauchte den Chef. Ohne Harro kamen sie nicht weiter. Und durch sein Abtauchen verloren sie nur noch mehr wertvolle Zeit. Sie durften nicht bis morgen früh warten. Sandra rief schon wieder an. Schnell legte er Christians Bericht zurück in die Schublade und drückte sie zu. Erst im Flur nahm er das Gespräch entgegen.

»Was ist los?« Ravi konnte im Hintergrund die Sirene hören. Sie war unterwegs zu einem Einsatz.

»Du musst hier rauskommen!« Sie klang gehetzt. Ihre nächsten Worte kamen gedämpft. Knappe Anweisungen an den Fahrer, für die sie das Handy vom Ohr nahm. »Da lang, wir müssen auf der Landstraße bleiben. Der Abzweig kommt erst nach der Linkskurve. Dann ist es der dritte Weg auf der rechten Seite. Du kannst noch Tempo machen.« Die letzten Worte sagte sie wieder deutlich vernehmbar. »Ravi, wir sind unterwegs nach Schornsheim. Ein Streifenwagen ist schon vor Ort. Sie haben einen Mann gefunden. Es sieht nicht gut aus. Mehr weiß ich noch nicht. Du musst kommen, so schnell wie möglich. Er hat Harros Dienstausweis in der Jackentasche.«

Ravi rannte los, noch bevor Sandra aufgelegt hatte. Im Laufen wählte er Tobias' Nummer. Wenn der Kollege noch zu Hause war, konnte er in ein paar Minuten vor Ort sein.

43

Ravi hätte ihn nicht anrufen müssen. Er wusste Bescheid. Dem ersten Polizeiwagen mit Blaulicht, der ihm vor zehn Minuten entgegengekommen war, hatte Tobias noch keine Beachtung geschenkt. Als aber gleich danach ein Rettungswagen und ein Notarztwagen an ihm vorbeirasten, war er vorsorglich in den nächsten Feldweg abgebogen und hatte den Wagen gewendet. Er war ihnen gefolgt. Das tat man nicht automatisch als Polizist, aber in diesem Fall schon. So weit draußen brauchten die Einsatzkräfte länger. Da gebot es die Situation, als Kollege kurz nach dem Rechten zu sehen.

Er musste sich dazu aber nicht an die Stoßstange des Rettungswagens heften. Wohin sie fuhren, wusste er ohnehin, und auch, was sie dort vorfinden würden: einen toten Polizisten, der an einer Überdosis Fentanyl gestorben war. Die Lieberknecht würde den Stoff leicht nachweisen können. Er lagerte sich zum Teil in der Leber ein. Von dieser Erkenntnis war es nicht weit bis zu den erwünschten Rückschlüssen. Selbst ein Laie konnte nach einer kurzen Recherche im Internet die Verbindung zwischen Harros Tod und seinen Beziehungen zu den Cvetkovics herstellen.

Fentanyl erfreute sich in der Drogenszene seit Jahren großer Beliebtheit. Es kam als Schmerzmittel aus der Anästhesie und wurde gerne zum Strecken von Amphetaminen, Heroin oder Kokain verwendet, weil selbst größere Beimischungen die Qualität des Rauschmittels nicht beeinträchtigten. Fentanyl besaß nämlich auch eine psychotrope Wirkung. Einen Großteil der amerikanischen Drogentoten der Opioid-Krise in den letzten knapp zwanzig Jahren schrieb man Fentanyl zu, das schon in sehr kleinen Dosen tödlich sein konnte. Es wirkte stark schmerzlindernd, betäubte und verlangsamte schnell Atem und Puls. Bis zum endgültigen Stillstand der

Atmung dauerte es meist nicht lange. Den Stoff bekam man in Pulverform ohne größere Mühen auf dem Schwarzmarkt. Er hatte seine eigene Quelle und damit kein Risiko eingehen müssen. Das kleine Tütchen, von dem er nur wenig verbraucht hatte, steckte in seiner Hosentasche. Das Zeug war gut. Die euphorisierende Wirkung hatte er ausprobiert. Nur ein paar winzige Krümel, einmal die Fingerspitze eintauchen und ablecken. Es erschien dann alles viel einfacher und beherrschbarer.

Die Überdosis hatte Harro getötet. Schon auf dem Weg vom Rheinkilometer 497 bis zu seinem Wagen hatte er aufgehört zu atmen. Mehrmals hatte er sich noch heftig übergeben. Doch sein Körper wehrte sich erfolglos.

Harros Tod war entscheidend. Wohin die anschließenden Ermittlungen sie führen würden, interessierte ihn jetzt noch nicht. Es dürfte ihm nicht schwerfallen, sie in die beabsichtigte Richtung zu lenken. Die Cvetkovics würden sich nur schwer aus all dem herauswinden können. Zwar wusste er es nicht mit letzter Sicherheit, weil er zu diesem Zeitpunkt noch nicht am Rhein gewesen war, aber es würde ihn wundern, wenn der Manschettenknopf, den er in Harros Jacke gefunden hatte, nicht von Rajko Cvetkovic stammte. Er selbst hatte ihn zuerst gefunden in jener Nacht, als sie ihn riefen. Ein Zufallstreffer. Ihm war jemand entgegengekommen, und er hatte nach unten gestarrt, um sein Gesicht nicht zu präsentieren. Rajko war schon kurz davor hektisch an ihm vorbeigerannt, ohne ihn zu bemerken. Den Manschettenknopf hatte er an sich genommen und wenig später in den frischen Splitt neben dem Rotbart gedrückt, der schwer atmete und reglos in die Nacht starrte.

Sein Kontakt zu den Findiks bestand schon seit letztem Sommer. Es war eine dieser Fügungen, die einem eingefahrenen Leben eine ganz neue hoffnungsvolle Wendung gaben. Unzählige Kollegen und eine Einheit der Bereitschaftspolizei waren damals auf dem Gelände der Mainzer Uni schon im Einsatz gewesen, als er dazukam. Eine Gruppe Jugendlicher hatte zwei Kollegen in die Enge getrieben. Er war geblieben. Vielleicht hatte er unterbewusst gespürt, dass dieser Moment kommen würde. Als der Morgen schon dämmerte, hatte er Mehmet an seinem Wagen angesprochen. Seither standen sie in losem Kontakt. Vom Chef zu lernen, hieß siegen zu lernen. Tobias lächelte.

Die Findiks beobachteten die Cvetkovics schon länger sehr intensiv und warteten auf den entscheidenden Moment. Der schien nun gekommen zu sein. Den Zeitpunkt hatten sie selbst bestimmt. Ihm war schon bei dem Gespräch mit der Nachbarin der Oberländers klar gewesen, dass mehr dahintersteckte als der misslungene Versuch des Enkels, sich ein paar Hunderter für den nächsten Joint mit den Kumpels zu besorgen. Die Alte mit den steinharten Keksen und dem schimmeligen Treibgut auf der Kaffeesahne hatte Polizisten erwähnt, der Hausmeister die grünen Uniformen. Der Vorteil der Findiks war ihre große Familie. Sie waren stets bestens informiert. Schon seit Wochen folgte immer einer von ihnen den Cvetkovics und Rocco Werner. Zusammen mit den Informationen, die er beisteuerte, ergab das ein stimmiges Gesamtbild.

Mehmet war mit ihm auf den Lerchenberg gefahren. Ein Einfamilienhaus stand dort zum Verkauf. Der Makler kämpfte damit, dass alle bisherigen Interessenten wieder abgesprungen waren. Dafür hatten Mehmets Leute mit ein paar wenigen, aber sehr deutlichen Anrufen gesorgt. Das alte Ehepaar stand nun unter Druck wegen der seniorengerechten Eigentumswohnung, die sie in der Innenstadt erworben hatten. Der Kaufpreis war bald fällig. Nur noch ein wenig mussten sie nachhelfen, dann wären sie bereit, ihr reduziertes Angebot zu akzeptieren. »Du bekommst dein Haus«, hatte Mehmet mit Nachdruck beteuert. »Wir steuern auch noch einen ordentlichen Teil bei, wenn du uns hilfst, sie aus dem Weg zu räumen. In vier Wochen sitzt du beim Notar. Ehrenwort!«

Es war nicht sonderlich schwer gewesen in der Nacht am Rhein. Rocco Werner hatte hilflos vor ihm gelegen. Das war die Übereinkunft mit Mehmet. Der Preis, den er dafür zu zahlen hatte. Er hatte gewusst, was er tat und dass er sich mit dem Mord am Rheinufer fest an sie band. Es war der einzige Ausweg für ihn und seine Familie. Nur mit Mehmets Unterstützung und seinem Geld konnte er Sara und damit seine Familie retten. Eine solche Chance bot sich nur einmal. Sie hatten ihn informiert, dass es in den Tagen davor zum Streit zwischen Rocco und Rajko gekommen war. Sie wussten, dass es um viel Geld ging, das der Sohn des Alten beschaffen und Rocco bei dem Treffen am Rheinufer übergeben musste. Zusammen mit Mehmets Cousin sollte er Starinskis Handlanger danach erledigen. Es so aussehen lassen, als ob der Streit um das Erbe des Alten schon begonnen hätte. Den Großteil der Arbeit hatte dann unerwartet Rajko bei dem Handgemenge übernommen.

Aus großen Augen hatte ihn der Rotbart angestarrt, als er sich über ihn beugte. Es war ihm nicht schwergefallen, weil er wusste, dass es keinen anderen Ausweg gab. Die Hoffnungen, die er bei Sara schürte, um ihr neuen Lebensmut zu schenken, bekam er anders nicht erfüllt. Keine Bank finanzierte ein zweites Haus, wenn das erste nicht bezahlt und schwer verkäuflich war. Rocco war völlig hilflos gewesen. Ein kaum spürbares Zucken war noch durch seinen Körper gefahren. Zusammen hatten sie ihn hinterher auf die Bank gelegt und mit der Decke des Penners zugedeckt. Das war notwendig gewesen, um ihnen allen ausreichend Zeit zu verschaffen.

Ohne Rocco Werner würde sich Slobodan Cvetkovic nicht behaupten können. Zumal er mit Harro nun auch noch seinen direkten Kontakt zur Polizei verloren hatte. Der Alte hatte jetzt mehr als genug Arbeit damit, seinen Sohn in Sicherheit zu bringen und eine Verteidigung aufzubauen, die ausreichte, um ihn vor dem Knast zu bewahren. Außerdem musste er ab heute auch noch dafür sorgen, dass er nicht selbst in Verdacht geriet, den Mord an einem Kripobeamten beauftragt zu haben.

Tobias spürte Zufriedenheit in sich aufsteigen, auch ohne

Fentanyl. Sie verdrängte jegliche Anspannung. So gut hatte er sich seit Monaten nicht mehr gefühlt. Er rieb sich über die Augen, bis sie brannten. Er hatte einen engen Kollegen verloren, der den Verlockungen der dunklen Seite nicht hatte widerstehen können. Das sollte man ihm ansehen.

Insgeheim hatte er gehofft, dass es hierzu niemals kommen würde. Das vergrabene Weinfass auf dem fast gänzlich zugewachsenen Gartengrundstück hatte er im Frühjahr entdeckt. Sie waren alle zusammen hierher zum Spaziergang gekommen. Ben war vorausgerannt und in das Dickicht eingetaucht. Er schrie und juchzte, als Tobias ihn endlich fand. Der Junge sprang auf einer schwarzen, elastischen Matte, die ihn wie ein altersschwaches Trampolin noch ein wenig in die Höhe katapultierte. Erst beim zweiten Blick hatte er die Gefahr gesehen. Die Matte lag über einer weiten, kreisrunden Öffnung, unter der es in die Tiefe ging. Das klaffende Loch im Boden sah für ihn zunächst aus wie ein Brunnen, als er die Matte zurückschlug. Dann konnte er aber erkennen, dass hier jemand einen ausgedienten Weintank vergraben hatte, um ihn als Zisterne zu nutzen. Der ein Stück weiter auf dem Grundstück vor sich hin rostende Mähdrescher mit platten Reifen, auf dessen Fahrerstand er seinen Sohn danach lenkte, zeigte an, dass hier schon lange niemand mehr hinkam. Es hätte also gut sein können, dass Harro für lange Zeit oder sogar für immer verschwunden geblieben wäre.

Tobias stellte sein Auto hinter dem Notarztwagen an den Straßenrand. Die kleine Streifenpolizistin, die jetzt Ravis Freundin war, kam auf ihn zugeeilt. Ihrem Blick konnte man ansehen, dass dies für sie ein ganz besonderer Tatort war. Hier ereignete sich etwas, das man nicht nach einem Glas Rotwein am Abend vergessen konnte. Es begleitete einen Tage und Wochen und noch darüber hinaus. Manche Tatorte waren schaurige Erinnerungen für das ganze Leben, die ausreichend Energie besaßen, um in jedem Jahr neu aufzukeimen. Er schaute sie ernst an. Legte Betroffenheit in seine

Gesichtszüge. Ihre vor Aufregung roten Wangen leuchteten im schwach flackernden Schein der Blaulichter. Man sah, wie erleichtert sie war, dass er jetzt auftauchte. Sie blickte ihn dankbar an und würde nicht fragen, warum er so viel schneller als Ravi und die Kollegen aus Mainz hier draußen auflief.

»Es ist gut, dass du da bist.« Sie legte die Hand auf seinen Arm.

Tobias sah zu den hell erleuchteten Fenstern des Rettungswagens. Nur das obere Viertel ließ einen Blick ins Innere zu. Er konnte einen Haarschopf erahnen, der gleich darauf schon wieder aus seinem Sichtfeld verschwunden war. Wahrscheinlich hatten sie ihn dort drinnen, um den Tod zweifelsfrei festzustellen. Er spürte auf einmal so etwas wie Beklommenheit. Ein zarter Hauch von Trauer stieg in ihm auf, gespeist von den Erinnerungen an viele gemeinsame Jahre, die sie doch nur weiter auseinandergebracht hatten.

»Er lebt!« Ihre Worte trafen ihn wie ein mächtiger Schlag in die Magengrube. Er krümmte sich nicht, obwohl das die natürliche Reaktion gewesen wäre. Das war ausgeschlossen. Eine Lüge, die sie benutzte, um ihn aus der Reserve zu locken. Etwas anderes durfte es nicht sein.

Wusste sie etwas? Er zwang sich zur Wachsamkeit. Ihren nächsten hastigen Sätzen folgte er kaum noch. Sie berichtete von dem zufälligen Fund eines Spaziergängers, dessen Hund mit der Schleppleine ausgerissen war.

Tobias schüttelte unbewusst den Kopf.

Er wusste es besser, weil er dabei gewesen war. Harro hatte er zu Recht in der Weinstube am Holztor vermutet. Dazu brauchte er Mehmets Cousins nicht. Er war ihm gefolgt auf seinem elend langsamen Weg von einer Straßenlaterne zur nächsten, bis an den Rhein, der mondbeschienen im Trauerflor dahinfloss. Er hatte gewartet, bis sie allein gewesen waren.

Ein Rempeln hatte genügt, und Harro war zu Boden gegangen. Er war so voll gewesen, dass er danach kaum mehr etwas mitbekommen hatte. Sein leerer Blick wanderte suchend umher. Zeitweise hatte Tobias nur noch das Weiß sehen können, weil seine Pupillen nach hinten verschwanden, so als ob er in sich hineinschaute. Das Fentanyl hatte er in Wodka aufgelöst und ihm eingeflößt. Harro hatte gierig geschluckt und ihn dabei angesehen. So, als wäre ihm noch ein winziger lichter Moment vergönnt. Immerhin trank er die letzten Kurzen seines Lebens, das nur wenig später enden sollte.

»Wo ist er jetzt?« Tobias starrte sie fragend an. Er ließ sich nicht hinters Licht führen. Der Chef hatte schon gleich darauf wie weggetreten gewirkt. Er hatte hörbar schwer geatmet. Tobias hatte sich beeilen und ihn stützen müssen. Die kurze Strecke bis zu den dunklen Parkplätzen an der Seite des Winterhafens, wo es keine Kameraüberwachung gab, hatte Harro aber trotzdem fast vollständig auf seinen eigenen Beinen geschafft. Sein ganzes Gewicht lastete dabei auf ihm. Erst kurz vor dem Ziel war er zusammengebrochen und liegen geblieben. Die letzten hundert Meter hatte er ihn daher tragen müssen. Den Kofferraum seines Wagens hatte er sorgsam mit einer stabilen Plastikplane ausgelegt. Er wusste, was zu tun war, um die Risiken klein zu halten. Als er eine halbe Stunde später die Klappe nur ein paar Meter von hier wieder geöffnet hatte, lag Harro reglos vor ihm in seinem Erbrochenen. Da hatte er doch schon nicht mehr gelebt. Das bewies zweifelsfrei, dass sie logen, aus welchem Grund auch immer. Er hatte ihn aus dem Kofferraum wuchten und mehrmals im Dickicht pausieren müssen, bis er mit Harros schlaffem, schwerem Körper die schwarze Matte erreichte, mit der er die Öffnung später wieder verschloss.

»Im Krankenwagen.« Sara deutete in die Richtung. »Der Notarzt ist zuversichtlich. Unkraut vergeht nicht.« Ihr Lächeln wirkte auf ihn wie eine hämisch grinsende Fratze. Sein Blick irrte kurz umher. Dann musterte er sie eingehend. Sandra wirkte angespannt, aber auch erleichtert. Sie sah nicht so aus, als ob sie nur darauf wartete, dass er sich verriet. Was, wenn der Chef wirklich lebte? Sie standen hier ganz allein.

Niemand sonst war zu sehen. Er musste ruhig bleiben. Tobias zwang sich zu einem Lächeln. Schlimmer als ihres konnte es auch nicht aussehen. Sein Kopf stand in Flammen. Hitze rauschte glühend durch seine Adern.

»Ich muss zu ihm.« Seine Worte klangen entschlossen. Sie nickte zustimmend.

»Ich weiß nicht, ob er bei Bewusstsein ist.« Sie trat zur Seite. »Ich warte hier. Ravi müsste auch gleich da sein.«

Tobias eilte schon an ihr vorbei und klopfte an die Tür des Rettungswagens, die umgehend geöffnet wurde.

»Ich bin sein Kollege. Wie geht es ihm?«

»Er ist schwach, aber stabil. Wir haben eine Infusion gelegt.«

»Ich muss mit ihm sprechen.« Tobias drängte in den Wagen.

»Wir wollen gleich los. Die Uniklinik ist informiert.«

»Es geht schnell. Jede Minute zählt.« Tobias drückte sich an ihm vorbei. Sein Blick wanderte vom Arzt zum Sanitäter, der schon auf dem Klappsitz neben Harro Platz genommen hatte. »Lassen Sie uns für einen Moment allein. Es geht um entscheidende Details bei unseren Ermittlungen. Nur er kann uns helfen, dass wir weiterkommen.«

Sie wechselten einen Blick und folgten dann wortlos seiner Anweisung. Sein Herzschlag dröhnte, als sich die Tür hinter ihnen schloss. Mit zitternden Fingern zerrte er den kleinen Plastikbeutel aus seiner Hosentasche.

44

Ravi nutzte die kurze Gerade, um das Gaspedal bis aufs Bodenblech durchzutreten. Der Motor heulte auf und beschleunigte den Wagen. Er steuerte in die lang gezogene Linkskurve, von der es nicht mehr weit bis zum Abzweig in den Feldweg sein konnte. Sandra ging nicht an ihr Telefon. Er hieb mit der flachen Hand mehrmals fest auf das Lenkrad. Je mehr Zeit verstrich, desto hartnäckiger setzte sich der Verdacht in seinen Gedanken fest. Immer und immer wieder lief der Film jenes Morgens in seinem Kopf ab. Er quälte die Erinnerungen selbst hervor und zwang sich, keine noch so winzige Lücke entstehen zu lassen.

Er betätigte die Wahlwiederholung und wartete, dass sich eine Verbindung aufbaute. Es dauerte endlos und gelang dann doch wieder nicht. Gab es wirklich noch Funklöcher in diesem Land? Fast wäre er am Feldweg vorbeigerast, obwohl ein Kollege dort gut sichtbar stand, um die weiteren Einsatzkräfte einzuweisen. Hatte Harro aus Christians Vorbericht die gleichen Schlüsse gezogen? Vermutlich nicht. Die weiße Faser an der Lederjacke von Rocco Werner war eine Kontamination, wie sie eben immer mal wieder vorkam. Er schüttelte entschlossen den Kopf, während er versuchte, den Wagen auf dem Feldweg bei hoher Geschwindigkeit am Ausbrechen zu hindern.

Tobias war viel später als sie am Rheinufer angekommen, zusammen mit der Lieberknecht. Alle anderen waren schon da gewesen, und Harro hatte den Kollegen gleich darauf mitgenommen, um nach der Stelle zu suchen, an der sich Rocco Werner die Kopfverletzungen zugezogen hatte. Er hatte den Schutzanzug unter den wachsamen Augen der Rechtsmedizinerin ordentlich angelegt. Danach war Tobias längere Zeit im Bereich des neu verlegten Kopfsteinpflasters geblieben und erst wieder zu ihnen gestoßen, nachdem Christian seine Arbeit abgeschlossen und den Fundort der Leiche verlassen hatte. An Tobias' Schutzanzug war keine Veränderung zu bemerken gewesen, er war ordentlich geschlossen, sonst hätte die Lieberknecht ihn sicherlich sogleich mit einer spitzen Bemerkung darauf hingewiesen. Also konnte die Faser vom Pulli seines Kollegen nicht an jenem Morgen auf den Ledermantel des Opfers gelangt sein. Ravi schluckte den säuerlichen Geschmack hinunter, der aus seinem Magen die Speiseröhre hinaufdrängte. Noch drei Minuten bei diesem Seegang, und er kotzte ins Auto.

»Was ist los?«

Ravi erschrak, obwohl es nur Sandras Stimme war, die er über den Lautsprecher seines Handys vernahm.

»Wo ist Tobias?«

»Er ist schon hier und jetzt gerade bei Harro im Krankenwagen. Du brauchst also nicht zu rasen.«

»Hol ihn dort raus!« Er brüllte diesen Satz. »Schnell!«

45

Sandra starrte auf ihr Handy. Der Schock lähmte sie nur für einen winzigen Moment. Dann rannte sie los. Der Sanitäter hatte sich eine Zigarette angezündet. Er zog daran, Glut leuchtete auf. Der Arzt presste sich daneben das Telefon ans Ohr. Er bewegte seine Lippen schnell. Sie stürzte auf sie zu und riss die Tür des Rettungswagens auf. Tobias stand mit dem Rücken zu ihr über Harro gebeugt. Er starrte sie erschrocken an, die Augen unnatürlich weit aufgerissen. Harro war in eine Rettungsdecke eingehüllt und fest verschnürt für den Abtransport auf dem ausgefahrenen Feldweg, der den Rettungswagen sicher heftig schwanken ließ. Die goldene Folie glänzte im grellen Kunstlicht. Tobias hatte Harros Kopf leicht angehoben und unterstützte ihn beim Trinken. Seine rissigen Lippen lechzten nach dem Wasser aus der kleinen Kunststoffflasche.

»Er hat Durst«, sagte Tobias monoton und richtete seinen Blick wieder nach vorne. Sie konnte seine nächsten Worte hören, obwohl er sie flüsterte. »Er hat lange nichts mehr getrunken. Er muss trinken. Du siehst doch, wie gierig er ist. Er verdurstet. Warum haben sie ihm noch nichts gegeben?«

Sandras Blick irrte umher. Er blieb an dem kleinen Plastiktütchen auf der golden glänzenden Folie hängen. Tobias wisperte weiter. Er wurde mit jedem Wort leiser.

»Es wird gut, alles wird gut. Du musst trinken. Sie wissen nicht, wie gut das tut.«

»Was hast du ihm gegeben?« Sandra erschrak über sich selbst. Ihre Stimme klang schrill, panisch. Sie packte Tobias' Jacke und riss ihn zurück. Er ließ die Flasche fallen und griff nach dem Tütchen, aus dem der weiße, pulvrige Inhalt rieselte. Sie erwartete Gegenwehr, spürte jedoch im selben Moment die Körper der beiden anderen hinter sich. Ihre Arme langten an ihr vorbei. Weitere Finger krallten sich in den Stoff und zogen daran. Tobias ließ es geschehen. Er stemmte sich nicht dagegen. Der Arzt schob sich zuerst an ihnen vorbei in den Wagen und prüfte Harros Vitalzeichen.

»Hören Sie mich?«

Sandra drückte Tobias auf den Boden. Er wirkte vollkommen entkräftet und murmelte weiter vor sich hin. Sein Flüstern ging in der Hektik und den Anweisungen aus dem Wageninneren unter.

»Hallo, Herr Betz! Schauen Sie mich an!«

»Atmen Sie weiter.«

»Er ist weg.«

»Atemdepression. Puls stark erhöht.«

»Sauerstoff.«

»Opioid-Überdosis. Naloxon-Nasenspray. Wir brauchen beide.«

Die Tür wurde hinter ihr zugezogen. Sandra presste ihr Knie weiter in Tobias' Rücken, obwohl das gar nicht notwendig erschien. Er lag da wie schlafend. Seine Augen waren geschlossen. Seine Lippen bewegten sich nicht mehr. Als sie aufsah, erfasste ihr Blick den Wagen, der auf sie zusteuerte. Sie war so froh, dass Ravi kam, damit er ihr endlich alles erklären konnte.

46

»Ich habe euch noch ein paar Brötchen für die Reise geschmiert.« Gisela reckte die riesige Vorratsbox stolz in die Höhe und wartete ungeduldig darauf, dass er sie ihr endlich abnahm. »Es sind auch einige ohne Wurst für dich dabei.« Ihr Blick wanderte zu Sandra. Sie schickte ein tiefes Seufzen hinterher, um noch einmal zu unterstreichen, wie schwer ihr der Abschied fiel.

Ravi bemerkte die Tränen, die sich in ihren Augen sammelten. Er befürchtete, dass sie gleich wieder zu schluchzen beginnen würde, wie schon mehrmals zuvor während der halbstündigen Fahrt zum Flughafen.

»Da zieht man ein Kind mit aller Liebe und in Geborgenheit groß, um es letztlich zu verlieren.« Sie schnäuzte sich so lautstark, dass sich selbst weiter entfernt stehende Reisende zu ihnen umdrehten und sie verwundert anstarrten.

»Gisela, bitte fang nicht wieder damit an.« Ravi versuchte, nicht allzu genervt zu klingen. »Wir machen bloß Urlaub in Sri Lanka und haben vor, wieder zurückzukommen«, schob er beschwichtigend nach.

Sandra grinste breit. Sie schien sich zu amüsieren, obwohl er ihr die stetig wachsende Anspannung in den letzten Tagen deutlich angemerkt hatte. Sie war in einen hektischen Aktionismus verfallen, der sie ihren Koffer mehrmals wieder komplett aus- und einräumen ließ, um marginale Veränderungen an der Zusammensetzung seines Inhalts vorzunehmen.

Er sah auf seine Uhr und stellte befriedigt fest, dass sie die Szene hier schon in ein paar Minuten ohne schlechtes Gewissen würden auflösen können. An der Sicherheitskontrolle stauten sich die Wartenden in langen Schlangen. Dort brauchte er Gisela nicht auch noch an seiner Seite, um sich ihre Endlosschleife über den Verlust des einzigen Sohnes anzuhören.

Der Anruf am Tag nach den Ereignissen an dem vergrabenen Weinfass in Schornsheim hatte ihn fast umgehauen. Es gab einen Treffer in der Datenbank des Netzwerkes für adoptierte Menschen aus Sri Lanka. Eine zu seiner DNA passende Probe war neu hinzugefügt worden. Ihn packte auch jetzt wieder ein sanfter Schauer bei dem Gedanken an diesen Moment. Selbst der Geruch hatte sich ihm tief und unvergesslich eingeprägt. Er hatte in Heidenfahrt auf einer der Bänke direkt am Rhein gesessen und einem vorbeiziehenden, sehr flach im Wasser liegenden Frachtkahn zugeschaut, der sich mühsam gegen den Strom vorwärtskämpfte. Mehrere Wildgänse schwammen vor ihm im Wasser und beäugten ihn prüfend. Sie schienen noch immer zu glauben, dass er etwas Essbares hervorholen würde, um es mit ihnen zu teilen.

Seine leibliche Mutter war vor ein paar Monaten gestorben. Er würde nur ihr Grab zu Gesicht bekommen. Die Probe, die in Sri Lanka in die Datenbank eingestellt worden war, stammte von ihrer Tochter, seiner Schwester. Über Skype hatte er bereits wenige Tage danach Kontakt zu ihr aufgenommen. Sie war vier Jahre jünger als er und sah ihm überhaupt nicht ähnlich. Nur in ihrem Lachen glaubte er sich wiederzuerkennen.

In den Tagen und Wochen nach den ersten zaghaften und von langem Schweigen überlagerten Minuten folgten stundenlange Gespräche. Es war eine komplizierte Geburt gewesen. Seine Mutter hatte lange mit den Folgen gekämpft. Man erklärte ihr, dass der Sohn die Nacht nicht überlebt habe, und entschädigte sie finanziell, damit sie nicht weiter nachfragte. Die Scham seiner Mutter, damals Geld dafür angenommen zu haben, hatte sie über die Jahrzehnte davon abgehalten, selbst nach ihm zu suchen. Erst auf dem Sterbebett hatte sie ihr Geheimnis nicht mehr für sich behalten können und ihrer ältesten Tochter all das berichtet, woran sie sich noch erinnerte. Aniqah würde sie beide am Flughafen in Colombo abholen und mit in das Dorf nehmen, in dem die Familie lebte und seine Mutter neben seinem Vater, der schon früher gestorben war, begraben lag. Dort wollten sie so viel Zeit miteinander verbringen wie möglich. Aniqah und er hatten viel nachzuholen. Seine beiden anderen Schwestern kannte er noch gar nicht.

Im Unterschied zu Sandra, die drei Wochen Urlaub genommen hatte, verfügte er noch nicht über ein Ticket für den Rückflug. Gisela hatte er das in weiser Voraussicht verschwiegen. Die Sache nahm sie so schon mehr mit, als ihm lieb war. Erst gestern hatte sie ihm unter Tränen anvertraut, dass sie sich wie eine Verbrecherin vorkam, die einer armen Mutter ihr Kind gestohlen hatte, um sich den eigenen Lebenstraum zu erfüllen. Ravi waren dazu kaum tröstende Worte über die Lippen gekommen.

Er wusste selbst nicht, wie es danach weitergehen sollte. Er hatte eine Auszeit bei der Polizei genommen. Sri Lanka war daher auch eine Flucht. Er machte sich in dieser Hinsicht nichts vor. Er lief davon. Er war noch nicht bereit, sich mit dem, was passiert war, auseinanderzusetzen. Harro hatte überlebt. Es war kein Wunder, sondern die Erfahrung des Sanitäters, die ihn rettete. Er hatte mit seiner Vermutung richtiggelegen und das Gegenmittel zum Fentanyl parat gehabt. Das Naloxon in Form eines Nasensprays diente zur Notfallbehandlung bei einer Opioid-Überdosis. Es verdrängte die Opioide von den Rezeptoren im Körper und im Gehirn und führte dazu, dass der Patient wieder atmete und recht zügig aufwachte. Tobias' erster Versuch, Harro umzubringen, war wohl am Wodka gescheitert. Harros Körper hatte sich gegen die schnelle Zufuhr von noch mehr Alkohol so schnell und so heftig zur Wehr gesetzt, dass er mit dem Schnaps auch das Fentanyl erbrach, bevor es seine tödliche Wirkung entfalten konnte. Viel hatte aber nicht mehr gefehlt. Noch ein paar Stunden nur, und ihr Chef wäre im Weinfass unter der Erde qualvoll verdurstet.

Die Ermittlungen waren noch nicht restlos abgeschlossen. Tobias zeigte sich aber geständig. Ravis Fall war das nicht mehr. Er hatte sich von den Kollegen berichten lassen. Tobias' Taten, seine Motive und die Verstrickungen mit den Findiks lagen offen zutage. Verstehen konnte er das trotzdem alles nicht. Wie hatte der langjährige Partner im Team zum Mörder werden können, ohne dass sie etwas bemerkten? Warum hatten sie die Ausweglosigkeit der Lebenssituation, in der sich Tobias wähnte, nicht erkannt? Ihm war bewusst, dass er darauf nie eine Antwort bekommen würde.

Ravi hatte Sara besucht. Es war ihm wichtig gewesen, sie noch einmal zu sehen, bevor er abreiste. Sie wohnte mit den Kindern jetzt bei ihren Eltern. Dort blieben die zwei auch in den nächsten acht Wochen, wenn Sara sich einer Therapie in einer Spezialklinik am Bodensee unterziehen würde. Sie wirkte jetzt schon stabiler, als er es erwartet hatte.

Harro hatte er nicht belastet. Er wollte mit ihm reden, wenn er aus der Reha kam. Der Chef hatte sich im Krankenhaus schnell erholt und sich dann freiwillig in eine Entzugsklinik in der Rhön einweisen lassen. Ravi vermutete, dass seine Tochter dafür verantwortlich zeichnete. Im Polizeipräsidium munkelte man seither, dass er nicht mehr in den Dienst zurückkehren würde, was von allen ehrlich bedauert wurde. Keiner hatte in den letzten Jahren erfolgreicher ermittelt als er.

Die Lautsprecheransage holte Ravi aus seinen Gedanken. Sandra hatte die völlig überdimensionierte Plastikbox auf ihrem Rucksack festgeschnallt, den sie mit in die Kabine nehmen wollte. Der Inhalt hätte wahrscheinlich ausgereicht, um im Polizeipräsidium mit allen Kollegen zusammen den Ausstand zu feiern. Aber so weit war es noch nicht.

»Wir müssen los, Mama.« Er drückte Gisela, über deren Wangen Tränen rannen. Zu lange hatte sie sie zwanghaft zurückgehalten. Jetzt standen alle Schleusen offen. Ravi löste sich von ihr und hob den eigenen Rucksack an. Er fühlte sich zum ersten Mal seit Wochen richtig frei.

Danksagung

Kein Buch entsteht ohne die tatkräftige Unterstützung vieler lieber Menschen. Ohne meine Großfamilie im Weingut hätte ich wahrscheinlich noch nie einen Kriminalroman geschrieben. Sie verschafft mir die nötigen zeitlichen Freiräume, um am Text zu arbeiten, und sie steuert die eine oder andere Anregung und Idee bei.

Wichtigen fachlichen Rat erhielt ich darüber hinaus von:

Sarah Ramani Ineichen, Verein »Back to the Roots«
Anja Kugler, Klinikum Dortmund
Professor Dr. Christoph Brochhausen-Delius, Universitätsklinikum Mannheim
Peter Metzdorf, Kripo Mainz
Dr. Peter Neis, Forensische Dienste, Essenheim
Lutz Neumann, Bundeskriminalamt, Wiesbaden

Ihnen allen möchte ich ganz herzlich Danke sagen!

Alle Bücher von Andreas Wagner im Überblick

Auch als eBook erhältlich

Krimis mit Harro Betz:

Herrgottsacker
ISBN 978-3-7408-1341-3

Winzerkrimis:

Winzersterben
ISBN 978-3-95451-477-9

Winzerrache
ISBN 978-3-7408-0218-9

Winzerwahn
ISBN 978-3-7408-0408-4

Winzerschuld
ISBN 978-3-7408-0924-9

Weitere:

Die Präparatorin
ISBN 978-3-7408-0924-9